历代巫山题画诗词汇编

张华林　滕新才◎注

四川大学出版社
SICHUAN UNIVERSITY PRESS

项目策划：徐　凯
责任编辑：徐　凯
责任校对：毛张琳
封面设计：墨创文化
责任印制：王　炜

图书在版编目（CIP）数据

历代巫山题画诗词汇编 / 张华林，滕新才注．— 成都：四川大学出版社，2021.11
（三峡学者文库）
ISBN 978-7-5690-5148-3

Ⅰ．①历… Ⅱ．①张… ②滕… Ⅲ．①题画诗-诗集-中国-古代 Ⅳ．① I222

中国版本图书馆 CIP 数据核字（2021）第 227911 号

书名	历代巫山题画诗词汇编
注　　者	张华林　滕新才
出　　版	四川大学出版社
地　　址	成都市一环路南一段 24 号（610065）
发　　行	四川大学出版社
书　　号	ISBN 978-7-5690-5148-3
印前制作	四川胜翔数码印务设计有限公司
印　　刷	郫县犀浦印刷厂
成品尺寸	148mm×210mm
印　　张	13.5
字　　数	396 千字
版　　次	2021 年 12 月第 1 版
印　　次	2021 年 12 月第 1 次印刷
定　　价	66.00 元

◆ 读者邮购本书，请与本社发行科联系。
电话：(028)85408408/(028)85401670/
(028)86408023　邮政编码：610065
◆ 本社图书如有印装质量问题，请寄回出版社调换。
◆ 网址：http://press.scu.edu.cn

四川大学出版社
微信公众号

"三峡学者文库"出版说明
（总序）

　　中国语言文学是重庆三峡学院历史最悠久的学科之一。经过长期的建设与发展，本学科已积累了较为深厚的研究基础，成为重庆市高校"十三五"重点学科，其中中国古典文献学为重庆市立项建设重点学科，汉语言文学本科专业为重庆市特色专业建设点，其中师范专业为重庆市首批"专业综合改革试点"专业。2014年7月本学科正式获批新增硕士学位一级学科授权点，汉语言文字学、中国古典文献学、中国古代文学、中国现当代文学4个方向开始招收硕士研究生。本学科2014年申报了学科教学（语文）专业硕士学位，于2015年开始正式招生。

　　本学科有一支职称高、学历高，年龄、学缘结构合理，具有较强科研能力的学术队伍。其中有教授11人、副教授18人、博士16人（另有在读博士2人）；有重庆市名师1人，重庆市高校优秀中青年骨干教师2人，外聘兼职教授19人，硕士研究生导师15人（含兼职）。队伍成员大多毕业于"985""211"高校，受到了严格的学术训练，有较为深厚的中国语言文学理论基础和研究素养，在各自的研究领域均取得了不少研究成果。部分教师先后与西南大学、东南大学、四川外国语大学等合作，开展联合招收硕士研究生培养工作，已招收培养硕士研究生 50 余人，积累了丰富的硕士研究生培养经验。

经过长期积累，本学科已在古代文学与古典文献研究、汉语本体及其应用研究、现当代文学与文艺理论研究等方面取得了较为丰硕的成果。何其芳研究、三峡方志文献研究、夔州诗研究等具有鲜明的地域特色，在国内外产生了较大影响。近年来本学科共主持国家社科基金项目 13 项，教育部等部级项目 14 项，其他项目 100 余项；出版著作 47 部；发表论文 540 多篇，其中发表在重要刊物上的有 31 篇，发表在 CSSCI 及核心刊物上的有 178 篇；获重庆市社科优秀成果二等奖 2 项，三等奖 6 项，全国优秀古籍图书二等奖 1 项。

本学科现有重庆市人文社科重点研究基地 1 个，市级学会 1 个，校级科研创新团队 2 个；校级研究所 4 个，研究工作室 4 个；建有学科专业图书资料中心 1 个，藏有《四库全书》《敦煌文书》等大型纸质图书资料 30 余万册，电子图书 100 余万种，学科中外文现刊 30 多种。

本校开通有 CNKI 中国知网、维普中文期刊数据库、万方数据库等及 10 余种试用的电子资源和数据库，校园网络畅通，能方便查询检索资料。

本校已与德国波恩大学、法国国家科学研究中心、日本圣泉大学、美国丹佛社区大学、中国社会科学院、北京大学等建立了密切的联系，能为学生参加国际国内学术会议，培养国际学术视野提供便捷的交流平台。

为了进一步加强市级重点学科中国语言文学和硕士点的建设，展示和提升学科科研实力和科研水平，本学科现启动"三峡学者文库"的资助出版工作。该出版工作重点资助汉语言文字学、中国古典文献学、中国古代文学、中国现当代文学等方向以及三峡文化研究方向的特色成果，计划出版15部具有原创性、前沿性的学术专著，由四川大学出版社统一编辑，分批次出版。

"三峡学者文库"由市级重点学科下拨经费及学校配套经费资助，学校各级领导高度重视，文学院专门成立了"三峡学者文库"编委会，学科成员积极响应、热情参与。本丛书的出版得到了四川大学出版社的大力支持，徐凯编辑为丛书的出版付出了辛勤的劳动，在此一并致谢！

"三峡学者文库"编委会
2018年1月

前　言

历史上，巫山不仅是地理上的巫山，更是文化上的巫山。战国时宋玉的《神女赋》《高唐赋》，首次将巫山作为文学书写的对象，此后，"巫山"被文人墨客演化出系列文学、文化中的自然、人文意象（如巫山、巫山十二峰、巫峰、阳台、巫山神女、楚王神女、巫峡神女、三峡神女、巫峡女、高唐神女、巫娥、阳台神女、巫山云雨、朝云暮雨、阳台梦、巫山梦、神女梦、襄王梦等意象群①）与题材，反复书写与传播。在巫山文化这一传播过程中，作为绘画作品的历代巫山图以及巫山题画诗、词起了重要作用。

一、历代巫山图

巫山、巫峡乃至三峡以奇幻险峻而秀丽的自然景致、神秘梦幻而浪漫的神女传说很早就受到文人画家的关注。现存文献中，宗炳是较早游历巫山一带的画家，他曾"西

---

①　滕新才《辽金元时期巫山文学撷要（下）》（《重庆三峡学院学报》2016年第2期）有详细统计与分析。

陟荆、巫，南登衡岳"，后因年老疾病而还江陵故宅，因"眷恋庐衡，契阔荆巫，不知老之将至，愧不能凝气怡身，伤跕石门之流，于是画象布色，构兹云岭"。① 此"画象布色"即以山水壁画的形式呈现其曾游历过的荆山、巫山等地景致。这是目前所见最早的以绘画形式表现巫山文化者，中国传统绘画的巫山、三峡书写自此开启。

　　进入唐代，文士漫游之风盛行，有天下文人皆入蜀之说，巴蜀山水人文便成为文人骚客所钟情者。在这样的背景下，曾经两次入蜀的吴道子将巴蜀山水作为其绘画的对象，绘有《蜀道山水图》，开启了山水画的新题材与画法。此后李思训、李昭道父子先后以巴蜀题材创作了《蜀江图》《长江绝岛图》《明皇幸蜀图》等绘画作品，完成了唐代山水画的变革，同时将巴山蜀水推向中国画史，使其成为传统绘画的重要题材。② 在此背景下，"巫山"再次走进画家视野。李思训以巫山神女故事创作了《巫山神女图》③，这是继宗炳以巫山自然山水为绘画对象之后，再次以巫山神女传说为绘画对象，开启了此后中国绘画史上

---

① 王菡薇等：《历代名画记注译与评介》，中华书局，2021年版，第173页。

② 张彦远曰："吴道玄……曾事逍遥公韦嗣立为小史，因写蜀道山水之体，自为一家。""（吴道子）于蜀道写貌山水，由是山水之变，始于吴，成于二李（原注：李将军、李中书）。"王菡薇等《历代名画记注译与评介》，第245页、38页。苏轼有《李思训画〈长江绝岛图〉》题画诗，言及此画内容。李调元《诸家藏画薄》卷十载有李思训《蜀江图》，张丑《清河画舫》卷四、卷七分别载有李氏父子的《明皇幸蜀图》等。

③ 周密曰："李思训《巫山神女图》，明昌题，榷场物，曾入贾家。"（周密著，邓子勉校点：《过眼云烟录》，辽宁教育出版社，2000年版，第28页），俞剑华标点注译：《宣和画谱》作《神女图》（人民美术出版社，1964年版，第166页）。

的巫山神女类绘画题材。至此，巫山文化在传统诗、辞赋、散文传播方式之外，又出现了绘画这种新的传播方式。

　　或许是在吴道子、李思训等人的影响下，王维创作了《三峡图》①；李白在元丹丘处看到以巫山自然景致为绘画对象的《巫山屏风图》②，还看到过《巫山枕障》③，并为之题诗咏唱；杜甫《夔州歌十绝句》言其曾在长安街市看到过售卖巫山屏风画者④。此后，雍秀才作《巴峡图》赠薛涛⑤，成都人李升作《出峡图》⑥，还有无名氏的《巫山图》⑦等。这些以巫山或三峡为题材的绘画作品的产生，反映了其时文人画家对巫山文化的认可，特别是以巫山自然景致为绘画题材的枕边屏风画，甚至于市场售卖，说明创作者与收藏者对巫山景致的喜爱、向往与体认。

　　五代时，荆浩创作了四幅《写楚襄王遇神女图》⑧，这是继李思训以巫山神女为绘画题材之后的再次突破，是中国绘画史上首次将楚襄王与巫山神女欢会故事作为题材的历史人物画，实质是将宋玉《高唐赋》这一文学文本予

　　① 张丑：《清河画舫》卷七所载王维《三峡图》。

　　② 郁贤皓：《李白全集注评》，凤凰出版社，2018年版，第1561页。

　　③ 郁贤皓：《李白全集注评》，第1571页。

　　④ 萧涤非：《杜甫全集校注》，人民文学出版社，2014年版，第3756页。

　　⑤ 张蓬舟：《薛涛诗笺》（修订本），人民文学出版社，2012年版，第44页。

　　⑥ 何韫若、林孔翼注：《益州名画录》，四川人民出版社，1982年版，第61页。

　　⑦ 贺铸：《题巫山图·序》云："滏阳张氏出此图，盖唐人画。"（王梦隐、张家顺校注：《庆湖遗老诗集校注》，河南大学出版社，2008年版，第71页）

　　⑧ 俞剑华标点注释：《宣和画谱》，人民美术出版社，1964年版，第176页。

以完整的图像再现，形成文学与绘画的互动诠释。不论其创作目的如何，其对巫山文化传播的意义无疑是巨大的。

至此，巫山文化从自然地理与历史人文两个方面皆形成了较为完整的图像传播模式，使巫山文化走出狭隘的自然地理空间，以文学、图像乃至口头传播等方式走向全国，成为中华文化的重要元素。与此相应，与巫山、三峡相关的长江题材也开始成为画家的书写对象。如王维、周杞、巨然等先后创作了《长江万里图》等，可以说是对巫山题材绘画的延伸。

荆浩之后，成都画家石恪以古蜀国丞相鳖灵治水传说为题材，绘《鳖灵开峡图》①，拓展了巫山或三峡绘画的题材，促进了巫山文化的图像传播。胡擢曾想作《三峡闻猿图》，但是否绘成，不得而知。②

宋代巫山题材画进一步增多，就笔者所见目录，有郭忠恕《出峡图》③，王十朋《巫山图》④，杨孟均《巫山图》⑤，王宾王《巫山云》⑥，陈天麟《巫山图》⑦，夏圭

---

① 黄休复著，何韫若、林孔翼注：《益州名画录》，第 87 页。

② 邓白：《图画见闻志注》，四川美术出版社，1986 年版，第 105 页。

③ 元末明初文人贝琼有《郭忠恕〈出峡图〉》一诗，可知郭忠恕绘有此图。

④ 梅溪集重刊委员会编：《王十朋全集》，上海古籍出版社，1998 年版，第 423 页。

⑤ 居间：《北碉诗集》卷三，见四川大学古籍所编：《宋集珍本丛刊》第 71 册，线装书局，2004 年版。

⑥ 王灼《题云月图》诗自注曰："王宾王画《峨眉月》《巫山云》二图，仍大字写太白诗。"（刘安遇、胡传淮校辑：《王灼集校辑》，巴蜀书社，1996 年版，第 115 页）据此可知王宾王有《巫山云》图。

⑦ 范成大有《韩无咎检详出示所赋陈季陵户部巫山图诗》，陈天麟，字季陵，南宋人。据此可知陈天麟曾绘《巫山图》。

《巴船出峡图卷》①，赵伯驹《出峡图》②，周珏《瞿唐侯水图》，僧人荣首座《巴东三峡图》③，僧法常《峡猿图》，何霸《三峡放舟图》，滕行父《三峡图》④，赵复《三峡图》⑤，郭祥正《宣诏厅歌赠朱太守》诗中言胡生曾绘有《巫山图》⑥，吕本中《巫山图歌》言及无名氏曾绘《巫山图》⑦六幅等。金人赵秉文也曾见《巫山图》，并有题词，但不知何人所作⑧。其时宫廷宣诏厅壁、地方州府官廨壁上也绘有《巫山图》⑨，等等。对于巫山神女故事人物画，蔡润有《楚王渡江图》⑩，王齐翰有《楚襄王梦神女图》⑪等。除此之外，应该还有不少作品因未能进入文献存目而亡佚。

随着巫山画的大量出现，南宋时出现了对其内容的争

① 高士奇《江村书画目》，见卢辅圣主编：《中国书画全书》第七册，上海书画出版社，1993 年版，第 1071 页。

② 翁方纲题《出峡图》诗曰："东海朱君指头作，西川李子出峡图。不仿伯驹与忠恕，莽莽远势来夔巫。"（翁方纲《复初斋诗集》卷九）

③ 胡传淮校辑：《王灼集校辑》，巴蜀书社，1996 年版，第 114 页。

④ 南宋王柏有《跋滕行父〈三峡图〉》，见王柏：《鲁斋集》卷九，商务印书馆，1936 年版，第 95 页。

⑤ 顾嗣立、席世臣编：《元诗选》癸集，中华书局，2001 年版，第 9 页。

⑥ 孔凡礼点校：《郭祥正集》，黄山书社，2014 年版，第 26 页。

⑦ 沈晖点校：《东莱诗词集》，黄山书社，1991 年版，第 339 页。

⑧ 赵秉文有《题〈巫山图〉后》，见马振君整理：《赵秉文集》，黑龙江大学出版社，2014 年版，第 391 页。

⑨ 钟巧灵：《宋代题山水画诗研究》，中国社会科学出版社，2008 年版，第 15~16 页。

⑩ 《宋朝名画录》作"楚襄王游江图"。邓白以此图乃"描写战国时代楚襄王出游云梦泽，在高唐与宋玉谈论巫山神女的故事"（《邓白全集》第五册《图画见闻志注》，中国美术学院出版社，2003 年版，第 263 页）。

⑪ 俞剑华标点注释：《宣和画谱》，第 83 页。

论。如范成大曾质疑世传巫山画作的真实性，为此他特令画史泛舟中流摹写巫山景致，以验传世巫山图画内容的准确性。① 这应该与其追求写实的画学思想有关②，但也反映了其时文人对巫山题材绘画景观象征意义与自然实景结合的思考，是艺术与实景互动的体现，这种反思反作用于诗画对"巫山"的形塑。

整体上，两宋时期的巫山或三峡题材绘画数量比之前有明显增加，内容上以巫山自然景观书写为主，对楚襄王与巫山神女的历史人文题材也有涉及。相应地，此期以巴蜀山水或万里长江为书写对象的绘画作品也有较大幅度的增加，这与两宋时期山水画的快速发展也是一致的。

元朝巫山图的创作大体与两宋相似，偏重于巫山自然景致的书写。现今可见的巫山题材画目包括各种《巫山图》《巫峡图》《出峡图》《峡船图》《襄王梦图》等。③ 值得注意的是元末谢氏家藏一石屏风，因该屏风上的图案呈山水画状，杨维桢以其与巫山巫峡景致相似，故以"巫峡云涛图"名之，并引起其时文人的广泛关注，由此产生不

---

① 陈新：《宋人长江游记：陆游〈入蜀记〉、范成大〈吴船录〉今译》，春风文艺出版社，1987年版，第262页。

② 钟巧灵、陈天佑：《范成大题画诗论》，载于《南华大学学报》，2015年第6期，第1页。

③ 姚燧、刘因、王中、倪谦曾见《巫山图》，吴澄、傅若金曾见《巫峡图》，郭忠恕、滕斌、钱宰曾见《山峡图》，袁子仁曾见《巴船出峡图》，僧宗衍曾见《川船出峡图》，傅若金曾见《船入蜀图》等，并皆有题画诗传世。

少题画诗词①，这也说明了其时对巫山文化的推重。

　　明清时期的巫山图以延续宋元题材为主，出现了各种《巫山图》《巫峡图》《出峡图》《三峡图》等②，也出现了一些新的绘画题材，如巫峡或三峡归舟图等。有从季节变化角度图画巫山景致者，如谢时臣绘《巫峡春涛》③，袁耀《巫峡秋涛图》④，晚清冯江曾见《秋雨出峡图》⑤等；有以天气细节入图者，如董其昌绘有《巫山雨意图》⑥；有以宋玉赋神女事入画者，如汪坤厚《宋玉赋神女图》⑦；晚清程颂万则以言情小说入画，题曰《行云图》⑧，此乃巫山图的文化演绎。从表现媒体角度看，明清时期也有创新，如明人吴令以巫山景致入扇面而绘《巫山十二扇》⑨，

---

　　①　目前所见题画诗词有王国器《踏莎行·巫峡云涛》、苏大年《踏莎行·题〈巫峡云涛图〉》用王国器韵、顾瑛《巫峡云涛石屏志》、郑元佑《赋〈巫峡云涛石屏〉》、马琬《题巫峡云涛屏》、僧景芳《题巫峡云涛屏》、郭钰《题邹自春〈石屏巫山图〉》等。

　　②　习善言、朱有炖曾见《巫山图》，赫奕曾见《蜀山巫峡图》，沈德潜曾见《三峡图》，吴之英曾见《巫峡归舟图》，孙三锡绘有《扁舟出峡图》，易顺鼎绘有《巫峡窥天图》，李簧青绘有《巫峡归舟图》，黄竹臣绘有《入峡图》等。

　　③　清人张大镛《自怡悦斋书画录》卷一载此画目。

　　④　见杨涵主编：《中国美术全集》11《绘画编·清代绘画（中）》，上海人民美术出版社，1988年版，第130页。

　　⑤　冯江《清平乐　代题〈秋雨出峡图〉，送人之楚》，见李谊辑校：《历代蜀词全辑》，重庆出版社，2007年版，第859页。

　　⑥　见郑威编：《董其昌年谱》，上海书画出版社，1989年版，第157页。

　　⑦　见姚燮《阳台路　为汪渔垞题〈宋玉赋神女图〉，汪罕青同作》，见沈锡麟标点：《疏影楼词》，浙江古籍出版社，1986年版，第219页。

　　⑧　见程颂万《巫山一段云　仁先示海藏所书〈函髻记〉，为作〈行云图〉》词，见徐哲兮校点：《程颂万诗词集》，湖南人民出版社，2009年版，第557页。

　　⑨　见《内务部古物陈列所书画目录》卷十一《书画扇》所录，原排印本。

明末扬州女子余韫珠以刺绣的方式为王士禛作《高唐神女图》①，此举赢得其时士林的喝彩，多有题此画之作。这些都反映出明清时期巫山题材绘画在表现内容、方式、媒介等方面的发展，对巫山文化的传播大有裨益。

随着清人顾成天将《九歌·山鬼》之山鬼考订为巫山神女，部分《九歌·山鬼图》的创作受其影响，将李公麟、张渥等具有神性的山鬼图画向具有艳情色彩的山鬼—巫山神女图转变，这在近现代以来出现的《山鬼图》上表现较为明显。② 这种因《九歌·山鬼》的新诠释而导致对巫山神女形象、内蕴的新建构，促进了巫山文化的衍生与传播。

由以上简略梳理，可见巫山文化的图像传播经历了漫长的过程，由晋宋宗炳始，至唐代巫山自然景致与历史文化皆成为绘画的题材，初步确立了巫山文化的图像传播方式与内容，宋元明清时期，巫山文化的图像传播内容、方式、媒介等全面发展。绘画图像的参与使巫山文化的传播越来越便利、广泛，同时，图像化的巫山文化又反作用于巫山文化的再生，由此形成一个互动的状态。

这种互动还包括巫山图画对文学形态的巫山文化的影响，其表现方式之一就是巫山题画诗词等。

---

① 湛之点校：《香祖笔记》，上海古籍出版社，1982年版，第220页。其时沈时栋、彭孙贻、彭孙遹、陈维崧、邹祗谟等皆有题画之作。

② 宋万鸣、彭红卫《屈原〈九歌·山鬼〉诗画互文关系史考论》（《三峡大学学报》2017年第4期）一文对此略有论及。

二、历代巫山题画诗词

在文人画家以图像诠释、传播巫山文化的同时，出现了以文学作品形式诠释绘画作品传播巫山文化的方式，即"巫山题画文学"。本书主要涉及的是这些题画文学中的题画诗词。它们有的是对巫山题材画的诠释，有的则以与巫山文化相关的词汇意象诠释非巫山题材绘画。本书称这些作品为"巫山题画诗词"。

现存最早的巫山题画诗是庾信《咏画屏风诗》之四，其文曰：

> 昨夜鸟声春，惊鸣动四邻。今朝梅树下，定有咏花人。流星浮酒泛，粟填绕杯唇。何劳一片雨，唤作阳台神。[①]

诗由屏风画中花落鸟鸣想象花下当有美人正举杯思人，进而想到此女"一腔醉态，似阳台梦中行雨来者，何必待朝云暮雨，唤作阳台神耶"[②]，如此以巫山神女言画中想象出的女子之美，以"云雨"言其深情慕思之态。这就将巫山神女故事与画中图像结合，形成"画中花—想象的女子—想象巫山神女"的层层象征关系，从而达到延伸图画的诠释空间的目的。由于想象的深度介入，此诗中的巫山神女意象与画面内容不具有直接关系，属于想象中的想象。但这一象征关系的建立，为后代文人直接以巫山神

---

① 倪璠：《庾子山集注》，中华书局，1980年版，第354页。

② 王尧衢：《古唐诗合解》，岳麓书社，1986年版，第103页。

女喻画中花的表现方式打下了基础。就目前所见文献而言，以巫山神女言屏风画者，南朝仅此一例。

进入唐代，山水画渐兴，巫山题材绘画作品逐渐增多，与此相关的题画诗也渐增。其中有直接题写巫山题材绘画的诗作，如李白《观元丹丘坐巫山屏风图》：

> 昔游三峡见巫山，见画巫山宛相似。
> 疑是天边十二峰，飞入君家彩屏里。
> 寒松萧瑟如有声，阳台微茫如有情。
> 锦衾瑶席何寂寂，楚王神女徒盈盈。
> 高咫尺，如千里，翠屏丹崖灿如绮。
> ……………
> 溪花笑日何年发，江客听猿几岁闻。
> 使人对此心缅邈，疑入嵩丘梦彩云。①

诗言李白在友人元丹丘别业中观巫山题材屏风画。诗文以一"似"字将其出川时所见的巫山景观与屏风画中巫山景致相关联，然后再由"疑似"一词将巫山十二峰、阳台、巫山猿鸣等自然景观赋予画面景致，并由此联想到楚王梦遇巫山神女传说，最后以面对此画兴起与巫山神女相会之遐思而久久不愿离去结束全诗。诗歌以画面为媒介，将图画上的巫山景致与地理空间的巫山自然景观和历史传说结合起来，形成诗文与绘画的互动诠释，将读者引入奇妙的巫山文化世界，感受巫山的瑰丽俊秀与传说的艳异。

---

① 郁贤皓：《李白全集注评》，第1561页。

李白另一首题画诗《巫山枕障》曰："巫山枕障画高丘，白帝城边树色秋。朝云夜入无行处，巴水横天更不流。"[1] 此诗将巫山高丘、朝云、峡中江水等与枕前屏风画中的内容一一对应，将画面内容落实为具体的地理自然实景，形成以地理巫山诠释巫山图的效果；同时以"朝云夜入"一语将自然景致向神女传说延伸，在诗画互动中产生令人遐想的浪漫情愫，故钟惺说此四字"说得幽灵"[2]。杜甫《夔州歌十绝句》之八写他于长安见到的《巫山屏风图》，其诗曰：

> 忆昔咸阳都市合，山水之图张卖时。巫峡曾经宝屏见，楚宫犹对碧峰疑。

"宝屏"指装饰精美的屏风，诗人言昔日于长安待售的屏风画上见到巫山、巫峡与楚王宫，如今想峰外之楚宫，却但余巫峡。[3] 如此由眼前景想到昔日繁华街市上之巫山画，再由画中景延伸至历史传说中之楚王宫与楚王事，将历史传说、绘画背景、内容与眼前实景结合，形成多维的时空表现，沧海桑田之变迁自然呈现。可见李、杜题画诗将巫山图与巫山实景和历史传说相结合而形成互动诠释，提升了图画的表现力，加强了诗歌的具象性，赋予图画与诗歌时空感。

陈子昂、孙逖、薛涛等人有题写非巫山题材绘画的诗作。如陈子昂《山水粉图》曰："山图之白云兮，若巫山

① 郁贤皓：《李白全集注评》，第1571页。
② 钟惺：《唐诗归》卷十六，转引自郁贤皓《李白全集注评》，第1571页。
③ 浦起龙：《读杜心解》，中华书局，1961年版，第851页。

之高丘。"① 作为唐代第一首反映山水的题画诗②，陈子昂以巫山神女所居之巫峰形容壁上山水画中漂浮着白云的云山之悠然飘渺，此乃以巫山为超越尘世之理想山水景地。再如孙逖《奉和李右相中书壁画山水》以三峡言李林甫所绘壁画中的山水景观。徐凝《观钓台画图》则云：

> 一水寂寥青霭合，两崖崔崒白云残。画人心到啼猿破，欲作三声出树难。③

按，"三声"用"猿啼三声泪沾裳"之说，指哀猿泣鸣。此言画中江水、青霭、山崖、白云皆以图之，但三峡猿鸣之深幽哀伤意难以用绘画表现。该诗以三峡猿鸣之哀伤言绘画艺术对情感表现的局限性，是以包含巫山文化的三峡文化论画，这对五代以来的画论中以巫山文化评画论画传统有一定的影响。薛涛《酬雍秀才贻巴峡图》以瞿塘峡言画中巴峡景致。这四首题画诗主要以巫山、巫峡的自然景致诠释画中山水，除雍秀才之画外，其他三篇画目皆未言及其画中山水与巫山、巫峡或三峡有何关系，诗人们不约而同以巫山景致题写之，说明他们是自觉以巫山山水为某些山水自然景观之典范，这无疑是对巫山文化的推崇与宣传。

上官仪《咏画障》云："芳晨丽日桃花浦，珠帘翠帐凤凰楼。蔡女菱歌移锦缆，燕姬春望上琼钩。……未减行

---

① 彭庆生：《陈子昂集校注》，黄山书社，2015年版，第522页。
② 孔寿山：《唐代题画诗注》，四川美术出版社，1988年版，第42页。
③ 《全唐诗》（增订本）卷474，中华书局，1999年版，第5414页。

雨荆台下，自比凌波洛浦游。"① 此以巫山神女言画中仕女之妖媚多情，这是将巫山神女作为美女之范型。皇甫冉《题画帐二首》之一《远帆》曰：

> 朝见巴江客，暮见巴江客。云帆倘暂停，中路阳台夕。

此言画中游子休息于阳台或会梦遇巫山神女，如此诠释，使孤独的客舟游子之行旅多了神秘梦幻色彩与心灵慰藉。刘长卿《观李凑所画美人幛子》曰：

> 爱尔含天姿，丹青有殊智。
> …………
> 西子不可见，长载无重还。
> 空令浣纱态，犹在含毫间。
> 一笑岂易得，双蛾如有情。
> …………
> 此中一见乱人目，只疑行到云阳台。②

诗中"行到云阳台"用巫山神女事，诗人先以西施言画中美人，再以巫山神女言画中女子之美艳与情思，令人产生遐思，此亦是以巫山神女为美人的范型。李贺《追赋画江潭苑》四首之一：

> 吴苑晓苍苍，宫衣水溅黄。
> 小鬟红粉薄，骑马佩珠长。

---

① 《全唐诗》（增订版）卷四十，第 512 页。
② 储仲君：《刘长卿诗编年笺注》，中华书局，1996 年版，第 82 页。

路指台城迥，罗熏裤褶香。

行云沾翠辇，今日似襄王。①

按，江潭苑是南朝梁大同年间修建的宫苑，李贺所题之画当是以天子游猎江潭苑事为题材者，这是李贺借古讽今之诗。诗中以楚襄王与巫山神女事言宫廷嫔妃之伴随天子荒淫游乐事。显然，诗人是将襄王梦幸巫山神女事看作统治者荒淫无道的反面典型加以讽谏。李涉《寄荆娘写真》则云："章台玉颜年十六，小来能唱西梁曲。……少年才子心相许，夜夜高堂梦云雨。"② 这是以巫山云雨言画中妓女与其相好之欢会。段成式等《游长安诸寺联句·小小写真联句》也是以巫山神女言画中天女。③ 上述六首题画诗中，言及巫山神女两个方面：一是以其美艳言画中人，二是以楚襄王梦遇巫山神女即巫山云雨事言画中人。这两个方面包括理想境遇之期许、男女欢会之美好、对荒淫生活的批判三种不同态度。

由此可见唐人颇推崇巫山自然景致，将其作为自然山水景观之典范。④ 既以巫山神女之美艳作为评介美色的标

---

① 王琦等《李贺诗歌集注》，上海人民出版社，1977 年版，第 177 页。

② 《全唐诗》（增订版）卷四七七，第 5457 页。

③ 《全唐诗》（增订版）卷七九二，第 9012 页。

④ 五代画家关仝喜作秋山寒林与其村居野渡，"使其见者，悠然如在灞桥风雪中，三峡闻猿时，不复有市朝抗尘走俗之状"（俞剑华标点注释《宣和画谱》，第 177 页），言三峡景致具有超越尘俗、净化心灵的功能，这或许是唐宋以来巫山乃至三峡景致受人推崇的原因之一。宋人李澄叟《画山水诀》云："自江陵登三峡、夔门，长流三千余里……无不经历，尽是今日之画式也。"（卢辅圣主编：《中国书画全书》第 2 册，上海书画出版社，1993 年版，第 675 页）则明确指出巫山、三峡景观乃"画式"。

准，又以其为爱情的象征；同时对楚襄王之耽于神女美色持批判态度。这些都反映了唐人对巫山文化的包容与开放态度。

宋代巫山题材画有所增加，题画文学在宋代也得到快速发展，与此相应，这一时期出现的巫山题画诗数量也多于唐代，对巫山文化的书写也在唐人的基础上有所发展。

宋人有直接以巫山图为题写对象的诗，如吕本中《巫山图歌》云：

> 君不见，我家壁上六幅图，淡墨寒烟半江水。
>
> 上有巉然十二峰，乃似突兀当空起。
>
> 幽花妩媚闭泥土，乱石峥嵘入荆杞。
>
> 巫山县下水到天，神女庙前江接连。
>
> ············
>
> 阳台昨梦不知处，只今饥鸦迎客船。
>
> ············
>
> 楚王不作宋玉死，莫雨朝云千万年。

诗歌以《巫山图》为题写对象，言及巫山边的长江、巫山十二峰、巫山神女庙、阳台、客船、神鸦等，大体将图中景观与巫山实景一一对应叙述，并在此实景基础上想象出楚王与巫山神女云雨事。如此便将图画、实景与传说完整结合，这一表现方式可以说是对唐代巫山图题画诗的延续。类似的巫山题材画的题画诗还有郭祥正《宣诏厅歌赠朱太守》、王十朋《寄巫山图与林致一喻叔奇》①、韩元吉《题陈季陵家巫山图》②、喻良能《次韵夔府王待制寄示巫山图》③、范成大《韩无咎检详出示所赋陈季陵户部巫山图诗》④、王灼《题荣首座巴东三峡图》、贺铸《题巫山图》等，皆是以巫山自然、人文呼应画面内容，达到对巫山图内容的揭示与延伸的目的。

　　非巫山题材画的题画诗有二十多篇，仍是以巫山自然景致与历史传说诠释所题图画，这些题画诗有以"巫山""巫峡"或"三峡"名称言画中山水者。如刘攽《山水屏》之"吾家古屏来江南，白昼水墨渍烟岚。我行北方未尝见，众道巫峡兼湘潭"⑤，以巫峡言画中山水；徐俯《次韵可师题于逢辰画山水》之"巫峡常云雨，香炉旧紫烟"⑥，以巫山云雨、巫峡自然景致言画中山水；其他如程俱《戏题画卷二首》之一、《题蒋永仲蜀道图》、王廷珪《题周忘机画》、张九成《读东坡迭嶂图有感因次其韵》等以三峡言画屏景致。这些以巫山、巫峡或三峡景观具化图画内容之举也是对唐人创作的延续。

　　宋代巫山题画诗有以巫山具体地理景观言画中景者，如陈襄之女《题小雁屏》之"云澹雨疏孤屿远，会令清梦

---

　　① 梅溪集重刊委员会编：《王十朋全集》，第 423 页。

　　② 北京大学古文献研究所编：《全宋诗》，北京大学出版社，1998 年版，第 38 册，第 23622 页

　　③ 北京大学古文献研究所编：《全宋诗》，第 43 册，第 27051 页。

　　④ 富寿荪点校：《范石湖集》，上海古籍出版社，1981 年版，第 116 页。

　　⑤ 北京大学古文献研究所编：《全宋诗》，第 11 册，第 7312 页。

　　⑥ 北京大学古文献研究所编：《全宋诗》，第 24 册，第 15834 页。

到高唐"①，以巫山高唐云雨景观言画中景；程俱《题叔问燕文贵雪景》之"一壑回环十二峰，茅茨送老白云封"②和王十朋《寄巫山图与林致一喻叔奇》之"图画巫山十二峰，缄题遥寄旧游从"，皆将画中景致具化为巫山十二峰，王灼《题云月图（二首）》以巫山神女峰言画中景致③，范成大《韩无咎检详出示所赋陈季陵户部巫山图诗》、吕本中《巫山图歌》、王灼《题荣首座巴东三峡图》则以巫山神女庙、阳台等具体巫山地理景观言画中景，这些巫山具体地理意象在题画诗中的出现，表明宋代巫山题画诗对巫山景观细节体认的发展，也喻示宋代绘画与文学对巫山自然景观形塑与传播的具体化、细节化。

宋代巫山题画诗还有以巫山历史文化题画者。其中有延续前人之处，如廖正一《答张十八画》之"玉人风味夙相亲，骨法多奇巫峡神"④和李纲《传画美人戏成》之"纵教天女来相试，虚烦云雨下阳台"⑤，乃延续庾信与唐人的传统，以巫山神女言画中女之美艳。吕本中《巫山图歌》言及巫山神女事，进而反思楚王、宋玉等历史人事；黄庭坚《题苏若兰回文锦诗图》则以巫山神女故事言苏蕙爱情事等。

宋代题画文学还出现了对巫山历史人文新的诠释与应

① 北京大学古文献研究所编：《全宋诗》，北京大学出版社，1993年版，第14册，第9754页。
② 北京大学古文献研究所编：《全宋诗》，第25册，第16365页。
③ 刘安遇、胡传淮校辑：《王灼集校辑》，第115页。
④ 北京大学古文献研究所编：《全宋诗》，第18册，第12166页。
⑤ 王瑞明点校：《李纲全集》，岳麓书社，2004年版，第142页。

用。如司马光《和景仁答才元寄示花图》曰：

> 高士闲居旧，名花独步今。
>
> 移从洛浦远，濯自锦江深。
>
> 传得巫山貌，非因延寿金。
>
> 不须天女散，已解动禅心。[①]

"巫山貌"指巫山神女之貌，此以巫山神女喻画中花之美，这与传统比兴手法中常以花喻人不同，而是以神女之美艳喻写画中花朵的艳美，使神女之美艳突破人世之范围，成为群花欣羡之对象。这一表现方式与前文论及庾信《咏画屏风诗》之四写巫山神女的方式或有些许关系。闻人武子的《墨梅》也有类似写法，其诗曰：

> 陇首人归信息稀，愁看冰楮破寒枝。
>
> 瑶姬驻立缘何事，直到霜飞月堕时。[②]

"瑶姬"乃巫山神女的名字。诗以巫山神女喻画中凄立月下寒霜的墨梅，在赋予墨梅高贵多情的同时，又使巫山神女具有墨梅的孤高玉洁。这是在诗画互动中诠释出的新的巫山神女形象。此外，喻汝砺《题周昉美人拜月图》以巫山神女言画中美人凄苦孤独[③]；韩元吉《题陈季陵家巫山图》以神女情感与旅人之孤寂结合，再以昭君出塞之

---

① 李文泽编：《司马光集》第一册，四川大学出版社，2010年版，第450页。

② 北京大学古文献研究所编：《全宋诗》，第34册，第21758页。

③ 北京大学古文献研究所编：《全宋诗》，第27册，第17877页。

孤苦情态关联巫山神女故事①；与韩元吉同时代的朱之才《次韵东坡跋周昉所画〈欠伸美人〉》也以出生于巫峡的王昭君言画中美人②，如此将巫山神女与王昭君形象结合，进而将其形塑为一哀怨孤寂之思妇形象。此外，韩元吉《题陈季陵家巫山图》、范成大《韩无咎检详出示所赋陈季陵户部巫山图诗》在以巫山云雨语境下的神女言画中景致的同时，还以帝女形象的巫山神女——瑶姬形象阐述巫山景致。

在文人的努力下，题画文学中的巫山神女另一高贵形象——帝女瑶姬得以进入语图互动的语境，使巫山神女形象与故事更加丰富。而更有意味的则是周孚《题游元著〈潇湘远景图〉》以楚王不识巫山神女而可以梦中与之欢会一事言游元虽不曾游三楚，却可以其妙识而绘传神之《潇湘远景图》③，即以楚王神遇巫山神女一事言画家妙笔传神之创作，且这一论绘画创作的角度与方式还被后人接受，如元代方回《寄题沈可久〈雪村〉》④以巫山神女事之虚幻性反言荆浩画作之写实性，便与此相似。

可见两宋时期的巫山题画诗在延续唐代对巫山文化的诠释的同时，通过文学与绘画的互动，逐渐诠释创生了一些新的巫山文化因素，如神女向花世界的融合、孤冷高贵

① 北京大学古文献研究所编：《全宋诗》，第 38 册，第 23623 页。

② 薛瑞兆、郭明志编纂：《全金诗》第一册，南开大学出版社，1995 年版，第 32 页。

③ 北京大学古文献研究所编：《全宋诗》，第 46 册，第 28773 页。

④ 方回：《桐江续集》卷二十八，景印文渊阁《四库全书》，台湾商务印书馆，1986 年版，第 1193 册，第 596 页。

的思妇神女形象的生成、巫山神女与王昭君形象的关联，巫山神女之瑶姬形象的生成等。这些由绘画与诗歌共同建构的新内容的出现，或许与非题画文学（纯粹的诗、词、散文等文学世界）中的巫山文化影响有一定关系，但绘画与文学在各自特性基础上的互动创生功能也应是重要因素。

目前所见元代的巫山题画诗词有百余篇，是宋代的四倍多。其中以巫山图为题写对象者，如姚燧《巫山图》、吴澄《题〈巫峡图〉》等，是唐代以来的传统，其他是非巫山题材的题画诗文。

就内容而言，元代巫山题画诗词对巫山地理景致的书写较多，如元好问《楚山清晓图》以巫山十二峰、楚王宫等巫山景观诠释图中楚山景致①，这是延续唐代以来的传统。需注意的是，在笔者所收集的60余篇书写巫山地理景观的题画诗词中，有十多篇是题写楚山或楚江绘画作品的，这说明元人有以巫山景观作为楚地山水景观典范的倾向。

元代巫山题画诗也有以巫山神女传说题画者，如张昱《题〈修竹士女图〉》以巫山神女故事言画中士女之春思②，史谨《题南楚才妻写容寄夫图》以阳台梦言画中女子对丈夫的思念③等。此类作品中值得注意的是方回《次

---

① 姚奠中主编：《元好问全集》上册，山西人民出版社，1999年版，第414页。

② 张昱：《可闲老人集》卷二，景印文渊阁《四库全书》，台湾商务印书馆，1986年版，第1222册，第553页。

③ 史谨：《独醉亭集》卷下，《四库全书》珍本初集，集部别集类。

韵受益题荆浩〈太行山洪谷图〉五言》^①一诗，诗人从绘画角度认为《九歌·山鬼》之山鬼即巫山神女，这一观点或许对清人顾成天等关于山鬼为巫山神女之说有影响。

两宋时期的巫山题画诗中出现了以巫山神女喻花之美者，元朝文人如王结《望江南·戏题梅图》^②和贡性之《画梅八首》（之二）^③皆延续了这一比喻方式，以神女喻梅花之美；杨载《次韵张秋泉真人〈碧桃〉》以巫山神女之诱惑性言画中桃之诱人^④；钱惟善《翠竹灵壁图》《题子昂〈疏竹远山图〉》《松雪〈竹〉》^⑤等以巫山神女之美言画中竹等，可以看作对前者的发展。

巫山题画诗词对巫山文化的书写内容与模式，到元朝时大体已经凝结下来，形成了较为稳定的书写传统。此后明清直到近代的巫山题画诗文内容，整体上没有超出元朝，只是相关的题画诗文作品数量有所增加，这说明题画文学这种巫山文化的传播方式与内容越来越受到文士的认可与积极参与，这对巫山文化不断突破地域限制而向中华文化整体融合与传播有重大的意义。

由上述可知，巫山题画诗始于庾信《咏画屏风诗》，

---

① 方回：《桐江续集》卷二十八，景印文渊阁《四库全书》，第1193册，第538页。

② 唐圭璋编：《全金元词》下册，中华书局，1979年版，第876页。

③ 邱居里、赵文友校点：《贡氏三家集·贡性之集》，吉林文史出版社，2012年版，第561页。

④ 杨载：《杨仲弘集》，福建人民出版社，2007年，第61页。

⑤ 钱惟善：《江月松风集》卷九，景印文渊阁《四库全书》，台湾商务印书馆1986年版，第1217册，第839页。

唐代巫山题画诗渐多，内容上表现了他们对巫山自然景致的推崇、对巫山神女之美艳与爱情的赞扬，同时也表达了对楚襄王耽于神女美色的批判态度。宋人的巫山题画诗文化在延续唐代的同时，逐渐诠释出一些新的巫山文化因素，如以神女言花之美、将神女作为思妇的象征、神女之瑶姬形象的生成等，这些反映了宋代题画诗对巫山文化的创生之功。元代延续了宋代巫山题画诗的书写传统，其较少的新异处体现在开始出现以巫山景观作为楚地山水景观典范的倾向，这也是巫山文化发展的一种表现。明清时期的巫山题画诗则延续了宋元以来的巫山题画诗书写模式，稳定地传播着巫山文化。

需特别说明的是，本书的出版，得到重庆三峡学院文学院中国语言文学市级重点学科建设项目经费的资助。本书还得到了我校两科研平台的支持，它们分别是：重庆三峡学院三峡文化与社会发展研究院的"题画文学与巫山文化研究"（编号：KF201604）和"历代巫山题画文献汇编"，三峡库区可持续发展研究中心（今三峡研究院）的"题画文学与巫山文化的传播"（编号：16sxxyjd05）。特表谢忱。

凡　例

一、本书所选录诗词，有的是对巫山题材画的诠释，有的是以巫山文化相关的词汇意象诠释非巫山题材绘画，本书统称这些作品为"巫山题画诗词"。

二、本书收集了自北朝庾信至民国初乔大壮的诗词作品，共涉及二百九十余位作家、四百余篇作品，其中以诗词为主，有散曲十余篇。

三、作家作品的排列大体以时间先后为序。

四、注释作品时，对每一位作家的生平作简要介绍，同一作家有多篇作品的，只于首篇作品中介绍该作家，此后不再出注。

五、注释尽量从简。部分注释参考了学界已有成果，恕不一一指出，敬请谅解。

六、元朝、清朝部分作品的注文参考了作者参与编写的《巫山诗文》辽金元卷、清代卷部分内容，但本书作了适当简化与修订。

目 录

7

咏画屏风诗二十五首（之四）

庾信[1]

昨夜鸟声春，惊鸣动四邻。

今朝梅树下，定有咏花人。

流星浮酒泛，粟瑱绕杯唇。[2]

何劳一片雨，唤作阳台神。[3]

（倪璠《庾子山集注》）

【注释】

[1] 庾信（513—581），字子山。南阳新野（今属河南）人。曾为东宫学士，后出使西魏，在此期间，梁为西魏所灭，庾信被迫逗留北方，官至车骑大将军、开府仪同三司，故又称"庾开府"。北周代魏后，迁骠骑大将军、开府仪同三司，封侯。死于隋文帝开皇元年（581）。有《庾子山集》存世。

[2] 流星：指酒面漂浮的气泡。酒泛：酒杯中的酒的表面。粟瑱（tiàn）：此指耳坠。杯唇：酒杯的边缘。

[3] 阳台：即楚阳台，又称阳云台，简称阳台，故址在今重庆巫山县城西北高都山上，相传为楚怀王与巫山神女幽会处。阳台神，指巫山神女。

咏画障[1]

上官仪[2]

芳晨丽日桃花浦，珠帘翠帐凤凰楼。[3]
蔡女菱歌移锦缆，燕姬春望上琼钩。[4]
新妆漏影浮轻扇，冶袖飘香入浅流。[5]
未减行雨荆台下，自比凌波洛浦游。[6]

（《全唐诗》卷四十）

【注释】

[1] 画障：有绘画的屏风。

[2] 上官仪（约608—664）：字游韶，陕州陕县（今河南陕州区）人。太宗贞观初登进士第，召授弘文馆直学士，迁秘书郎。唐高宗麟德元年（664），被诬下狱而死。其诗绮错婉媚，时称"上官体"。

[3] 桃花浦：开有桃花的水边。此指画障上的景观。

[4] 蔡女：蔡国的女子，宋玉《登徒子好色赋》有"迷下蔡"之说，故以之泛指美女。菱歌：采菱时所唱歌曲。锦缆：用锦绣装饰的缆绳，代指船。燕姬：燕地美女。琼钩：残月。

[5] 漏影：言其身影映照于清流中。冶袖：华丽的袖子。

[6] 行雨：用巫山神女典故。宋玉《高唐赋·序》："昔者先王尝游高唐，怠而昼寝，梦见一妇人曰：'妾巫山之女也，为高唐之客。闻君游高唐，愿荐枕席。'王因幸之。去而辞曰：'妾在巫山之阳，高丘之阻，旦为朝云，暮为行雨。朝朝暮暮，阳台之下。'"荆台：后用行雨、行云言男女欢会事。洛浦：洛水之滨，借指传说中的洛水女神，即洛神。

山水粉图[1]

陈子昂[2]

山图之白云兮，若巫山之高丘。[3]
纷群翠之鸿溶，又似蓬瀛海水之周流。[4]
信夫人之好道，爱云山以幽求。[5]

（《全唐诗》卷八十三）

【注释】

[1] 粉图：色粉绘画。

[2] 陈子昂（659—700）：字伯玉，梓州射洪（今四川射洪）人，初唐诗人，有《陈子昂集》传世。

[3] 高丘：高山。言图中白云，似神女所居之巫山高峰。

[4] 纷，多貌。群翠，翠绿的群山。鸿溶：耸峙。蓬瀛：蓬莱和瀛洲，传说中的神山。

[5] 夫人：此人。幽求：潜心探求。

奉和李右相中书壁画山水[1]

孙逖[2]

庙堂多暇日，山水契中情。[3]
欲写高深趣，还因藻绘成。[4]
九江临户牖，三峡绕檐楹。[5]

花柳穷年发，烟云逐意生。[6]
能令万里近，不觉四时行。
气染荀香馥，光含乐镜清。[7]
咏歌齐出处，图画表冲盈。[8]
自保千年遇，何论八载荣。[9]

（《全唐诗》卷八十三）

【注释】

[1] 李右相：唐玄宗宰相李林甫。据《历代名画记》卷九，李林甫善丹青。中书：中书省，宰相办公之处。此山水画当出于李林甫之手。

[2] 孙逖（696—761）：博州武水（今山东聊城）人。一说河南巩义市。

[3] 庙堂：朝廷。

[4] 藻绘：文采，此指绘画。

[5] 九江：多指浔阳境内之大江。三峡：唐初三峡自西向东分别为广溪峡、巫峡、西陵峡。此诗句言九江、三峡皆见于画面屋壁。

[6] 穷年：终年，言花柳四季盛开。

[7] 荀香：即荀令香。指东汉末年曹操的谋士荀彧。据习凿齿《襄阳记》载，东汉荀彧性喜香，常将衣服熏香，若去他人家坐一下，坐处三日有香气。乐镜清：《世说新语·赏誉》载西晋乐广尚清谈，卫瓘将他比作"人之水镜"，可使人"披云雾，见青天"。

[8] 冲盈：《道德经》："大盈若冲。"冲即冲虚，言中书壁上之山水画显示了李林甫大盈若冲的心性。

[9] 遇：遇合。此指李林甫为唐玄宗所信任。八载荣：李林甫诗有"八载忝司存"句。

夔州歌十绝句（其八）[1]

杜甫[2]

忆昔咸阳都市合，山水之图张卖时。
巫峡曾经宝屏见，楚宫犹对碧峰疑。[3]

（《全唐诗》卷二二九）

【注释】

[1] 夔州：今重庆奉节。

[2] 杜甫（712—770）：字子美。祖籍京兆杜陵（今陕西西安市东南），世居巩县（今巩义市）。安史之乱后入蜀，于成都西郊浣花溪畔结草堂而居。严武镇蜀，引为节度参谋，表荐检校工部员外郎。大历元年（766）到夔州，两年后出峡，大历五年冬卒，终年五十九岁。

[3] 宝屏：装饰精美的屏风。楚宫：在巫山县西阳台古城内，即襄王所游之地。碧峰：巫山有十二碧峰，因其四时常碧，故名。

观元丹丘坐巫山屏风图[1]

李白[2]

昔游三峡见巫山，见画巫山宛相似。
疑是天边十二峰，飞入君家彩屏里。[3]
寒松萧瑟如有声，阳台微茫如有情。[4]
锦衾瑶席何寂寂，楚王神女徒盈盈。[5]
高咫尺，如千里，翠屏丹崖灿如绮。

苍苍远树围荆门，历历行舟泛巴水。[6]

水石潺湲万壑分，烟光草色俱氛氲。[7]

溪花笑日何年发，江客听猿几岁闻。

使人对此心缅邈，疑入嵩丘梦彩云。[8]

（《全唐诗》卷一八三）

【注释】

［1］元丹丘：又称丹丘子、丹丘生。道家隐者，李白挚友。

［2］李白（701—762）：字太白，号青莲居士。祖籍陇西成纪（今甘肃天水附近），出生在中亚碎叶城，五岁时随家迁居绵州昌隆县（今四川江油）。天宝元年（742）供奉翰林，因称"李翰林"。宝应元年（762），卒于当涂（今属安徽马鞍山市）。

［3］十二峰：指巫山十二峰，包括望霞、翠屏、朝云、松峦、集仙、聚鹤、净坛、上升、起云、飞凤、登龙、圣泉。在巫山县东沿长江两岸。

［4］阳台：即楚阳台。

［5］锦衾：锦绣的被子。瑶席：华美的枕席。楚王神女：用楚王与巫山神女相会故事。盈盈：形容举止、仪态美好。

［6］荆门：山名，在今湖北省宜都市西北，长江南岸，隔江和虎牙山相对。巴水：古河流名，在巫山之上流。

［7］潺湲：水慢慢流动的样子。氛氲：云烟弥漫貌。

［8］缅邈：久远，遥远。彩云：喻巫山神女。

巫山枕障[1]

李白

巫山枕障画高丘，白帝城边树色秋。[2]
朝云夜入无行处，巴水横天更不流。[3]

（《全唐诗》卷一八三）

【注释】

[1] 枕障：枕席前的屏风。巫山枕障：指画有巫山景色的枕前屏风。

[2] 高丘：高丘山，在巫山县城西北一里处，有神女所在的阳台遗址。白帝城：在今重庆奉节县瞿塘峡口的长江北岸。

[3] 朝云：巫山神女名。

题画帐二首其一远帆

皇甫冉[1]

朝见巴江客，暮见巴江客。[2]
云帆傥暂停，中路阳台夕。[3]

（《全唐诗》卷二四九）

【注释】

[1] 皇甫冉（717—770）：字茂政，润州（今镇江）丹阳人，唐代诗人。

　　[2] 巴江：河川名。源出四川省南江县北大巴山，南流会巴水及渠江，入嘉陵江。

　　[3] 倘：假如。

观李凑所画美人幛子[1]

刘长卿[2]

爱尔含天姿，丹青有殊智。[3]

无间已得象，象外更生意。[4]

西子不可见，千载无重还。[5]

空令浣纱态，犹在含毫间。[6]

一笑岂易得，双蛾如有情。[7]

窗风不举袖，但觉罗衣轻。[8]

华堂翠幕春风末，内阁金障曙色开。[9]

此中一见乱人目，只疑行雨到阳台。[10]

（《全唐诗》卷一四九）

【注释】

　　[1] 李凑：李林甫之侄，长于仕女人物画。幛子：画轴。

　　[2] 刘长卿（714—？789）：字文房，宣城（今属安徽）人。唐代著名诗人。

　　[3] 天姿：指李凑所画之美人。

　　[4] 无间：最微小的地方。象：物象。此句言李凑之画于微忽处产生物象，在画像之外又产生新意。

　　[5] 西子：西施。重还：复生。

［6］浣沙：即浣纱。浙江若耶溪，相传西施曾浣纱于此，故又名浣纱溪。此言西施浣纱美姿。含毫：吮笔作画。

［7］双蛾：双眉。

［8］罗衣：丝衣。

［9］华堂：华丽的厅堂，代指富贵处所。翠幕：美丽的帷幕。

［10］行雨：用巫山神女"旦为朝云，暮为行雨"典故，喻男女之间缠绵欢爱。

酬雍秀才贻巴峡图[1]

薛涛[2]

千叠云峰万顷湖，白波分去绕荆吴。[3]
感君识我枕流意，重示瞿塘峡口图。[4]

（《全唐诗》卷八〇三）

【注释】

［1］巴峡：指巴县以东江面的石洞峡、铜锣峡、明月峡。

［2］薛涛（770—832）：字洪度。长安（今属陕西）人，中唐时期颇有文名的女诗人。幼时随父入蜀，青少年时为歌妓，后脱乐籍隐居于成都西郊浣花溪。后武元衡镇西川，奏为校书郎，虽未实授，故世有"女校书"之称。

［3］荆吴：楚吴，今湖南湖北江浙一带。

［4］枕流：枕石漱流，言隐士高洁之情志。瞿塘峡：三峡之首，也称夔峡。

追赋画江潭苑四首之一[1]

李贺[2]

吴苑晓苍苍，宫衣水溅黄。[3]
小鬟红粉薄，骑马佩珠长。[4]
路指台城迥，罗熏裤褶香。[5]
行云沾翠辇，今日似襄王。[6]

（《全唐诗》卷一四九）

【注释】

[1] 江潭苑：又名王游苑，南朝梁大同时所建，在今江苏南京市西南。

[2] 李贺（790—816）：字长吉，河南福昌（今河南宜阳）人，唐代著名诗人。

[3] 吴苑：江潭苑在金陵，属于古吴国，故名。水溅黄：水黄色，鹅黄色。

[4] 鬟：古代妇女的环形发髻。此代指宫女。

[5] 台城：晋、宋时称朝廷禁省为"台"，故称禁城为"台城"。迥：远。褶：古人所穿之衬衣。

[6] 行云：用巫山神女典故，此借指宫女。翠辇：帝王车架。襄王：楚襄王。

寄荆娘写真[1]

李涉[2]

章华台南莎草齐，长河柳色连金堤。[3]
青楼曈昽曙光蚤，梨花满巷莺新啼。[4]
章台玉颜年十六，小来能唱西梁曲。[5]
教坊大使久知名，郢上词人歌不足。[6]
少年才子心相许，夜夜高堂梦云雨。[7]
··········

召得丹青绝世工，写真与身真相同。
··········

画图封裹寄箱箧，洞房艳艳生光辉。
良人翻作东飞翼，却遣江头问消息。[8]
经年不得一封书，翠幕云屏绕空壁。
结客有少年，名总身姓江。[9]
征帆三千里，前月发豫章。[10]
知我别时言，识我马上郎。
恨无羽翼飞，使我徒怨沧波长。[11]
开箧取画图，寄我形影与客将。
如今憔悴不相似，恐君重见生悲伤。
苍梧九疑在何处，斑斑竹泪连潇湘。[12]

（《全唐诗》卷四百七十七）

【注释】

[1] 荆娘：楚地女子，可能是当时名妓。写真：画像。

[2] 李涉：生卒年不详，约 806 年前后在世，自号清溪子，洛（今河南洛阳）人。文宗大和（827—835）中，任国子博士，世称"李博士"。

[3] 章华台：春秋时期楚灵王造，在今湖北监利县西北。代指荆娘所居之地。莎草：香附子。金堤：本指堤塘。

[4] 青楼：原指显贵家用青漆涂饰的豪华楼房，后多用来称妓院，也代指妓女。曈昽：太阳初出渐明的光景。蚤：通"早"。

[5] 章台：汉代长安城中繁华的街名，后借称妓院所在。西梁曲：唐教坊中西凉传来的《凉州》一类的流行歌曲。

[6] 教坊：唐代掌管女乐的官署名。大使：似指教坊领班头目。郢：春秋时期楚国的都城，在今湖北江陵西北。

[7] 云雨：借楚襄王梦游高堂与巫山神女相会的故事言男女情事。

[8] 良人：古时妇女称丈夫。东飞翼：喻离去的良人。

[9] 江总：南朝陈济阳考城（在今河南省兰考县）人。为陈后主所宠信，喜作艳诗，号为狎客。此喻风流才子。

[10] 豫章：古郡名，辖境相当于今江西省地。

[11] 沧波：碧波。

[12] 苍梧九疑：山名，相传为舜所葬处。斑斑竹泪：斑竹，又称湘妃竹，竹身有紫褐色斑点。相传为舜帝二妃娥皇、女英眼泪所染。

观钓台画图

徐凝[1]

一水寂寥青霭合，两崖崔崒白云残。[2]
画人心到啼猿破，欲作三声出树难。[3]

（《全唐诗》卷八〇三）

【注释】

[1] 徐凝：字不详，唐分水柏山（今桐庐县分水）人。元和中官至侍郎。此画乃僧人道芬上人所作，诗人以此诗悼之。

[2] 青霭：云气，因其色紫，故称。

[3] 三声：猿声凄厉，哀鸣三声即令客商断肠。北魏郦道元《水经注·江水二》："故渔者歌曰：巴东三峡巫峡长，猿鸣三声泪沾裳。"

游长安诸寺联句·道政坊宝应寺·小小写真联句[1]

段成式、张希复、郑符[2]

如生小小真，犹自未栖尘。[3]
揄袂将离座，斜柯欲近人。[4]
昔时知出众，情宠占横陈。
不遣游张巷，岂教窥宋邻。[5]
庾楼吹笛裂，弘阁赏歌新。[6]
蝉怯纤腰步，蛾惊半额矉。[7]

13

图形谁有术，买笑讵辞贫。[8]

复陇迷村径，重泉隔汉津。[9]

同心知作羽，比目定为鳞。[10]

残月巫山夕，余霞洛浦晨。[11]

（《全唐诗》卷七九二）

【注释】

[1] 小小：据段成式《酉阳杂俎·宝应寺》，此"小小"乃王缙家妓。写真：画像。联句：作诗方式之一，由两人或多人各成一句或几句，合而成篇。此"小小写真"，乃宝应寺中释梵天女画像，以歌妓小小为范本而作。

[2] 段成式（803—863）：字柯古，晚唐邹平人，唐代著名志怪小说家。张希复（？—853）：字善继，深州陆泽（今河北深州）人。一作镇州常山（今河北正定）人。进士及第。曾与段成式共官于秘书省。郑符（？—846）：字梦复，会昌三年（843）为校书郎。与段成式、张希复多有唱和。事见《酉阳杂俎》续集卷五。

[3] 真：写真，指画像。栖尘：落上灰尘。

[4] 揄袂（yúmèi）：扬袖，引袖。斜柯：欹侧身躯。

[5] 张巷：用张绪事。张绪，字思曼，南朝齐吴郡人。《南史·张绪传》载，张绪美风姿，清简寡欲，口不言利。齐武帝植蜀柳于灵和殿前，曾赞叹曰："此杨柳风流可爱，似张绪当年时。"窥宋邻：用"东墙窥宋"典。宋玉《登徒子好色赋》："大夫登徒子侍于楚王，短宋玉曰：'玉为人，体貌闲丽，口多微辞，又性好色。……'王以登徒子之言问宋玉，玉曰：'至于好色，臣无有也。'……玉曰：'天下之佳人莫若楚国，楚国之丽者莫若臣里，臣里之美者莫若臣东家之子。东家之子，增之一分则太长，减之一分则太短……嫣然一笑，惑阳城，迷下蔡。然此女登墙窥

臣三年，至今未许也。'"

[6] 庾楼：即庾公楼。在今湖北鄂州市南。因东晋名士庾亮曾与僚佐登此共赏秋景，又称"玩月楼"。后以"南楼"或"庾楼"为雅游的典实。弘阁：汉公孙弘开东阁以延贤人。

[7] 蝉：蝉鬓，形容女子鬓发美好。纤腰：细腰。蛾：蛾眉。颦：皱眉。

[8] 图形：画像。买笑：谓以千金博美人一笑。

[9] 复陇：坟墓。重泉：九泉，死者所归之处。汉津：指银河。

[10] 作羽：化为比翼鸟。比目：比目鱼，鲽形目，须两两相并始能游行。鳞：代指鱼。

[11] 巫山：指巫山神女。洛浦：洛水之滨，用曹植《洛神赋》所写洛水女神宓妃事。

题永嘉杨孟均巫山图

居简[1]

部领群峰压小巫，阳台犹自雪模糊。
若教指点猿啼处，判得刚肠百断无。

（《北磵诗集》）

【注释】

[1] 居简（1164—1246）：字敬叟，号北磵，潼川（今四川三台）人，南宋著名诗僧，著有《北磵文集》《北磵诗集》等。

和景仁答才元寄示花图[1]

司马光[2]

高士闲居旧，名花独步今。[3]
移从洛浦远，濯自锦江深。[4]
传得巫山貌，非因延寿金。[5]
不须天女散，已解动禅心。[6]

（《司马光集》卷十四）

【注释】

[1] 景仁：范镇（1008—1089），字景仁。成都华阳（今四川成都）人。神宗时任翰林学士兼侍读。哲宗时封蜀郡公。才元：李大临，字才元，成都华阳人。

[2] 司马光（1019—1086）：字君实，号迂夫，晚号迂叟，陕州夏县（今属山西）涑水人，世称涑水先生。著有《资治通鉴》。

[3] 高士：志行高洁之士。

[4] 洛浦：洛水之滨，借指洛神。锦江：岷江的支流，在今成都平原。

[5] 巫山貌：巫山神女之貌。此以巫山神女喻花。延寿，即毛延寿，汉代宫廷画师。《西京杂记》毛延寿等"并永光建昭中画手。时元帝后宫既多，使图其状，每披图召见。诸宫人竞赂画工钱帛，独王嫱貌丽，意不苟求工，人遂为丑状。及匈奴求汉美女，上按图召昭君行，帝见昭君貌第一，甚悔之，而籍已定，乃穷其事，画工皆弃市，籍其家，赀皆巨万"。

[6] 天女散：佛教语，本以花是否着身验证诸菩萨、声闻的向道之心，声闻结习未尽，花即着身。后多以"天女散花"形容抛洒东西或大雪纷飞的样子。

山水屏

刘攽[1]

吾家古屏来江南，白昼水墨渍烟岚。[2]

我行北方未尝见，众道巫峡兼湘潭。[3]

山头老树长参天，水上衰公撑钓船。[4]

青蓑拥身稚子眠，得鱼不卖心悠然。

久嫌时世趣向狭，颇思种药依林泉。

桃源仙家不可到，但愿屏上山水置眼前。[5]

（《全宋诗》卷六一六）

【注释】

[1] 刘攽（1022—1088）：字贡父，号公非，临江新喻（今江西新余）人。北宋史学家，著有《彭城集》，《资治通鉴》的编撰者之一。

[2] 烟岚：山林中的雾气。

[3] 巫峡：长江三峡之一。湘潭：潭州属县名，今属湖南。

[4] 衰公：穿雨衣的老者。

[5] 桃源：桃源洞。在今浙江省天台县北。相传东汉时，刘晨、阮肇到天台山采药迷路，误入桃源洞遇见两个仙女，被邀至家中半年后回家，子孙已过七代。

易元吉画猿[1]

刘挚[2]

槲林秋叶青玉繁，枝间倒挂秋山猿。[3]
古面睢盱露瘦月，毧毛匀腻舒玄云。[4]
老猿顾子稍留滞，小猿引臂劳攀援。
坐疑跳踯避人去，仿佛悲啸生壁间。[5]
巴山楚峡几千里，寒岩数丈移秋轩。[6]
渺然独起林壑志，平生愿得与彼群。[7]
吾知画者古有说，神鬼为易犬马难。
物之有象众所识，难以伪笔淆其真。
传闻易生近已死，此笔遂绝无几存。
安得千金买遗纸，真伪常与识者论。[8]

（《忠肃集》卷十六）

【注释】

[1] 易元吉（生卒年不详）：字庆之，长沙（今属湖南）人，北宋画家，长于画猿。

[2] 刘挚（1030—1097）：字莘老，永静军东光（今属河北）人。官至侍御史、尚书右仆射。有《忠肃集》四十卷，佚。

[3] 槲（hú）：木名，即柞栎，落叶乔木。青玉：喻青翠的植物。指绿竹。

[4] 睢盱（suīxū）：睁眼仰视貌。瘦月：弯月，喻猿之侧脸。毧（rǒng）毛：鸟兽贴近皮肤的柔软细毛。玄云：黑云，喻猿毛发。

[5] 坐疑：突然生疑。

[6] 巴山：巴地之山。多指三峡之山。楚峡：楚地峡谷。多指巫峡。

秋轩：秋窗。

[7] 渺然：悠远貌。林壑志：指归隐山林之心志。

[8] 安：焉。遗纸：此诗所咏之画。

宣诏厅歌赠朱太守[1]

郭祥正[2]

使君心画天下无，构厅宣诏西南隅。[3]
晓光初散射檐桷，夜气欲合吞江湖。
甓甃摩挲滑瑶玉，重窗窈窕明青朱。[4]
胡生画手出前辈，素壁为写巫山图。[5]
一条江练澄碧落，十二峰色峨珊瑚。[6]
玄猿老虎啸仿佛，长松瘦石寒扶疏。[7]
中间皓鹤最恬淡，九霄独立形神孤。
君去班春劝耕稼，君归命客同欢娱。[8]
三冬垂帘醉春瓮，六月静坐临冰壶。
巴笺血色洒醉笔，五字七字排玑珠。[9]
和风匝地怨气灭，险吏缩手穷氓苏。

（《郭祥正集》卷二）

【注释】

[1] 宣诏厅：传达诏书之地。

[2] 郭祥正（1035—1113）：字功父，一作功甫，自号醉吟居士、谢公山人等，当涂（今安徽马鞍山）人。曾任太子中舍人、桐城令，任签

书保信军节度判官。有《郭祥正集》。

[3] 使君：汉代对刺史的称呼，后用作州郡长官的尊称。心画：书面文字，书法。

[4] 甓甃（pìzhòu）：砖壁。摩挲：用手抚摩。瑶玉：美玉。窗：同"窗"。

[5] 巫山图：以巫山为书写对象的绘画作品。

[6] 碧落：指蓝天。十二峰：巫山十二峰。峨：巍峨。

[7] 扶疏：枝叶繁茂四布的样子。

[8] 班春：颁布春令，指古代地方官督导农耕之政令。

[9] 巴笺：巴蜀地区产的一种优质纸。玑珠：喻其文字优美。

题小雁屏二首其一[1]

陈氏[2]

曲屏谁画小潇湘，雁落秋风蓼半黄。[3]
云澹雨疏孤屿远，会令清梦到高唐。[4]

（《全宋诗》卷八四一）

【注释】

[1] 小雁屏：画有鸿雁的小屏风。

[2] 陈氏：侯官（今福建福州）人。陈襄（1017—1080）女。适晋宁军判官李生。

[3] 潇湘：潇水与湘江的并称。多借指今湖南地区。蓼：一年生草本植物，生长在水边或水中，亦称"水蓼"。

[4] 孤屿：孤立的岛屿。高唐：战国时楚国台观名，在巫山。传说楚王游高唐，梦见巫山神女，幸之而去。

答张十八画

廖正一[1]

玉人风味夙相亲，骨法多奇巫峡神。[2]
何幸丹青烦右相，坐令虚室四时春。[3]

（《全宋诗》卷一○六九）

【注释】

[1]廖正一：宋哲宗时人，字明略，号竹林居士。安陆（今属湖北）人。著有《竹林集》。

[2]玉人：容貌俊秀的人。骨法：骨相，或体格相貌。巫峡神：巫山神女。

[3]丹青：丹和青是我国古代绘画常用的两种颜色，常借指绘画。右相：职官名。春秋时齐景公始置左右相各一，秦汉因之。北齐、北周改设左右丞相，唐天宝以后改侍中为左相，中书令为右相。

题苏若兰回文锦诗图[1]

黄庭坚[2]

千诗织就回文锦，如此阳台暮雨何。[3]
亦有英灵苏蕙手，只无悔过窦连波。[4]

（郑永晓《黄庭坚全集辑校编》第七辑）

【注释】

[1] 苏若兰回文锦诗图:《晋书》卷九十六《列女传》:"窦滔妻苏氏,始平人也,名蕙,字若兰,善属文。滔,苻坚时为秦州刺史,被徙流沙,苏氏思之,织锦为回文旋图诗以赠滔。宛转循环以读之,词甚凄婉,凡八百四十字。"

[2] 黄庭坚(1045—1105):字鲁直,号山谷道人,晚号涪翁,分宁(今江西修水)人。"苏门四学士"之一,江西诗派创始人。著有《豫章黄先生文集》等。

[3] 阳台:楚王与巫山神女欢会之地。暮雨:用巫山神女"旦为朝云,暮为行雨"典故,喻指男女相爱。

[4] 窦连波:苏若兰之夫窦滔,字连波。

题巫山图[1]

贺铸[2]

巫山彼美神,秀色发朝云。[3]
绚丽不可挹,飘飘去无痕。[4]
楚梦一夕后,苍山秋复春。[5]
目断肠亦断,往来今古人。

(王梦隐、张家顺校注《庆湖遗老诗集校注》卷二)

【注释】

[1] 作者自注:"滏阳张氏出此图,盖唐人画。庚申四月赋。"

[2] 贺铸(1052—1125):字方回,号庆湖遗老、北宗狂客,卫州(今河南卫辉市)人。北宋著名词人。

［3］朝云：巫山神女的化身，语本宋玉《高唐赋·序》。

［4］挹（yì）：舀，把液体盛出来。

［5］楚梦：犹楚王梦，用楚王梦巫山神女事。

题周忘机画[1]

王廷珪[2]

罗浮飞瀑落九天，尺素倒流三峡泉。[3]

怪底晴窗起风雨，洞庭野色潇湘烟。[4]

平生江山入吾手，况有对坐南昌仙。[5]

不须作此有声画，妙画自以无声传。[6]

（陈邦彦《御定历代题画诗类》卷十四）

【注释】

［1］周忘机：北宋画僧，名纯，成都华阳人。

［2］王廷珪（1079—1171）：字民瞻，自号庐溪真逸，吉州安福（今属江西）人。曾隐居庐溪五十年，有《庐溪集》。

［3］罗浮：山名。在广东省东江北岸。东晋葛洪曾在此修道，道教称为"第七洞天"。尺素：画轴。

［4］潇湘：即湘江，其水清澈见底，五色鲜明，故称"潇湘"。

［5］南昌仙：周忘机久居荆楚间，故诗人以南昌仙称之。

［6］有声画：因诗中多画意，且可供人吟诵，故称。

次韵可师题于逢辰画山水二首之一[1]

徐俯[2]

江汉踰千里，阴晴自一川。
故山黄叶下，梦境白鸥前。[3]
巫峡常云雨，香炉旧紫烟。[4]
布帆无恙在，速上钓鱼船。[5]

（《全宋诗》卷一三八〇）

【注释】

[1] 可师：作者友人，庐山西林寺僧。于逢辰：宋代画家，长于山水画。

[2] 徐俯（1075—1141）：字师川，洪州分宁（今江西修水）人，黄庭坚之甥。

[3] 故山：旧山，喻家乡。

[4] 巫峡：长江三峡之一，西起重庆市巫山县大宁河口，东至湖北省巴东县官渡口。香炉：庐山香炉峰。

[5] 布帆无恙：言旅行途中舟船布帆完好无损，喻旅途平安。

传画美人戏成

李纲[1]

美人颜色娇如花，鬓发光黟朝阳鸦。[2]
玉钗斜插翠眉蹙，岂亦有恨来天涯。[3]

画工善画无穷意，故把双眸剪秋水。[4]

丹青幻出亦动人，况复嫣然能启齿。[5]

年来居士心如灰，草户金锤击不开。[6]

纵教天女来相试，虚烦云雨下阳台。[7]

（王瑞明点校《李纲全集》卷十二）

【注释】

[1] 李纲（1083—1140）：字伯纪，号梁溪居士，邵武（今属福建）人。著有《梁溪集》等，近人编有《李纲全集》。

[2] 翳（yì）：遮蔽。朝阳鸦：形容鬓发乌黑光亮。

[3] 翠眉：古代女子多用青黛画眉，故称"翠眉"。

[4] 秋水：比喻明亮的眼波。

[5] 丹青：指绘画。嫣然：妩媚美好貌。

[6] 居士：旧时出家人对在家信佛的人的泛称，也指隐居者。草户：用草编成的门户，形容居所简陋。

[7] 天女：女神。后秦鸠摩罗什译《维摩诘所说经》卷中："时维摩诘室有一天女，见诸大人闻所说法便现其身。"云雨下阳台：用巫山神女典故。

巫山图歌

吕本中[1]

君不见，我家壁上六幅图，淡墨寒烟半江水。

上有巉然十二峰，乃似突兀当空起。[2]

幽花妩媚闭泥土，乱石峥嵘入荆杞。[3]

巫山县下水到天，神女庙前江接连。[4]

溪流去与飞瀑乱，屋角却对寒崖悬。

阳台昨梦不知处，只今饥鸦迎客船。[5]

饥鸟受食不肯去，舟子欣然得神护。

晓镜新妆敛旧屏，亦有余红点荒树。

病夫坐稳便幽禅，每见此画心茫然。[6]

文章事业已罢倦，少日气味无寅缘。[7]

楚王不作宋玉死，莫雨朝云千万年。[8]

（沈晖点校《东莱诗词集·东莱诗集外集》卷二）

【注释】

[1] 吕本中（1084—1145）：南宋文人，字居仁，寿州（安徽凤台）人，人称东莱先生。官中书舍人，兼直学上院。其诗受黄庭坚、陈师道影响很大，曾作《江西诗社宗派图》。著有《东莱诗词集》《紫微诗话》等，今人韩酉山整理有《吕布中全集》。

[2] 巉（chán）然：高峭陡削貌。十二峰：巫山十二峰。突兀：高耸貌。

[3] 峥嵘：指高峻的山峰。荆杞：荆棘和枸杞，皆野生恶木。因用以形容蓁莽荒秽、残破萧条的景象。

[4] 巫山县：战国时为楚国巫郡，隋朝开皇三年（583）改巫山县。巫山在县东，也称巫峡，县因以为名。神女庙：鉴于神女"有功于三峡，而福庇于生民"，唐高宗仪凤元年（676）在巫山十二峰之一的飞凤山麓建神女庙。宋徽宗宣和四年（1122）改名凝真观，宋高宗绍兴二十年（1150）封巫山神女为妙用真人，神女庙改名为妙用真人祠。

[5] 阳台昨梦：即阳台梦，用楚怀王梦巫山神女典故。饥鸦迎客船：指庙里吃祭品的乌鸦。

［6］幽禅：坐禅。

［7］寅缘：盘桓、流连。

［8］楚王：用楚王梦巫山神女典故。宋玉：战国时期的辞赋家。字号、生卒年等均不详；或曾师事屈原，与景差为友；楚襄王以之为小臣，郁郁不得志。后人以之与屈原并称"屈宋"。今存署名宋玉的作品有《九辩》《高唐赋》《神女赋》《登徒子好色赋》等。莫雨：莫，"暮"的古字。莫雨朝云：用巫山神女"旦为朝云，暮为行雨"典故。

题蒋永仲蜀道图[1]

程俱[2]

梓州别驾真雏凤，赏古探奇坐饥冻。[3]

要窥琼构蔚蓝天，直上潼江历秦宋。[4]

每逢佳处静盘礴，流出胸中九云梦。[5]

乾坤块圠本无迹，我独毫端发神用。[6]

戏驱万变寄陶写，轩豁端倪巧抟控。[7]

苍筠擢秀饱冰雪，古干撑空中梁栋。[8]

奇磈那得在山谷，回首何年委坚重。[9]

轮囷偃盖屈金铁，夭矫惊虬起巇洞。[10]

春江莽苍迷东西，汉南老柳参差垂。

烟中远近见木末，明星已没城乌啼。

平生险怪三峡水，古木巃嵸阴风吹。[11]

石间雷雹殷九地，出入喷薄无穷时。

我身蹄足半天下，偃蹇故是山林姿。[12]

南行潆霍北嵩洛，应接不暇空狂痴。[13]

作诗写意如捕景，况有三绝穷天机。[14]

清晨对此帆自失，眼中太白横峨眉。

请君十袭秘缇革，恐复仙去归无期。[15]

（陈邦彦选编《御定历代题画诗类》卷四）

【注释】

[1] 蒋永仲：即蒋长源，永仲为其字，长于山水画。

[2] 程俱（1078—1144）：字致道，号北山，衢州开化（今浙江）人。历官礼部员外郎、中书舍人等，因病退居。著有《北山小集》四十卷。

[3] 梓州：地名，今四川三台县。别驾：官名，州刺史的佐吏。因随刺史出巡时另乘传车，故称别驾。雏凤：凤的幼鸟，比喻出色的子弟。

[4] 琼构：玉石建筑，有琼楼玉宇意。潼江：涪江，因在潼川府城东旁，故宋人多称涪江。秦宋：秦州宋江（经嘉川至阆中流入嘉陵江）。

[5] 盘礴：犹磅礴、广大貌。云梦：云梦泽，古代湖泽名。

[6] 坱圠（yǎngyà）：广大无边。毫：毛笔。

[7] 陶写：陶冶性情。轩豁：开朗。端倪：事情的眉目。抟控：摆布、安排。

[8] 筼：竹子的青皮，代指竹。苍筼：青翠茂盛状。擢秀：植物生长茂盛。

[9] 礓（jiāng）：泛指石头。

[10] 轮囷（jūn）：屈曲盘绕的样子。偃盖：形容松树枝叶横垂，张大如伞盖之状。夭矫：形容姿态伸展屈曲而有气势。巘：古同"岩"。

[11] 巃嵸：山势高峻貌。

[12] 胼（jiǎn）：手或脚上因长久摩擦而生的硬皮。胼足：生老茧的脚。引申指艰苦跋涉。偃蹇：高耸貌。

[13] 滢：水名，在襄阳。霍：古国名，在今山西霍州市西南。嵩：

嵩山，在今河南。洛：水名，在陕西。

[14] 三绝：唐代郑虔诗、书、画三者俱佳，人称郑虔三绝。

[15] 十袭：把物品一层又一层地包裹起来，以示珍贵。缇革：用赤色皮革包裹。

题叔问燕文贵雪景[1]

程俱

一壑回环十二峰，茅茨送老白云封。[2]
如今尘里看图画，却愧当年邴曼容。[3]

（吴之振等编《宋诗钞·初集·北山小集钞》）

【注释】

[1] 叔问：宋代文人赵子昼，字叔问，工书、文。燕文贵（967—1044）：一作贵，又名燕文季，北宋画家，吴兴（今浙江湖州）人，善画山水、人物，人称"燕家景致"。

[2] 十二峰：巫山十二峰。茅茨：茅草盖的屋顶。亦指茅屋。

[3] 邴曼容：西汉哀帝时人，重修身养志，为官不过六百石，过则自免，以此名重当世。

戏题画卷二首之一

程俱

五载京尘白鬓须，丹青遐想寄衡巫。[1]
如今扫迹长林下，却对真山看画图。

（吴之振等编《宋诗钞·初集·北山小集钞》）

【注释】

[1] 衡巫：衡山、巫山。

读东坡叠嶂图有感因次其韵[1]

张九成[2]

虬须英武喧天渊，当时功臣画凌烟。[3]
汉家骁骑才三万，北攻稽落书燕然。[4]
勋名鼎鼎磨星斗，百年衰落归黄泉。[5]
人间凡事都如梦，不如挂冠神武寻山川。[6]
…………
君不见，渊明归去传图画。
伯时妙手垂千年，我藏东绢今拂拭，正欲写
此春江浩渺山连娟，[7]
更要元龙湖海士，百尺楼中相对眠。[8]
玉京蓬岛置勿问，人间今是地行仙。[9]

岷江寥寥三峡远，此心欲往知何缘。[10]

烦君断取来方丈，径入东坡叠嶂篇。[11]

（杨新勋整理，《张九成集》第1册《横浦集》卷三）

【注释】

[1] 东坡叠嶂图：指苏轼题王诜《烟江叠嶂图》之《书王定国所藏〈烟江叠嶂图〉》。

[2] 张九成（1092—1159）：字子韶，号无垢居士，祖籍开封，徙居钱塘（今浙江杭州）。高宗绍兴进士，官至礼部侍郎兼侍讲。有《横浦先生文集》。

[3] 虬须：蜷曲的胡须。天渊：上天与深渊，即天地之间。凌烟：凌烟阁，位于今陕西省西安市长安区内，唐太宗为表彰功臣勋绩所建的楼阁。内悬挂二十四名功臣的画像，由阎立本绘，唐太宗亲自作赞，褚遂良题阁。

[4] 稽落：稽落山，东汉窦宪大破匈奴于此山。燕然：燕然山，古山名，即今蒙古人民共和国境内的杭爱山；东汉永元元年（89），车骑将军窦宪领兵出塞，大破北匈奴，登燕然山，刻石勒功，记汉威德。

[5] 勋：功勋。鼎鼎：盛大的样子。

[6] 挂冠神武：辞官归隐。《南史·隐逸传下·陶弘景》载陶弘景"家贫，求宰县不遂。永明十年，脱朝服挂神武门，上表辞禄"。

[7] 伯时：北宋大画家李公麟，字伯时，晚年居龙眠山，号龙眠居士。东绢：旧称四川省盐亭县产的鹅溪绢，多用于绘画。连娟：蜿蜒曲折。

[8] 元龙：犹元阳，道教对"得道"的别称。

[9] 玉京：道家称天帝所居之处，泛指仙都。蓬岛：即蓬莱山，古代传说中海上的仙山之一，也泛指仙境。地行仙：佛典《楞严经》中的神仙，后喻高寿或隐逸闲适之人，又比喻远行的人。

[10] 岷江：河川名。在四川省境，源出松潘县西北岷山，南流至都江堰，折东南经成都、眉山、青神至宜宾注入长江。古人皆信《尚书·禹贡》中长江发源于岷山之说，即"岷山导江""江源于岷"的说法。

[11] 东坡叠嶂篇：苏轼所作《书王定国所藏〈烟江叠嶂图〉》。

次韵东坡跋周昉所画《欠伸美人》[1]

朱之才[2]

巫峡昭君有奇色，毛生欲画无由得。[3]
但作东风背面身，看来已可倾人国。[4]
朝来睡起鬓发垂，手如春笋领蜻蛚。[5]
绣帷幽梦断难续，想象翠黛颦修眉。[6]
春光三月浓于酒，燕燕双飞莺唤友。
不教腻脸露桃花，且喜腰枝似杨柳。[7]
君不见汉宫多病李夫人，转面不顾君王嗔。[8]
古来画工画意亦自足，烟雾玉质何由真。[9]

（薛瑞兆、郭明志编纂《全金诗》卷三）

【注释】

[1] 次韵：古体诗词写作方法之一，步原诗韵脚和用韵次序作诗唱和，又称"步韵"。东坡：苏轼（1037—1101），字子瞻，眉州眉山（今四川眉山市）人。自称"东坡居士"。跋：写在文章或书籍后面的短文，说明成书情况或写作宗旨。周昉：字仲朗，又字景玄，唐代画家，京兆（今陕西西安市）人，生卒年不详。工仕女。欠伸：打呵欠、伸懒腰，表示疲倦。

［2］朱之才（1115年前后在世）：字师美，洛西三乡（今河南宜阳县）人。宋徽宗崇宁二年（1103）进士。工诗，著有《霖堂集》，已佚。

［3］昭君：王昭君。毛生：指毛延寿（？—前33），西汉宫廷画师，善人物。后人认为是他勒索不成，将王昭君画得很平常，未引起汉元帝注意，被派往匈奴和亲。毛延寿后被处死。

［4］倾人国：全国人为之倾倒，形容女子美貌惊人。

［5］蝤蛴（qiúqí）：天牛的幼虫，颜色白腻，身体细长，诗文中常用以比喻美女的颈项。

［6］翠黛：古代女子常用青黑色矿物颜料螺黛画眉，故以"翠黛"为眉的别称。

［7］腻脸：粉脸，指妇女搽过脂粉的脸。

［8］李夫人：汉武帝宠妃李氏，名不详，艺人出身，中山（今河北定州市）人，李延年之妹。死后多年仍令汉武帝念念不忘。

［9］烟雾玉质：比喻云雾朦胧中似是而非、亦真亦幻的美丽，令人向往却又可望不可及。

题周昉美人拜月图[1]

喻汝砺[2]

东风原自无消息，独卷珠帘望春色。[3]
风惊红叶堕珊珊，梦断行云泣残月。[4]
挹挹柔情不自持，此心端被月先知。[5]
窥窗入户如相伴，应是娇娥惯别离。[6]

【注释】

[1] 周昉：生卒年不详，字仲朗、景玄，京兆（今陕西西安）人。唐代著名画家，长于仕女画。

[2] 喻汝砺（？—1143）：字迪孺，仁寿（今属四川）人。

[3] 珠帘：珍珠装缀的门帘。

[4] 珊珊：形容衣裙玉珮的声音，此言落叶之声。梦断行云：行云，喻男女情爱事；言梦断，则相会无由。

[5] 挹挹（yì）：细致貌。

[6] 娇娥：美貌的少女。

墨 梅

闻人武子[1]

陇首人归信息稀，愁看冰楮破寒枝。[2]

瑶姬驻立缘何事，直到霜飞月堕时。[3]

（孙绍远《声画集》卷五）

【注释】

[1] 闻人武子：号蓬池，曾寓居丹徒丁角。高宗绍兴三年（1133）曾为淮东宣抚使干办公事。著有《蓬池编》。

[2] 陇首：指陇山，六盘山南段的别称，在陕西省陇县西北。陇首人归，用陆凯折梅寄范晔事。刘宋时陆凯寄梅花与范晔，并附诗曰："折梅逢驿使，寄与陇头人。江南无所有，聊赠一枝春。"冰楮，白纸。破，破墨，中国绘画的一种墨法。

[3] 瑶姬：巫山神女的名字，相传为天帝的小女儿。郦道元《水经

注·江水二》："郭景纯曰：丹山在丹阳，属巴。丹山西即巫山者也。又帝女居焉，宋玉所谓天帝之季女，名曰瑶姬，未行而亡，封于巫山之阳，精魂为草，实为灵芝，所谓巫山之女，高唐之阻，旦为朝云，暮为行雨，朝朝暮暮，阳台之下。"

黄州栖霞楼苏翰林所赋小舟横截春江是也曾竑父罢郡画为图求诗[1]

王铚[2]

铜雀不得锁二乔，春江亦梦携西子。[3]

此楼缥缈相风流，此恨缠绵在云水。

洞庭叶下愁湘君，不独阳台云雨神。[4]

精神感通若相遇，梦境幻境皆成真。

黄州刺史清如镜，水光山色心同莹。[5]

牧之出守到元之，谁解把诗闻万乘。[6]

图成携得千里行，孤帆趁落斜阳城。

江头莫指挽邓处，离合古今同一情。[7]

（《全宋诗》卷一九一〇）

【注释】

[1] 黄州：今湖北黄冈市黄州区。栖霞楼：在黄州。苏翰林：指苏轼。所赋小舟横截春江：指苏轼《水龙吟》词。曾竑父：曾竑父，作者友人，生平不详。

[2] 王铚（生卒年不详）：两宋时期学者。字性之，自号汝阴老民，

汝阴（今安徽阜阳）人。因触犯宰相秦桧，遂遭摈斥；后擢右宣教郎、充湖南安抚司参议官。著有《然记》《雪溪集》《国老谈苑》《七朝国史》等。

[3] 铜雀：即铜雀台，汉末曹操所建，铸大孔雀置于楼顶，故名铜雀台。故址在今河北临漳县西南古邺城的西北隅。二乔：三国时吴国乔公二女，分别为大乔、小乔。西子：即西施，春秋时越国美女。

[4] 湘君：尧之二女，舜之二妃。舜南巡死于苍梧，二妃从之，溺死沉湘间。阳台云雨神：指巫山神女。

[5] 刺史：古代官名。原为朝廷所派督察地方之官，后沿为地方官职名称。莹：光洁像玉的石头。此言心如美玉般光洁。

[6] 牧之：杜牧（803—852），字牧之，唐京兆万年（今陕西西安）人。曾为黄、池、睦诸州刺史。元之：王元之，宋时曾为黄州刺史。万乘：天子。

[7] 挽邓：典出《晋书·邓攸传》："邓攸，字伯道平，阳襄陵人也。……时吴郡阙守，人多欲之，帝以授攸。……后称疾去职。……百姓数千人留牵攸船，不得进，攸乃小停，夜中发去。"

寄巫山图与林致一喻叔奇[1]

王十朋[2]

图画巫山十二峰，缄题遥寄旧游从。[3]
烦君仔细看山色，不似老夫归意浓。

数千里外共明月，十二峰头望故乡。
我对此山无梦寐，梦魂只在雁山傍。[4]

（梅溪集重刊委员会编《王十朋全集》卷二十三）

【注释】

　　[1]　林致一：作者友人，生平不详。喻叔奇：喻良能，字叔奇，义乌人。

　　[2]　王十朋（1112—1171）：字龟龄，号梅溪，温州乐清（今属浙江）人。此诗作于孝宗乾道元年（1165），时诗人知夔州，作《巫山图》并题诗寄友人，以表达其思乡之情。

　　[3]　缄题：信函的封题，亦指书信。

　　[4]　雁山：雁荡山。

题游元著《潇湘远景图》[1]

周孚[2]

与翁家世俱东鲁，不记翁游曾到楚。

看翁写此六幅图，怪翁笔力能如许。

孤烟何处渔著村，老雁归时帆入浦。[3]

丹枫翻翻江气寒，莫雪初晴山月吐。[4]

杜陵野老经行庭，度支病郎用心苦。[5]

惟翁妙思自暗同，楚王何曾识神女。[6]

信知胸中着云梦，不止毫端挟风雨。[7]

（《全宋诗》卷二四八五）

【注释】

　　[1]　游元：南宋抚州（今江西抚州）人，字淳夫。举进士不第，晚以恩授安化主簿，摄邑事。尤深于《易》。卒年六十七。著《新堂集》，已佚。

　　[2] 周孚（1135—1177）：字信道，济南（今属山东）人，后寓居丹徒（今属江苏），乾道进士，曾向陈师道、黄庭坚学诗。

　　[3] 浦：水边或河流入海的地区。

　　[4] 丹枫：枫叶到秋天会变红，故称。莫：同"暮"。

　　[5] 杜陵野老：杜甫。其祖籍杜陵（汉宣帝陵），他也曾在杜陵附近居住，故常以杜陵野老、杜陵野客、杜陵布衣等自称。度支病郎：宋朝画家度支员外郎宋迪，曾画《潇湘八景图》。

　　[6] 神女：巫山神女。

　　[7] 云梦：云梦泽，古代湖泽名。

题荣首座巴东三峡图[1]

王灼[2]

白帝城高鼓角罢，巫娥庙冷云雨空。[3]
只知楚塞明双眼，不觉神游尺素中。[4]

（刘安遇、胡传淮校辑《王灼集校辑·颐堂先生文集》卷四）

【注释】

　　[1] 首座：位居上座的僧人。巴东：指古巴东郡，泛指三峡地带。

　　[2] 王灼（1105—约1175）：字晦叔，号颐堂，遂宁（今属四川）人。著有《碧鸡漫志》《颐堂文集》等。

　　[3] 鼓角：战鼓和号角。巫娥庙：巫山神女庙。

　　[4] 楚塞：楚地边境，指巫山地区，曾为楚国与巴国接壤的边境。尺素：一尺见方的小幅绢帛，古人多用以撰文作画。

题云月图（二首）

王灼[1]

万里峨眉夜夜月，千秋巫峡朝朝云。[2]
诗句丹青共摹写，笔端三昧要平分。[3]

菩萨岩前净满月，神女峰上光明云。[4]
吾人肺腑中流出，诗句丹青无半分。

（刘安遇、胡传淮校辑
《王灼集校辑·颐堂先生文集》卷四）

【注释】

[1] 王灼自注："王宾王画《峨眉月》《巫山云》二图，仍大字写太白诗。李久善亦大字写子美巫山诗附其下。"李久善：作者同时代蜀人。

[2] 峨眉：写作峨嵋、峩眉。山名。在四川乐山市，因山势逶迤，有山峰相对如蛾眉，故名。

[3] 三昧：奥妙，诀窍。

[4] 菩萨岩：峨眉山上岩。神女峰：巫山十二峰之一，相传为巫山神女所化。

题陈季陵家巫山图一首[1]

韩元吉[2]

蓬莱水弱波连天，五城十二楼空传。[3]
行人欲至风引船，不知路出巫山前。

巫山仙子世莫识，十二高峰作颜色。[4]

暮去朝来雨复云，却将幽恨感行人。[5]

江流东下几千里，日日饥鸦噪船尾。[6]

灵帐风生酹酒浆，古庙烟青客遥指。[7]

崧高漫说甫与申，道旁况有昭君村。[8]

蛾眉妙手不能画，枉学瑶姬梦中嫁。[9]

黄牛白马江声寒，昭君传入琵琶弹。[10]

汉庭无人楚宫远，阳台寂寞空云间。[11]

君家此画来何许，照水烟鬟欲相语。[12]

要须媚服令侍旁，不用作赋回枯肠。[13]

（《南涧甲乙稿》卷二）

【注释】

[1] 陈季陵：即南宋著作家陈天麟，字季陵。宣城（今属安徽）人。曾任集英殿修撰。有《易三传》《攖宁居士集》。按，四库馆臣以此诗非韩元吉所作，但据易水霞《〈南涧甲乙稿〉诗作辨伪及韩诗辑佚》（《上饶师范学院学报》2013 年第 2 期）考证，此诗确为韩元吉作。

[2] 韩元吉（1118—1187）：字无咎，号南涧翁、南涧居士，许昌（今河南许昌）人，寓居信州（今江西上饶）。曾任龙图阁学士、吏部尚书，封颍川郡公。有《南涧诗余》等著作。

[3] 蓬莱：传说中海上的神山名，与方丈、瀛洲并称海上三神山。水弱：弱水。泛指险而遥远的河流。五城十二楼：传说中神仙的居所，比喻仙境。

[4] 十二高峰：巫山十二峰。

[5] 暮去朝来：语出宋玉《高唐赋·序》："去而辞曰：'妾在巫山之

阳，高丘之阻，且为朝云，暮为行雨。朝朝暮暮，阳台之下。'"

[6]饥鸦噪船尾：指庙里吃祭品的乌鸦，往来江山迎送客船。

[7]灵帐：供奉神像的神龛中的帐幕。酹酒浆：以酒浇地，表示祭奠。古庙：神女庙。

[8]"崧高"句：指《诗经·大雅·崧高》："维申及甫，维周之翰。"甫与申：指周代名臣仲山甫和申伯。昭君村：王昭君母亲是巫山人，她自幼随外婆长大，巫山有昭君村古迹。

[9]妙手不能画：用毛延寿典。毛延寿为汉宫廷画师，相传汉元帝按画工所绘宫人图召幸，诸宫人皆赂画工，独昭君不肯，遂不得见。瑶姬：巫山神女的名字。梦中嫁：谓巫山神女在楚怀王的梦中自荐枕席。

[10]黄牛白马：黄牛，三峡十二险滩之一的黄牛滩。白马：神女庙中所祀之白马将军。

[11]楚宫：楚王宫。相传巫山有楚王宫，是战国时楚襄王游高唐的离宫，位于巫山县城西北一里阳台故址，民间称为"细腰宫"。

[12]烟鬟：形容妇女鬟发多且美，常代指美女。也喻峰峦青翠，云雾缭绕。

[13]媠（duò）服：华丽的服装。

次韵夔府王待制寄示巫山图[1]

喻良能[2]

碧嶂嶙峋夔子国，白云缥缈昭君乡。[3]
平生不识巫山面，今日巫山到眼傍。

（《香山集》卷十五）

【注释】

[1] 夔府：夔州府。唐置夔州，州治在奉节，为府署所在，故称。王待制：王十朋。此诗是作者对王十朋所寄《巫山图》的回应。

[2] 喻良能（1120—?）：字叔奇，号香山，义乌（今属浙江）人，绍兴二十七年（1157）进士。著有《香山集》《忠义集》《诸经讲义》等。

[3] 碧嶂：青绿色如屏障的山峰。嶙峋：形容山石峻峭、重叠。夔子国：春秋时楚国的同姓国，熊挚所建，后为楚灭。其地在今湖北秭归县西北归州镇东夔子城。春秋时迁至归州镇东。昭君乡：即昭君村，王昭君母亲是巫山人，她自幼随外婆长大，巫山有昭君村古迹。

韩无咎检详出示所赋陈季陵户部巫山图诗……次韵和呈[1]

范成大[2]

　　韩无咎检详出示所赋陈季陵户部巫山图诗，仰窥高作，叹息弥襟。[3]余尝考宋玉谈朝云事，漫称先王时，本无据依，及襄王梦之，命玉为赋，但云："頩颜怒以自持，曾不可乎犯干。"[4]后世弗察，一切溷以媟语，曹子建赋宓妃，亦感此而作，此嘲谁当解者?[5]辄用此意，次韵和呈，以资抚掌。

　　　　瑶姬家山高插天，碧丛奇秀古未传。[6]

　　　　向来题目经楚客，名字径度岷峨前。[7]

　　　　是邪非邪莽谁识？乔林古庙常秋色。[8]

　　　　暮去行雨朝行云，翠帷瑶席知何人?[9]

　　　　峡船一息且千里，五两竿头见幡尾。[10]

仰窥仙馆至今疑，行人问讯居人指。[11]

千年遗恨何当申，阳台愁绝如荒村。[12]

高唐赋里人如画，玉色䫏颜元不嫁。

后来饥客眼长寒，浪传乐府吹复弹。[13]

此事牵连到温洛，更怜尘袜有无间。[14]

君不见天孙住在银涛许，尘间犹作儿女语。[15]

公家春风锦瑟傍，莫为此图虚断肠。[16]

（富寿荪点校《范石湖集》卷九）

【注释】

[1] 韩无咎：韩元吉，字无咎。陈季陵：即陈天麟。次韵：古体诗词写作方法之一，步原诗韵脚用韵次序作诗唱和，又称"步韵"。

[2] 范成大（1126—1193）：字至能，号石湖居士，吴（今江苏苏州）人。南宋著名文学家，有《范石湖集》。

[3] 弥襟：满怀。

[4] 宋玉：战国时期辞赋家，作有《高唐赋》《神女赋》言巫山神女事。襄王：楚怀王之子。学者以为是宋玉《高唐赋》《神女赋》言及"巫山云雨"一事中的楚王。䫏（pǐng）颜：美颜。

[5] 溷（hùn）以媟（xiè）语：混杂以轻佻亵渎的语言。曹子建赋宓妃：指曹植感洛水女神而作《洛神赋》之事

[6] 瑶姬：巫山神女的名字。瑶姬家山即巫山。

[7] 楚客：宋玉。岷峨：岷山和峨眉山。

[8] 莽谁识：漫无凭据，难以识别。

[9] 翠帏：翠色的帏帐。瑶席：席子的美称。

[10] 五两：古代测风仪。用鸡毛五两（或说八两）系于五丈高的旗杆顶，以观测风向及风力。旛（fān）：同"幡"，长幅下垂的旗。

43

[11] 仙馆：指巫山神女庙。

[12] 何当申：何时可以说清楚。

[13] 饥客：好色若饥之人。浪传：随意传布。

[14] 温洛：古代传说，谓王者如有盛德，则洛水先温，故称"温洛"。也指代洛水。尘袜：语本《洛神赋》："陵波微步，罗袜生尘。"

[15] 天孙：织女。银涛：银河。

[16] 公家：公卿之家。韩元吉为宰相之孙，故称。

郭显道《美人图》[1]

李俊民[2]

君不见昭阳殿里蓬莱人，终惹渔阳胡马尘？[3]
又不见吴宫夜夜乌栖曲，竟使姑苏走麋鹿？[4]
移人大抵物之尤，丧乱未免天公愁。[5]
虽然丹青不解语，冷眼指作乡温柔。[6]
试问人间何处有，画师恐是倾国手。
却怜当日毛延寿，故写巫山女粗丑。[7]

（魏崇武、花兴校点《李俊民集》卷一）

【注释】

[1] 郭显道：籍贯不详，金晚期人，曾小隐于嵩山，博物多智，精医术。尝作《美人图》，已佚。

[2] 李俊民（1176—1260）：字用章，号鹤鸣老人，泽州晋城（今山西晋城市）人，金元时期著名学者。

[3] 昭阳殿里蓬莱人：本谓汉成帝时专宠昭阳宫的赵飞燕，此处借

指杨贵妃。渔阳：地名，唐玄宗天宝元年（742）改蓟州为渔阳郡，治所在渔阳（今天津市蓟州区）。胡马尘：安史之乱。

［4］吴宫夜夜乌栖曲：指春秋时吴王大差宠西施事，终致亡国，寓意同上。

［5］移人：人的精神面貌因外物或世事而改变。

［6］解语：懂得人的语言，犹善解人意。乡温柔："温柔乡"倒，温暖舒适之地，比喻美色迷人之境。

［7］毛延寿：汉元帝时宫廷画师，因索贿不成，将王昭君点破美人图，打入冷宫。巫山女：指王昭君。

跋伯玉命简之临米元章楚山图^[1]

麻九畴^[2]

巴东峡壁如驳霞，天凿荆门当虎牙。^[3]
下有奔湍沉碧沙，直冲北固如投家。^[4]
云烟昏晓互明灭，朝看沃日莫吞月。
远山如指近如拳，过客那知空一瞥。
高人庐此恨来晚，不厌孤篷迭往返。^[5]
莫言造物好穷人，许大乾坤富君眼。
⋯⋯⋯⋯⋯

（萧和陶点校、元好问编《中州集》卷六）

【注释】

［1］伯玉：张伯玉，名毂，河南许州人。金代奇士，髯长齐腹，四十不娶。其事见《中州集》《归潜志》。米元章：米芾（1051—1107），初

名黻，后改芾，字元章，湖北襄阳人。北宋书法家、画家、书画理论家。

[2] 麻九畴（1183—1232）：金代文人、医家。字知几，号征君，初名文纯，易州（今河北易县）人。

[3] 巴东：地处西陵峡与巫峡之间，地势险峻。驳：斑驳。荆门：荆州。

[4] 北固：山名。在今江苏省镇江市东北，有南、中、北三峰。北峰三面临江，形势险要，故称"北固"。

[5] 庐：修建茅庐。孤篷：孤舟。

楚山清晓图

元好问[1]

雨润烟浓十二峰，云间合有楚王宫。[2]
遥知别后西州梦，一抹春愁浅淡中。[3]

（姚奠中主编《元好问全集》卷十三）

【注释】

[1] 元好问（1190—1257）：字裕之，号遗山，太原秀容（今山西忻州市）人。金宣宗兴定五年（1221）进士，金哀宗正大元年（1224）再中博学宏词科，授儒林郎，充国史院编修。金亡不仕，是金代成就最高的诗人。有《遗山文集》《遗山乐府》等，今人整理为《元好问全集》。

[2] 十二峰：指巫山十二峰。楚王宫：战国时楚国王宫，在巫山者名"细腰宫"。

[3] 西州：西部地区，此处指巴蜀之地。

次韵受益题荆浩《太行山洪谷图》五言[1]

方回[2]

画闻与画见，巧拙不同科。

譬如未入蜀，想象图岷峨。[3]

可以欺他人，不可欺东坡。[4]

又如写神女，瞥然巫山阿。[5]

宋玉一点笔，眸子横清波。[6]

上党太行山，怀孟逾黄河。[7]

水落天井关，长剑垂新磨。[8]

昌黎寻李愿，借车方口过。[9]

劈斫开崖壁，巨扁伴斧戈。[10]

荆浩家其间，烟霞恣麾呵。[11]

亲见胜剽闻，胸次所得多。[12]

天亦宝此画，易世终无他。

退之太行诗，幼诵今鬓皤。[13]

洪谷太行画，恍兮聊浩歌。[14]

（方回《桐江续集》卷二十四）

【注释】

　　[1] 荆浩（约850—?）：字浩然，沁水（今山西晋城市沁水县）人，五代后梁著名画家。避战乱隐居太行山洪谷，号洪谷子。擅山水，为北方山水画派之祖。洪谷：山名，为南太行林虑山（在今河南林州市西南）支脉。

[2] 方回（1227—1305）：字万里，别号虚谷。徽州歙县（今安徽黄山市）人。元代文学家。

[3] 岷峨：岷山和峨眉山，皆蜀中名山，古诗文常以并称。

[4] 东坡：苏轼（1037—1101），号东坡居士。

[5] 瞥然：瞥眼间，形容时间极短。阿：山坳拐弯处。

[6] 眸子：瞳仁，泛指眼睛。

[7] 上党：郡名，治今山西长治市。怀孟：怀州（治今河南沁阳市）和孟州（治今河南孟州市）。

[8] 天井关：又名雄定关，位于山西晋城市泽州县晋庙铺镇。

[9] 昌黎：韩愈（768—824），字退之，祖籍昌黎郡（今河北昌黎县），世称韩昌黎。李愿（？—762）：洮州临潭（今甘肃甘南州临潭县）人。

[10] 侔：等同。

[11] 麾呵：指挥和呵斥，犹"役使"。

[12] 剽闻：传闻，道听途说。

[13] 退之：韩愈字。鬓皤：两鬓斑白。

[14] 恍：失意貌。聊：姑且。浩歌：高歌。

野趣居士杨公远令其子依竹似孙为予写真，赠以长句[1]

方回

尔来画工工画花，俗眼所识惟纷华。[2]
牡丹百卉哄蜂蝶，芙蓉鸳鸯相交加。
大为屏帐小卷轴，堆红积绿供□奢。[3]
高人瞥见付一笑，妇女小儿争惊夸。
我爱杨君画山水，要自胸中有妙理。

巴东巫峡猿夜鸣，洞庭潇湘雁秋起。[4]

皓月明河万里天，淡墨扫成顷刻耳。[5]

旧与结交三十年，今老而归识其子。

是父是子皆诗人，每一相逢佳句新。

西风萧寺父谓子，写此前朝朝士真。[6]

自言画是作诗法，状貌之外观精神。

忽似老夫对明镜，翛然雪鬓乌纱巾。[7]

野态愁容本难画，问言何得此奇怪。[8]

得诸苦心熟在手，郢人斤斧由基射。[9]

腰围不用黄金带，象笏紫袍贫已卖。[10]

只消结束作樵翁，看山独立长松下。[11]

大杨居士醉曰然，小杨居士呼来前。[12]

眉间更着□毫一，缥缈诗仙仍酒仙。[13]

汝不逢我作郡年，此直当酬百万钱。

今既无此无可言，聊复赠之歌一篇。

（方回《桐江续集》卷十六）

【注释】

[1] 杨公远（1228—?）：字叔明，号野趣居士，歙县（今安徽黄山市歙县）人。入元不仕，专以诗画为生。依竹似孙：杨公远之子，名依竹，字似孙。写真：画像。长句：唐人习惯称七言古诗为"长句"，后兼指七言律诗。

[2] 尔来：近来。俗眼：世俗的眼光，借指势利的庸人。

[3] 屏帐：室内张设的帷帐。卷轴：古代图籍、书画都贯轴以便舒卷，故"卷轴"为书籍、书画作品的泛称。

[4] 潇湘：即湘江，其水清澈见底，五色鲜明，故称"潇湘"。

[5] 明河：银河。

[6] 萧寺：佛寺，缘于南朝梁武帝令萧子云飞白大书"萧"字于佛寺。

[7] 翛（xiāo）然：无拘无束貌。雪鬓：白发。乌纱巾：即乌纱帽，又称唐巾。

[8] 野态：草野的神态。

[9] 郢人斤斧：即成语"郢匠挥斤"，比喻纯熟、高超的技艺。由基：指养由基，生卒年不详，姬姓，养氏，名由基，字叔，东周楚国（今湖北荆门市）人，著名神箭手。

[10] 黄金带：古代达官束腰的衣带，黄金制成，以示显贵。象笏：象牙制的手板。古代品位较高的官员朝见君主时所执，供指画和记事。紫袍：紫色朝服，高官所服。

[11] 结束：装束、打扮。

[12] 大杨居士：杨公远。小杨居士：杨依竹。

[13] 诗仙：唐代诗人李白的雅号，为贺知章所赠。

寄题沈可久《雪村》

方回

吾闻昔人善赋梅，尝是梦中见春来。

前村深雪天未晓，焉知昨夜一枝开。[1]

江村一雪复一雪，三白丰年与玉屑。[2]

多事诗人要闲管，想象高唐写奇绝。[3]

真曾质明杖屦无，前随牧童后樵夫。[4]

暗香何处费摸索，寒生吟癖浩然驴。[5]

平生我有脊梁铁，明年八十冻不折。[6]

卿用卿法自雪村，横斜独玩书窗月。

（方回《桐江续集》卷二十八）

【注释】

[1] 焉知：哪知、岂知。

[2] 三白：三次下雪。玉屑：雪末。

[3] 想象高唐：指宋玉《高唐赋》虽然神奇瑰丽却是凭想象虚构的。

[4] 质明：天刚亮。质，正当。杖屦（jù）：拐杖和鞋子，借指出行。

[5] 暗香：幽香。寒生：贫寒的书生。吟癖：有吟诗的癖好。浩然驴：唐朝诗人孟浩然喜骑驴，往往于风雪交加中诗兴大发。

[6] 脊梁铁：铁脊梁。

毗陵太平院壁间画山水熟视之有飞动势殆仙笔[1]

林景熙[2]

山风不动云四寂，万顷波涛生素壁。

三峡夜怒摇星河，九溟昼沸卷霹雳。[3]

谁将江海一笔吞，华阳入砚玄波翻。[4]

灵鳌东转坤轴动，惊浪出没蛟与鼋。[5]

毫端分寸千万里，人心之险亦如此。[6]

老僧阅世如阅画，面壁凝然悟玄理。

嗟余老作汗漫游，寒光飞动六月秋。[7]

乃知瞿唐在平陆，安得竹叶吹成舟。[8]

（林景熙《霁山集》卷二）

【注释】

[1] 毗陵：今江苏常州市。太平院：太平寺。

[2] 林景熙（1242—1310）：字德旸，又作德阳，号霁山，温州平阳（今浙江平阳县）人。历泉州教授、礼部架阁，进从政郎。宋亡不仕，隐居平阳白石巷。有《白石樵唱》《白石稿》，今人整理为《林景熙诗集校注》。

[3] 九溟：深渊。

[4] 华阳：华阳洞，传说中神仙所居的洞府。此处借指神龙，典出《龙城录·华阳洞小儿化龙》。

[5] 灵鳌：神龟。坤轴：古人想象中的地轴。鼋：大鳖。

[6] 毫：毛笔。

[7] 汗漫：漫无标准，浮泛不着边际。

[8] 瞿唐：瞿塘峡，峡名，为长江三峡之首。也称夔峡。

巫山图

姚燧[1]

神女行云安在哉？当年魂梦费兰台。[2]
绝痴更有杜陵叟，尚想空山幽佩哀。[3]

（查洪德编校《姚燧集》卷三十四）

　　[1] 姚燧（1238—1313）：字端甫，号牧庵，河南洛西（今河南洛阳市）人，元代文学家。今人整理有《姚燧集》。

　　[2] 魂梦：古人认为做梦时灵魂会离开躯体，故称"魂梦"。兰台：战国时楚国台阁名，故址在今湖北钟祥市东。此处指兰台侍臣宋玉。

　　[3] 绝痴：痴迷之极。杜陵叟：杜甫。幽佩：用幽兰串联而成的佩饰。

六州歌头　题万里江山图[1]

卢挚[2]

　　诗成雪岭，画里见岷峨。[3]浮锦水，历潋滟，灭坡陀，汇江沱。[4]唤醒高唐残梦，动奇思，闻巴唱，观楚舞，邀宋玉，访巫娥。[5]拟赋《招魂》《九辩》，空目断云树烟萝。[6]渺湘灵不见，木落洞庭波。[7]抚卷长哦。重摩挲。[8]

　　问南楼月，痴老子，兴不浅，意如何？[9]千载后，多少恨，付渔蓑，醉时歌。[10]日暮天门远，愁欲滴，两青蛾。[11]曾一舸。奇绝处，半经过。万古金焦伟观，鲸鳌背，尽意婆娑。[12]更乘槎欲就，织女看飞梭。[13]直到银河。

（唐圭璋编《全金元词》下册）

【注释】

　　[1] 六州歌头：本为鼓吹曲，后用为词牌。

　　[2] 卢挚（1242—1314）：字处道，一字莘老，号疏斋，又号蒿翁。元代涿郡（今河北省涿县州市）人。

[3] 雪岭：雪山。唐诗中每称今四川岷山为雪岭。岷峨：岷山和峨眉山。

[4] 锦水：即锦江。岷江支流之一，在今四川成都市。滟滪：滟滪堆，瞿塘峡口巨石，为长江三峡著名险滩。坡陀：山坡。江沱：长江和沱江。

[5] 高唐残梦：零乱不全的高唐梦。巫娥：巫山神女。

[6]《招魂》《九辩》：皆宋玉作品。目断：望到尽头。烟萝：草树茂密，烟聚萝缠。

[7] 湘灵：传说中的湘夫人，即舜帝二妃娥皇、女英。

[8] 摩挲：抚摩。

[9] 南楼：即庾楼，在今湖北鄂州市南。因东晋名士庾亮曾登此楼而得名。后以"南楼"或"庾楼"为雅游的典实。

[10] 渔蓑：渔翁打鱼时披的蓑衣。

[11] 青蛾：青黛眉，借指美女。

[12] 金焦：金山和焦山，在江苏镇江市。婆娑：逗留、盘桓。

[13] 乘槎：乘坐木筏直达天河。古时传说天河与海连通，有人浮槎去来，巧遇牛郎、织女。飞梭：飞速运动的机梭。

巫山图

刘 因[1]

朔风卷地声如雷，西南想见巫山摧。[2]
江南图籍二百年，一炬尽作江陵灰。[3]
不知此图何所得，眼中十二犹崔嵬。[4]
猿声仿佛余山哀，行云欲行行复回。
神宫缥缈望不极，乘风御气无九垓。[5]
区区云梦蹄涔尔，岂知更有阳云台。[6]

（商聚德点校《刘因集》卷三《丁亥集三》）

【注释】

[1] 刘因（1249—1293）：字梦吉，号静修，雄州容城（今河北保定市容城县）人，元代著名理学家、诗人。著有《静修集》《静修续集》。

[2] 朔风：北风。

[3] 图籍：图书文献。江陵灰：指承圣三年（554）西魏军攻破江陵（今湖北荆州市江陵县），梁元帝萧绎焚古今图书十四万卷事。

[4] 十二：巫山十二峰。崔嵬：山体高耸貌。

[5] 缥缈：高远隐约貌。九垓（gāi）：九重天，天之最高处。

[6] 云梦：古代湖泽名。蹄涔（cén）：微小。阳云台：在巫山县城西，战国时楚襄王梦会巫山神女处。

石上三生图[1]

程巨夫[2]

巫峡三声断，王城一梦回。[3]
坐横牛背稳，不道故人来。

（张文澍点校《程巨夫集》卷二十八）

【注释】

[1] 石上三生图：原注为"圆泽峡，猿精也，其歌可见，然古今皆无人及之"。三生，指前生、今生、来生。相传唐代隐士李源与僧圆观同游三峡，见一群妇人负瓮汲水。圆观说："其中孕妇姓王者，是某托身之所。逾三载尚未娩怀，以某未来之故也。"与李源约定："浴儿三日，公当访临。若相顾一笑，即某认公也。更后十二年中秋月夜，杭州天竺寺

外，与公相见之期。"当晚，圆观亡而孕妇产。三天后，李源前往探视婴儿，"襁褓就明，果致一笑"。十三年后的中秋节，李源趋余杭赴约。于天竺寺外见一牧童，乘牛叩角而唱《竹枝词》："三生石上旧精魂，赏月吟风不要论。惭愧情人远相访，此身虽异性长存。""身前身后事茫茫，欲话因缘恐断肠。吴越山川游已遍，却回烟棹上瞿塘。"李源无由叙话，望之潸然（袁郊《甘泽谣·圆观》）。

[2] 程巨夫（1249—1318）：原名文海，字巨夫，因避元武宗海山讳，改以字代名，郢州京山（今湖北荆门市京山县）人，元代文学家。有《雪楼集》30卷，今人整理为《程巨夫集》。

[3] 巫峡三声断：指巫峡猿声凄厉，哀鸣三声即令客商断肠。王城：楚王城，即楚王台，又称阳台。

题《巫峡图》

吴澄[1]

生平想象《高唐赋》，不识巫山十二峰。[2]
忽有奇观来眼底，一时疑是梦魂中。

（吴澄《吴文正集》卷九十二）

【注释】

[1] 吴澄（1249—1333）：字幼清，晚字伯清，抚州崇仁（今江西抚州市崇仁县）人，元代杰出理学家、经学家、教育家。

[2]《高唐赋》：战国时楚国宋玉所作，言楚襄王游高唐事。

蜀江图

袁桷[1]

三峡盘涡滟滪堆，层峦百丈鼓声催。[2]
从今尽向金牛路，杜宇深啼唤不回。[3]

（《清容居士集》卷十三）

【注释】

[1] 袁桷（1266—1327）：字伯长，号清容居士，庆元鄞县（今浙江宁波市）人。著有《清容居士集》50卷，今人整理为《袁桷集校注》。

[2] 滟滪堆：瞿塘峡口长江中心的巨石，为三峡奇观，也是舟行险途。

[3] 金牛路：蜀道之南栈，旧名金牛峡，自陕西省勉县而西，南至四川省剑阁县之剑门关口，称金牛道。自秦以后，由汉中入蜀者，必取道于此。杜宇：杜鹃鸟的别名。

题画《江涛》

刘诜[1]

人心不是巫瞿峡，下笔奔腾起怒湍。[2]
别有一初真止水，无谁肯画与人看。[3]

（刘诜《桂隐诗集》卷四）

【注释】

[1] 刘诜（shēn，1268—1350）：字桂翁，号桂隐，庐陵（今江西吉安市）人。著有《桂隐诗集》《桂隐文集》。

[2] 巫瞿峡：巫峡和瞿塘峡。怒湍：湍急的江水。

[3] 一初：起初。止水：静水。

【中吕】朝天子　咏美（其一）

张养浩[1]

翠梳，浅铺，粉汁香尘素。画阑谁与月同孤？[2]试听《高唐赋》。[3]云堆玉梳，多情眉宇，有离人愁万缕。[4]若还，寄取，罗帕上题诗去。[5]

（隋树森编《全元散曲》上册）

【注释】

[1] 张养浩（1269—1329）：字希孟，号云庄、云庄老人、齐东野人，历城（今山东济南市）人，元代著名散曲家。著有《归田类稿》、散曲集《云庄休居自适小乐府》，今人整理为《张养浩集》。

[2] 画阑：同"画栏"，有雕画装饰的栏杆。

[3]《高唐赋》：宋玉所作，言及楚王与巫山神女欢会的故事。

[4] 云堆玉梳：喻美女头发高耸，装饰精美。

[5] 罗帕：丝织方巾。

招张师夔画古柏[1]

贡奎[2]

张君善画古松柏，为我拂壁成孤株。[3]

更研墨汁放奇干，忽然跨马不受呼。

昂藏特立孰与俱？苍髯紫甲何萧疏。[4]

俨如猛士怒发冲冠起，又如神蛟挈雨独傲风雷驱。

安得苍皮黛色三千丈，气势两高霄汉上。[5]

脆蕖薄篆何足观？岁晚江空屹相向。[6]

张君张君来不来？绮疏宝幄休徘徊。[7]

青浮天目云雨暗，乐意岂复夸阳台。[8]

山灵戒勿勒驾回，我当为君扫莓苔。[9]

（邱居里、赵文友校点《贡氏三家集·贡奎集》卷三）

【注释】

[1] 张师夔：生卒年不详，一名羲上，字师夔，浙江人。元末画家，善山水。

[2] 贡奎（1269—1329）：字仲章，号云林，宣城（今属安徽）人。元代文学家，长于史学，为一代文坛盟主。著有《贡文靖云林集》十卷。

[3] 拂壁：遮盖墙壁。

[4] 昂藏：气宇轩昂。萧疏：洒脱、无拘束。

[5] 安：同"焉"。

[6] 脆蕖薄篆：脆弱的小草，稀疏的小竹。

[7] 绮疏：窗上的花纹。宝幄：精美的帷帐。

[8] 阳台：阳云台。

［9］山灵：山神。勒驾：勒住坐骑。

次韵张秋泉真人《碧桃》[1]

杨载[2]

道院桃开一树春，往来勾引看花人。[3]
挥毫欲赋巫山女，振佩疑逢洛浦神。[4]
翠萼临风摇不定，珠蕤承露缀如新。[5]
煌煌更结千年实，凡木何由窃比伦。[6]

（杨载《杨仲弘集》卷六）

【注释】

［1］张秋泉：张惟一，号秋泉，本姓戴，南塘人，世业儒。工诗及画兰。游燕京，赵松雪、揭曼硕（揭傒斯）皆与之往来唱和。由昭瑞宫提点授全德靖明宏道真人。真人：道家称修真得道的人，亦泛称道士。

［2］杨载（1271—1323）：字仲弘，浦城（今福建浦城县）人，徙居杭州，博览群书，元朝著名诗人，与虞集、范梈、揭傒斯并称"元诗四大家"。有《杨仲弘集》。

［3］道院：道观。

［4］洛浦神：洛神。

［5］翠萼：翠绿的花萼。珠蕤：晶莹的花朵。

［6］比伦：比肩。

再题《武夷山水墨图》（其四）

唐元[1]

传墅遥遥画始分，至今毫素吐余芬。[2]
光浮佛国难消雪，远接巫山欲断云。[3]
别浦渔归舟不系，平沙秋晚雁成群。[4]
从知吾父经行熟，对客吟诗酒半醺。[5]

（唐元《筠轩集》卷六）

【注释】

[1] 唐元（1269—1349）：字长孺，号敬堂，学者称筠轩先生，徽州歙县（今安徽歙县）人，元代新安理学家、文学家。

[2] 毫素：毛笔与白绢。

[3] 佛国：佛教寺院。

[4] 别浦：小河入江处。

[5] 半醺：半醉。

天岳图歌（并序）

陈泰[1]

云间康炼师来自岳阳，称其友蔡素蟾好道之笃，乃作《天岳图》以寄，征余题卷末。岳阳，予旧游也，爰集杜陵句以赠之。[2]

知君重毫素，好手不可遇。

壮哉昆仑方壶图，对此兴与精灵聚。[3]

61

云来气接巫峡长，影动倒景摇潇湘。[4]

湘妃汉女出歌舞，矫如群帝参龙翔。[5]

大江东流去，忽在天一方。

初月出不高，照我征衣裳。[6]

忆昔北寻小有洞，青枫叶赤天雨霜。[7]

先生有道出羲皇，晚有弟子传芬芳。[8]

神仙中人不易得，今我不乐思岳阳。

蔡侯静者意有余，戚联豪贵耽文儒。[9]

致身福地何萧爽，几岁寄我空中书？[10]

（顾嗣立编《元诗选》初集）

【注释】

[1] 陈泰：字志同，号所安，湖广茶陵（今湖南茶陵县）人。生卒年均不详，约元世祖至元中至仁宗延祐末（1279—1320）在世。

[2] 云间：松江府的别称，现在上海松江区一带。康炼师：元代画家，道士，松江（今上海）人。杜陵：杜甫。

[3] 昆仑：昆仑山。古代神话传说中昆仑山上有瑶池、阆苑、增城、悬圃等仙境。方壶：传说中的神山名，一名方丈。

[4] 倒景：倒影。潇湘：即湘江，其水清澈见底，五色鲜明，故称"潇湘"。

[5] 湘妃：指舜帝二妃娥皇、女英，没于湘水，为湘水神。汉女：传说中的汉水神女。

[6] 征衣：离家远行的人在旅途中所穿的衣服，也指军服。

[7] 小有洞：又叫"小有洞天""小有清虚之天"，道教三十六洞天之一，在今山西王屋。

[8] 羲皇：三皇之一的伏羲氏。教民佃渔畜牧，始画八卦，造书契。

[9] 蔡侯：此指蔡素蟾。戚联：亲戚。耽：沉溺。

[10] 福地：神仙居住地。道教有七十二福地之说，古诗文常以称道观。萧爽：清净闲适。空中书：书信。

题《襄王梦图》

虞集[1]

梦寻巫峡雨，云入楚王宫。[2]
何以永今夕？倏然随晓风。

（王颋点校《虞集全集》上册）

【注释】

[1] 虞集（1272—1348）：字伯生，号道园，学者称邵庵先生，元朝著名诗人。

[2] 楚王宫：楚襄王游高唐的离宫，位于巫山县城西北阳台故址，民间称为"细腰宫"。

题画猿

虞集

冷泉亭下呼常到，巫峡舟中听更愁。[1]
老石枯藤还见汝，因怀经处思悠悠。

（王颋点校《虞集全集》上册）

【注释】

　　[1] 冷泉亭：在西湖西灵隐寺前飞来峰下，唐代元英建亭其上，名冷泉亭。

题《著色山图》

虞集

巫山空翠湿人衣，玉笛凌虚韵转微。[1]
宋玉多情今老矣，闲云闲雨是耶非？[2]

（王颋点校《虞集全集》上册）

【注释】

　　[1] 湿人衣：言巫山山色空翠，像要湿透人衣。凌虚：飞向天空。
　　[2] 闲云闲雨：语出"旦为朝云，暮为行雨"，言如巫山之云雨般悠闲自然。

题《著色山图》

虞集

江树重重江水深，楚王宫殿在山阴。
白云窈窕生春浦，翠黛婵娟对晚岑。[1]
宋玉少时多讽咏，江淹老去倦登临。[2]
扁舟却上巴陵去，闲听孤猿月下吟。[3]

（王颋点校《虞集全集》上册）

【注释】

[1] 窈窕：安贤貌。春浦：春日的水滨。翠黛：古代女子常用青黑色矿物颜料螺黛画眉，故以"翠黛"为眉的别称。婵娟：美好的姿态。晚岑：傍晚的山峰。

[2] 江淹（444—505）：字文通，南朝著名文学家，济阳考城（今河南兰考县）人。历仕宋、齐、梁三朝，为官清正，才华横溢。

[3] 巴陵：县名，晋武帝太康元年（280）置，治今湖南岳阳市。

题《江村渔乐图》

虞集

江上青青列数峰，千重楼观楚王宫。[1]
为云为雨无朝暮，卧看常年属钓翁。[2]

（王颋点校《虞集全集》上册）

【注释】

[1] 楚王宫：民间称为"细腰宫"。也是楚王与巫山神女欢会之地。

[2] 为云为雨：语出"旦为朝云，暮为行雨"，言江上青峰，云雨自然。

赠简天碧画士[1]

虞集

千仞青山里，和衣坐石苔。
看云为雨去，听水共风来。

春尽扬雄老，秋清宋玉哀。[2]

故园谁赋得，空对画图开。

（王颋点校《虞集全集》上册）

【注释】

［1］简天碧：元代画家，道士（或说隐士），成都人。工于山水。

［2］扬雄（前53—18）：字子云，西汉蜀郡成都（今四川成都郫都区）人。少好学，口吃，博览群书，长于辞赋。年四十余始游京师长安，以文见召，奏《甘泉》《河东》等赋。汉成帝时任给事黄门郎，王莽时任大夫，校书天禄阁。

题《四时宫人图》四首（其一）

萨都剌[1]

紫宫风暖百花香，玉人端坐七宝床。[2]

凤凰小架悬夜月，一女侍镜观浓妆。

背后一女冠乌帽，茶色宫袍靴色皂。[3]

手持团扇不动尘，一掬香弯立清晓。[4]

一女浅步腰半驼，小扇轻扑花间蛾。

淡阴桐树一女立，手抱胡床眼转波。[5]

床头细锁悬金钟，白发双飞花影重。

词人见此神恍惚，巫山梦里曾相逢。[6]

（殷孟伦、朱广祁标点《雁门集》卷四）

【注释】

[1] 萨都剌（约 1272—1355）：字天锡，号直斋，元代诗人、书画家。

[2] 紫宫：星官名，代指帝王宫禁。玉人：容貌俊美如玉的人。

[3] 皂：黑色。

[4] 一掬：两手所捧（的东西），亦表示少而不定的数量。

[5] 胡床：一种可以折叠的轻便绳椅。椅脚交叉即能折叠，背后设有靠背。从少数民族传入，隋文帝时改名"交床"。

[6] 巫山梦：指楚王梦巫山神女的故事。此言画中宫人之美如巫山神女。

望江南　戏题梅图

王结[1]

江上路，春意到横枝。[2]洛浦神仙临水立，巫山处子入宫时。[3]皎皎澹丰姿。　　东阁兴，几度误佳期。[4]万里卢龙今见画，玉容还似减些儿。[5]无语慰相思。

（唐圭璋编《全金元词》下册）

【注释】

[1] 王结（1275—1336）：字仪伯，易州定兴（今河北定兴县）人。元代文学家。

[2] 横枝：梅花的别种。

[3] 洛浦神仙：洛神。巫山处子：巫山神女。

[4] 佳期：情人约会的日期。

[5] 卢龙：县名。今河北秦皇岛卢龙县。

题简天碧画山水

马祖常[1]

西江隐君简天碧，醉来画水复画石。
春山秋树绿更红，木桥野屋横且直。
烟云翁郁风雨交，元气淋漓障犹湿。[2]
雪蓬夜宿鱼尾舠，晴蓑晓挂牛角帙。[3]
岷关巫峡冬气清，猿啼鸟啸天一尺。
老来看画眼苦涩，便拟买田潢水侧。
脱去赐带系芒履，著书五车刻苔壁。[4]

（李叔毅点校《石田先生文集》
卷二《七言古诗》）

【注释】

[1] 马祖常（1279—1338）：字伯庸，光州（今河南潢川县）人，元代色目人。善属文，被元文宗誉为"中原硕儒"。著有《石田集》，今人整理为《石田先生文集》。

[2] 翁郁：浓郁。

[3] 舠（dāo）：小船。蓑：蓑衣。

[4] 芒履：草鞋。

《昭君出塞图》二首（其二）

吴师道[1]

巫峡故山花树红，村村婚嫁乐春风。

琵琶马上无穷恨，最恨当年误入宫。

（邱居里、邢新欣校点《吴师道集》卷九）

【注释】

[1] 吴师道（1283—1344）：字正传，婺州兰溪（今浙江兰溪市）人，元朝理学家。著有《吴礼部集》，今人整理为《吴师道集》。

题《楚山春晓图》[1]

文矩[2]

荆门雪霁江树芳，巫峡冉冉愁云长。[3]

山猿杜鹃叫落日，风洒露沐何苍凉。

六龙从东来，晓气开扶桑。[4]

天高雨绝人事变，解环结佩空相望。[5]

渚宫西滏连三湘，画中隐隐听鸣榔。[6]

安得置我栖其旁，为君一曲歌沧浪。[7]

（顾嗣立编《元诗选》二集）

【注释】

[1]《楚山春晓图》：北宋米友仁作。

[2] 文矩（？—1323）：字子方，长沙人。元仁宗延祐六年（1319）任翰林院修撰，兼国史院编修官。与虞集、袁桷等来往密切。

[3] 荆门：山名。位于湖北省宜都市西北，与虎牙山相对。

[4] 六龙：太阳。神话传说日神乘车，驾以六龙。扶桑：神话中太阳休息的树木名。太阳从扶桑树梢升起，故又代指太阳。

[5] 天高雨绝：喻神女不行，故后曰"空相望"。解环结佩：用郑交甫于江汉之湄遇洛水女神故事。刘向《列仙传·江妃二女》记载："江妃二女者，不知何所人也。出游于江汉之湄，逢郑交甫，见而悦之，不知其神人也。……遂下与之言曰：'二女劳矣。'二女……遂手解佩与交甫。交甫悦，受而怀之，中当心。趋去数十步，视佩，空怀无佩。顾二女，忽然不见。"

[6] 渚宫：春秋楚国的宫名。故址在今湖北省江陵县。西滢：西安。三湘：与三条河流名称相关，即潇湘、资湘、沅湘。鸣榔：渔人以椎击船后近舵的横木，使鱼惊伏以便捕捉。

[7] 沧浪：沧浪之歌。屈原《渔父》："渔父莞尔而笑，鼓枻而去，乃歌曰：'沧浪之水清兮，可以濯吾缨。沧浪之水浊兮，可以濯吾足。'"

田君写真[1]

范梈[2]

田君力斡成霜铁，一笔能开万豪杰。
总是人间敌海愁，但自不忘泓颖别。[3]
我所思兮大江濆，欲往致之道路分。[4]
安得烦君写作巫山与洛中？
有美人兮，泛波上之游鸿，行岩巅之素云。[5]

呜呼！此君不可见，独立乾坤泪如霰。

（范梈《范德机诗集》卷四）

【注释】

[1] 写真：画像。

[2] 范梈（1272—1330）：字亨父，又字德机，世称文白先生，清江（今江西樟树市）人。元代诗人，与虞集、杨载、揭傒斯并称"元诗四大家"。有《范德机诗集》。

[3] 泓颖：陶泓，毛颖。指笔砚。

[4] 濆（fén）：水边，也指涌起的高浪。

[5] 游鸿：水上之飞鸟。素云：白云。此与上名巫山、洛中相应。

题《东山玩月图》

黄庚[1]

斜阳红尽莫云碧，一片天光涵水色。
海涛拥出烂银盘，千里婵娟共今夕。[2]
主人领客登东山，踏碎寒光看秋液。[3]
星河倒影浸空明，露华泞玉夜气清。[4]
冯夷激水水欲立，海若辟易天吴惊。[5]
孤舟卷帆泊烟屿，古木撼壑生秋声。[6]
凭高人在金鳌背，闲看潮生烟渚外。[7]
老龙翻海云气寒，长鲸卷雪浪花碎。[8]
茫茫万顷沧浪中，屹立孤峰锁苍翠。[9]

山巅扫石罗尊罍，宾主传杯不放杯。[10]

骚客掀髯赋诗去，山童踏月携琴来。[11]

剧谈浩饮不知醉，仰天长笑欢颜开。[12]

倒着接䍦欲起舞，乾坤清气入肺腑。[13]

天边风月空四时，眼底江山自千古。[14]

谢安蹑屐游东山，袁安登舟宴牛渚。[15]

庾亮南楼今在否？坡仙赤壁知何许？[16]

满眼往事转头空，千年人物俱尘土。

人生光景若湍流，霜痕易点双鬓秋。

胸中勿着尘俗事，眉间休锁名利愁。

我辈适意在行乐，古人所以秉烛游。

月山追忆旧游处，尽写风烟入缣素。[17]

我来见画如见景，想象高唐犹可赋。[18]

诸君后会应可期，云萍合散今何之？[19]

安得扁舟溯川去，日与杖屦相追随。[20]

登山把酒醉明月，共看此画歌此诗。

（黄庚《月屋漫稿》）

【注释】

[1] 黄庚（？—1327后）：字星甫，号天台山人，天台（今浙江天台市）人。

[2] 婵娟：月亮。

[3] 秋液：指月亮。

[4] 露华：冷月。亦指露水。泺：露重貌。

[5]　冯夷：传说中的黄河之神，即河伯，泛指水神。海若：传说中的海神。天吴：《山海经》中的水神。

　[6]　烟屿：烟雾弥漫的小岛。

　[7]　凭高：登临高地。金鳌：神话传说中的海上金色巨龟，驮负着海上仙山。

　[8]　长鲸：巨鲸。

　[9]　沧浪：青苍色。借指青苍色的水。

　[10]　尊罍（léi）：酒尊和罍，泛指酒具。

　[11]　骚客：诗人，泛指文人。山童：隐士的侍童。

　[12]　剧谈：健谈。浩饮：豪饮。

　[13]　倒着：倒过来戴（帽子、头巾等）。接䍠：古代以白鹭羽毛为饰的帽子。乾坤：天地。

　[14]　风月：清风明月，借指美景。

　[15]　谢安（320—385）：字安石，陈郡阳夏（今河南周口市太康县）人，东晋著名政治家、宰相。曾隐居会稽郡山阴县（今浙江绍兴市）东山，与王羲之等悠游山水。蹑屐：穿着木屐。东山：山名，在浙江绍兴市上虞区上浦镇北。谢安 41 岁前曾隐居于此。袁安（？—92）：字邵公，汝南汝阳（今河南周口市商水县西南）人，东汉大臣。牛渚：地名，在今安徽马鞍山市采石镇。

　[16]　坡仙赤壁：即东坡赤壁，位于湖北黄冈市黄州区西北长江边。

　[17]　缣素：细绢。可供书画，也代指书画册。

　[18]　想象高唐：指宋玉《高唐赋》虽然神奇瑰丽却是凭想象虚构的。

　[19]　云萍：彩云和浮萍，比喻漂泊不定。

　[20]　澉（gǎn）川：即澉浦，在今浙江杭州湾北岸。杖屦：指出行。

舟中为人题《青山白云图》[1]

李孝光[2]

江气飌飀如蛟龙，晓风吹老金芙蓉。[3]

神女凌波洗云去，莫为行雨阳台东。[4]

朝来白云散白石，小姑蛾眉翠欲滴。[5]

老蛟化作白岁翁，彭郎矶头夜吹笛。[6]

（陈增杰校注《李孝光集》卷七《七言古诗》）

【注释】

[1]《青山白云图》：元代画家高克恭作。

[2] 李孝光（1285—1350）：字季和，温州乐清（今浙江乐清市）人，元朝中后期文学家。著有《五峰集》，今人整理为《李孝光集》。

[3] 贔屃（bìxì）：运行奔突貌。金芙蓉：荷花。

[4] 莫：同"暮"。

[5] 小姑：小姑指小孤山，在江西彭泽县北，屹立长江中。蛾眉：蚕蛾触须细长而弯曲，古人以之喻女子美眉，进而喻指美女。

[6] 彭郎：指彭浪矶。

踏莎行　巫峡云涛[1]

王国器[2]

雪练横空，箭波崩岫。[3]女娲不补苍冥漏。[4]何年凿破白云根，银河倒泻惊雷吼。　　罗带分香，琼纤擎酒。[5]销魂桃叶烟江口。[6]当时楼上倚阑人，如今恰似青山瘦。

（唐圭璋编《全金元词》下册）

　　[1] 巫峡云涛：元末谢氏家藏石屏风名。

　　[2] 王国器（1284—1366 后）：字德琏，号筠庵，吴兴（今浙江湖州市）人，著名书画家赵孟頫婿。工诗词，善书法。其子王蒙亦为元末明初著名画家。

　　[3] 雪练：雪白丝绢，喻江水。岫：有洞穴的山。

　　[4] 女娲：神话中的人类始祖。传说她抟黄土造人，炼五色石补天。苍冥：苍天。

　　[5] 罗带：丝织衣带。琼纤：洁白细长的手指。

　　[6] 桃叶：桃叶渡。地名，在南京秦淮、青溪两水合流处，因晋朝王献之送其爱妾桃叶于此，作《桃叶歌》三首而得名。

《仙娥玩月图》为野云陈氏题

张翥[1]

仙娥微步下高寒，独立长松月满山。[2]
妆影透明金背镜，佩声飞动玉连环。
洗空碧海银蟾冷，舞罢瑶阶白凤闲。[3]
不是丹青寄颜色，行云无梦到人间。[4]

（顾嗣立编《元诗选初集·中》）

【注释】

　　[1] 张翥（1287—1368）：字仲举，晋宁（今山西临汾市）人。历翰林国史院编修、应奉、修撰，迁太常博士，又迁侍读学士兼国子监祭酒，以翰林学士承旨致仕。今存《蜕庵诗集》《蜕岩词》。

［2］仙娥：仙女，此指嫦娥。

［3］银蟾：月亮。瑶阶：玉阶。白凤：传说中的神鸟。

［4］行云无梦：用巫山神女典故，言无情爱之事。

《周昉按乐图》[1]

张翥

美人按乐春昼长，绿鬟翠袖双鸣珰。[2]

玉箫高吹银管笛，二十三弦啼凤凰。

后来知是调筝手，窈窕傍听曾误否？[3]

梁州遍彻六么翻，此曲惟应天上有。[4]

行云不动暮雨生，流莺瞥目飞鸿惊。[5]

宫驰羽疾争新声，花月六宫无限情。

君不见后庭玉树梨园谱，日日君王醉歌舞。[6]

一朝鼙鼓动地来，禄儿危似韩擒虎。[7]

丹青纵复工何益，由来嗜音必亡国。

田家机杼人不知，好写《豳风》劝蚕织。[8]

（顾嗣立编《元诗选初集·中》）

【注释】

［1］周昉：字仲朗，又字景玄，唐代画家，京兆（今陕西西安市）人，生卒年不详。工仕女，又善画佛像、神仙人物。

［2］鬟（huán）：古代女性的环形发髻。鸣珰：首饰。

［3］窈窕：娴静美好的样子。

［4］梁州：西凉乐曲，也称为"凉州曲"。六么：乐曲名。以琵琶为起调，其散序多拢捻，节奏繁急，也作"录要""绿腰"。

［5］行云不动暮雨生：化用巫山神女"旦为朝云，暮为行雨"话语，言画中美人所奏之乐滞行云、兴暮雨；也以此巫山云雨话语隐喻帝王的淫靡生活。

［6］后庭玉树：后庭玉树花。乐府吴声歌曲名。南朝陈后主作。梨园：唐玄宗时教练伶人的处所。后世因称戏班为梨园，又称戏剧演员为梨园弟子。

［7］鼙鼓：小鼓和大鼓。古代军队所用，古代乐队也用。白居易《长恨歌》："渔阳鼙鼓动地来，惊破《霓裳羽衣曲》。"此指唐玄宗时安史之乱。禄儿：安禄山。韩擒虎（538—592）：人名。原名豹，字子通，隋河南东垣人。慷慨多智，勇敢善战，曾率五百精兵，直入朱雀门，俘陈后主。

［8］《豳风》：《诗经》十五国风之一。此言《豳风·七月》，言及养蚕事。

玉蝴蝶　春梦[1]

张翥

　　屏里吴山深窈，宿醒未解，午枕初甜。[2]胆怯窗虚，惊起误使人嫌。是乳鸦、声声绿树，是语燕、两两朱帘。转愁添。斜翘不正，堕珥慵拈。　　厌厌。[3]行云飞去，潇湘江上，巫峡峰尖。[4]不尽销凝，海棠月上已窥檐。[5]蝶粉寒、羞熏翠被，灯花瘦、懒迭香奁，倚春纤。[6]暗啼妆泪，半袖红淹。[7]

（唐圭璋编《全金元词》下册）

【注释】

[1] 玉蝴蝶：词牌名。春梦：涉及情爱的梦境。

[2] 屏：屏风。宿醒：夜里醒来。午枕：午睡。

[3] 愁添：添愁，增加忧愁。堕珥：掉下来的珥饰。慵拈：倦慵地拿起。厌厌：同恹恹（yān），精神不振状。

[4] 行云：用巫山神女典故。潇湘：即湘江。巫峡：代指巫山云雨，言男女幽会之事。

[5] 销凝：销魂凝神。窥檐：言月光照在屋檐上。

[6] 蝶粉：唐人宫妆。翠被：绣有翡翠纹饰的被子。香奁：妆具，用以盛放香粉、镜子等物。春纤：手指。

[7] 妆泪：女子粉泪。半袖红淹：袖子为泪水染红。

疏影·题王元章《墨梅图》[1]

张翥

山阴赋客。[2] 怪几番睡起，窗影生白。缥缈仙姝，飞下瑶台，淡伫东风颜色。[3] 微霜恰护朦胧月，更漠漠、暝烟低隔。恨翠禽、啼处惊残，一夜梦云无迹。[4]　　惟有龙煤解染，数枝入画里，如印溪碧。[5] 老树枯苔，玉晕冰圈，满幅寒香狼藉。墨池雪岭春长好，悄不管、小楼横笛。怕有人、误认真花，欲点晓来妆额。

（朱彝尊编《词综》卷二十九）

【注释】

[1] 王元章：王冕（1310—1359），字元章，号煮石山农，亦号食中

翁、梅花屋主等，浙江省绍兴市诸暨枫桥人，元朝著名画家、诗人、篆刻家。

[2] 山阴：今浙江绍兴。山阴赋客：指王冕。

[3] 仙姝：仙女。此喻梅花。瑶台：传说中神仙之居处。

[4] 梦云：用楚王梦巫山神女故事，此言其春梦。

[5] 龙煤：龙脑香焚烧后的余烬。解染：知晓渲染。

题李倚衡所藏边伯京《萱竹图》[1]

黄镇成[2]

金谷园西锦水东，紫丝云暖露华浓。[3]
琴中写得江南意，翠绕巫山十二峰。

（黄镇成《秋声集》卷四）

【注释】

[1] 边伯京：元代书画家边武，号甬东生、玉蓑渔者。工书法，善画写意花鸟，兼长枯木、竹石。

[2] 黄镇成（1288－1362）：字符镇，号秋声子，邵武光泽（今福建光泽县）人，元代山水田园诗人，与邵武黄清老并称"诗人二黄"。著有《秋声集》等。

[3] 金谷园：西晋石崇修筑的园林，遗址在今河南洛阳市西北。锦水：锦江。露华：露珠。

题陈氏《潇湘八景图》（其八《江天暮雪》）

陈旅[1]

寒云不成雨，暝色凝江枫。[2]
巫峡梨花梦，飘浮过郢中。[3]

（陈旅《安雅堂集》卷一）

【注释】

[1] 陈旅（1288—1343）：字众仲，号荔溪。莆田崇福里（今福建莆田市忠门镇）人。工诗，善属文。著有《安雅堂集》。

[2] 寒云：寒冷天气下的云。暝色：暮色。

[3] 梨花梦：唐代诗人王建《梦好梨花歌》："薄薄落落雾不分，梦中唤作梨花云。……落英散粉飘满空，梨花颜色同不同。眼穿臂短取不得，取得亦如从梦中。无人为我解此梦，梨花一曲心珍重。"此以巫峡云雾形容画中江天暮雪景致。郢中：郢都（今湖北省江陵县西北）。

题春宫倦绣两图二首（其一）

陈旅

上阳宫树奏莺簧，蛱蝶罗衣逗暖香。[1]
睡思已随巫峡雨，彩丝偏与日争长。[2]

（陈旅《安雅堂集》卷一）

［1］上阳宫：唐宫名，高宗时建于洛阳。莺簧：黄莺的鸣声。以其声如笙簧奏乐，故称之。蛱蝶：亦作"蛱蜨"，蝴蝶之一种。罗衣：用轻软丝织品制成的衣服。暖香：具有温暖气息的香味。

［2］巫峡雨：化用巫山云雨典故。彩丝偏与日争长：言刺绣宫女夜以继日的劳苦。

题云林《晚晴图》

陈旅

故人别后江波绿，神女归来峡雨干。[1]
海上日花春冉冉，天边云树晓团团。[2]
满汀芳草留孤艇，度石幽泉咽下滩。[3]
最爱东头小亭子，听莺何日一凭阑？[4]

（陈旅《安雅堂集》卷二）

【注释】

［1］江波绿：江水成绿色。神女：巫山神女。

［2］冉冉：缓慢状。团团：簇聚的样子。

［3］汀：水边平地，小洲。度石：言泉水流经石头之上。幽泉：幽深隐僻的泉水。

［4］凭阑：即"凭栏"，身倚栏杆。

明妃出塞图

陈旅

昭君北嫁呼韩国，巫山更有昭君村。[1]

黄金镂鞍玉骢马，分明载得巫山云。[2]

凉风吹动钗头燕，一曲琵琶写幽怨。[3]

沙草遥连鸡庭塞，野花不种鸳鸯殿。[4]

内家日日选娉婷，泪痕满袖空多情。[5]

汉廷自此恩信重，美人身比鸿毛轻。[6]

（陈旅《安雅堂集》卷三）

【注释】

[1] 呼韩：汉时匈奴单于呼韩邪的省称。

[2] 黄金镂鞍：用黄金雕花为装饰的马鞍。玉骢马：古代骏马名。

[3] 钗头燕：燕形发钗。

[4] 鸡庭塞：或作"鸡鹿塞"。古塞名。在今内蒙古磴口西北哈隆格乃峡谷口，是古代贯通阴山南北的交通要冲。鸳鸯殿：汉未央宫殿名，泛指皇后所居处。

[5] 内家：皇宫内。娉婷：佳人。

[6] 汉廷自此恩信重：元帝难以失信于匈奴，故以昭君与匈奴。

题《修竹士女图》

张昱[1]

袖卷香罗日又曛，寸心都作锦回文。[2]

莫教吹动参差玉，惊断阳台一段云。[3]

（张昱《可闲老人集》卷二）

【注释】

[1] 张昱（1289—1371）：字光弼，号一笑居士、可闲老人，庐陵（今江西吉安市）人。著有《可闲老人集》。

[2] 香罗：绫罗。曛：黄昏。锦回文：回文锦字：指前秦窦滔妻苏蕙《璇玑图》，纵横反复，皆成章句。

[3] 阳台一段云：巫山云雨，言男女情事。

山峡图

赵复[1]

萧萧十二峰前路，月落猿啼霜外树。[2]
半夜谁家上水船，竹枝歌入瞿塘去。[3]

（顾嗣立、席世臣编《元诗选》癸集）

【注释】

[1] 赵复：字仁甫，生卒年不详，德安（今湖北安陆市）人。元太宗窝阔台汗七年（1235），姚枢携赵复至燕（今北京市），学子从者百余人。忽必烈在潜邸，受其影响，谋建太极书院，聘赵复讲授。著有《伊洛发挥》《师友图》《希贤录》等。

[2] 萧萧：凄清。十二峰：指巫山十二峰。

[3] 竹枝歌：即《竹枝词》。

题高尚书画[1]

刘铸[2]

忆昔东走吴越间，杖藜所过皆名山。[3]
扁舟无端复西上，巫峡照眼青赢盘。[4]
五年尘埃卧环堵，慨想昔游良自许。[5]
偶然图画见峥嵘，似与故人成晤语。[6]
（阙）
平生爱山仍爱画，画里看山天所借。
此身与画两俱忘，孰与庄周同蝶化。[7]

（顾嗣立、席世臣编《元诗选》癸集）

【注释】

[1] 高尚书：指高克恭（1248—1310），字彦敬，号房山，西域回鹘（今维吾尔族）人。善画，长于山水、墨竹等。

[2] 刘铸：字禹鼎，蜀郡（今四川成都市）人，随父宦游，占籍宣州南陵（今安徽芜湖市南陵县）。历官安庆路（治今安徽安庆市）总管府推官、南丰州（今江西抚州市南丰县）知州。工诗。

[3] 杖藜：拄着藜杖。

[4] 无端：无意。照眼：耀眼。

[5] 环堵：环以土墙，形容居室简陋。昔游：旧游。

[6] 晤语：见面交谈。

[7] 庄周同蝶化：用庄周梦蝶典故，《庄子·齐物论》："昔者庄周梦为胡蝶，栩栩然胡蝶也，自喻适志也，不知周也。俄然觉，则蘧蘧然周也。不知周之梦为胡蝶与，胡蝶之梦为周与？周与胡蝶，则必有分矣。此之谓物化。"

题苏小小像[1]

于立[2]

花宫玉燕啼酣春，春风劳劳驱梦云。[3]
梦嗔梦喜春不闻，红萱露滴真珠裙。[4]
夜燕玎玲隔窗语，碧纱凝烟咽金缕。[5]
行云妒杀巫山女，芭蕉叶叶黄梅雨。[6]

（顾瑛编《草堂雅集》卷十三）

【注释】

[1] 苏小小：南朝齐钱塘名妓。

[2] 于立（约 1341 年前后在世）：字彦成，号虚白子，南康庐山（今属江西）人。著有《会稽外史集》。

[3] 花宫：指仙人居所。劳劳：辛劳。梦云：用巫山典故。

[4] 萱：萱草，又称忘忧草。

[5] 玎玲：形容玉碰击声。金缕：《金缕曲》。

[6] 妒：嫉妒。黄梅雨：春末夏初黄梅季节下的雨，即梅雨。

题顾进道所藏《西园雅集图》[1]

张天英[2]

西园缅邈天中开，仙山渌池异蓬莱。[3]
翠葆翰翰拂花去，传迎都尉朝天回。[4]
宝绘前荣日初旭，一时冠盖如云来。
玉案离离发天藻，瑶姬催献流霞杯。[5]

松下羽人弦似语，烟霓摇艳金银台。[6]

兴酣飞笔洒元气，岩屏屃赑寒欲摧。[7]

幽赏罗众宾，石床净如拭。[8]

想象栗里人，青林见颜色。[9]

缁衣者谁子？入竹坐深默。[10]

眼中绮丽何足珍，回首秋风化榛棘。[11]

君不见，金谷涧，龙鳞池。[12]

木妖石怪，中藏祸机。[13]

吴歌楚舞，顾影凄悲。

丈夫不爱士，富贵空尔为。

徒劳玩物志，但为后人嗤。

何如巢居杯饮得真意，年年岁岁羲农时。[14]

（顾瑛编《草堂雅集》卷五）

【注释】

[1]《西园雅集图》：李公麟作。所画内容为北宋时苏轼等在驸马都尉王诜家的西园雅集之事。此后马远、刘松年、赵孟頫、钱选等皆曾过画同题之作。

[2]张天英（1335年前后在世）：字義之，一字楠渠，号石渠居士，永嘉（属今浙江温州）人。

[3]西园：园林名，在河南省临漳县邺城镇旧治北，传为曹操所建。此指王诜府上。缅邈：遥远。渌池：清澈见底的水池。蓬莱：传说中的海上三仙山之一。

[4]翠葆：古代帝王的仪仗。都尉：此指王诜。

[5]玉案：装饰华丽的几案。离离：盛多貌。天藻：皇帝的文辞。瑶姬：巫山神女的名字，相传为天帝的小女儿。流霞：神仙的饮品。

[6]羽人：神话中的飞仙。烟霓：彩虹。金银：古代传说中神仙

住所里光辉灿烂的楼台。

[7] 屃赑（xìbì）：强壮有力，坚固壮实貌。

[8] 幽赏：清幽的风景。

[9] 栗里：地名，在今江西省九江市西南。晋陶潜曾居于此。

[10] 缁衣：黑衣。古代卿士听朝的正服。

[11] 榛棘：荆棘。

[12] 金谷涧：指西晋石崇修筑的金谷园，极度奢华，俨若皇宫。后石崇被抄家处斩，金谷园毁弃一空。后世遂以"金谷"或"金谷园"讽喻富贵人家盛极一时但好景不长的豪华园林。

[13] 木妖：指草木发生的怪异现象。石怪：山石妖怪。

[14] 巢居：筑巢而居，有隐居之意。羲农：伏羲氏和神农氏的并称。

蒋妓《凌波图》

沈梦麟[1]

令姊风流秀且都，翩如秋水迅芙蕖。[2]
可怜有美怀珠玉，相伴临波入画图。[3]
巫峡云来空想像，杨花雪落半虚无。[4]
凭谁载酒双溪畔，先为彭郎乞小姑。[5]

（沈梦麟《花溪集》卷三）

【注释】

[1] 沈梦麟：字原昭，吴兴（今浙江湖州市）人。工诗，尤善七律，人称"沈八句"。著有《花溪集》。

[2] 都：娴静。芙蕖：荷花。

[3] 可怜：可爱。

[4] 巫峡云：巫山云雨故事，以巫山神女言画中美女。

[5] 彭郎乞小姑：江西彭泽县大江中的大小孤山附近江侧的澎浪矶，宋代民间将"孤"讹作"姑"，将"澎浪"讹作"彭郎"，于是便有彭郎为小姑婿的传说，云"彭郎者，小姑婿也"。后遂以此相传。

踏莎行　题《巫峡云涛图》用王国器韵[1]

苏大年[2]

烟外斜阳，云中远岫。[3]翠眉轻补胭脂漏。[4]回波都是断肠声，断肠更听哀猿吼。　　暮雨凝愁，朝云殢酒。[5]余怀远寄溢江口。[6]世间木石本无情，如何也似离人瘦？

（唐圭璋编《全金元词》下册）

【注释】

[1]《巫峡云涛》：元末谢氏家藏石屏风名。王国器（1284—1366后）：字德琏，号筠庵，吴兴（今浙江湖州市）人，王蒙父，赵孟頫婿，工诗词，善书法。

[2] 苏大年（1296—1364）：字昌龄，以字行，号西坡，又号西涧，别号林屋洞主，真定（今河北正定县）人。曾为张士诚参谋，尊称"苏学士"。能诗，善书画。

[3] 远岫：远山。

[4] 翠眉：古代女子多用青黛画眉，故称"翠眉"。此喻远山。胭脂：喻晚霞。

[5] 暮雨、朝云：用巫山云雨典故，言男女情事。殢（tì）酒：醉酒。此言爱情受阻。

[6] 溢江：河流名，今称龙江河。发源于江西省瑞昌市西南青山，至九江市汇入长江。

题南楚才妻写容寄夫图[1]

史谨[2]

欲整云鬟意转慵，却调花露写芳容。
殷勤寄与天涯客，休作阳台梦里逢。

（史谨《独醉亭集》卷下）

【注释】

[1] 范摅《云溪友议》卷上《真诗解》：濠梁人南楚材者，旅游陈颍。岁久，颍守慕其仪范，将欲以子妻之。楚材家有妻，以受颍牧之眷深，忽不思义，而辄已诺之。……其妻薛媛，善书画，妙属文；知楚材不念糟糠之情，别倚丝萝之势，对镜自图其形，并诗四韵以寄之。楚材得妻真及诗范，遽束隽不疑之让，夫妇遂偕老焉。

[2] 史谨：字公谨，号吴门野樵。昆山人。洪武初（1368）谪居云南，后侨居金陵。性高洁，多才，耽吟咏，工绘事，构独醉亭，以诗画终其身。著有《独醉亭诗集》。

题太真吹笛图[1]

史谨

日色斜明五凤楼，阿环吹笛按凉州。[2]
余音杳逐行云去，散作开元天下愁。[3]

（史谨《独醉亭集》卷下）

【注释】

　　［1］太真：杨贵妃。

　　［2］凉州：凉州曲。

　　［3］开元：唐玄宗年号（713—741）。

六宫戏婴图

杨维桢[1]

黄云复壁椒涂苏，银床水喷金蟾蜍。[2]

宜男草生二月初，燕燕求友乌将雏。[3]

芙蓉花冠金结缕，飘飘尽是瑶台侣。[4]

宫中个个承主恩，岂复君王梦神女。

栴檀小殿吹天香，新兴髻子换宫妆。[5]

中有一人类虢国，净洗脂粉青眉长。[6]

百子图开翠屏底，戏弄哑哑未生齿。

侍奴两两舁锦裀，不是唐家绿衣子。[7]

兰汤浴罢春昼长，金盘特泻荔枝浆。[8]

雕笼翠哥手擎出，为爱解语通心肠。[9]

宣州长史耽春思，工画伤春欠春意。

吴兴弟子广王风，六宫猫犬无相思。

君不见玉钗淫鼋戕汉孤，作歌请献螽斯图。[10]

（邹志方点校《杨维桢诗集·铁崖乐府》卷二）

【注释】

　　［1］杨维桢（1296—1370）：字廉夫，号铁崖，又号铁笛道人、铁冠

道人等，晚号抱遗老人、东维子，元末著名诗人，会稽诸暨（今浙江诸暨市）人。

[2] 黄云：黄色的云，天子气。此喻皇后之气。

[3] 宜男草：萱草的别名。古代迷信，认为孕妇佩之则生男。

[4] 结缕：小草名。瑶台侣：仙侣。

[5] 栴（zhān）檀：檀香。

[6] 虢国：虢国夫人，唐蒲州永乐（今山西芮城县）人，生年不详，约卒于至德元年（756）。是唐玄宗贵妃杨玉环的姐姐。

[7] 舁（yú）：带。

[8] 兰汤：熏香的浴水。也指温泉。

[9] 翠哥：鹦鹉。

[10] 玉钗淫鼃：指汉成帝昭仪赵合德，皇后赵飞燕之妹，淫妒成性，残杀无辜。螽斯图：关于《诗经·周南·螽斯》的图画，喻多子。

题黄子久画《青山隐居图》，为刘青山题[1]

杨维桢

大痴道人有山癖，写似刘阮入画屏。[2]
鼎湖龙去芝房紫，巫峡猿啼枫树青。[3]
猩猩过桥时脱屐，燕燕落纸曾污经。
海上呼龙须有约，镆邪篆子许君听。[4]

（杨维桢《铁崖诗集》甲集）

【注释】

[1] 黄子久：黄公望（1269—1354），元代画家、书法家。本姓陆，名坚，平江常熟人氏，后过继给永嘉黄氏为义子，因改姓黄，字子久，号一峰，又叫大痴道人等。擅画山水，师法董源、巨然，兼修李成法。

与吴镇、倪瓒、王蒙合称"元四家"。

    [2]刘阮：刘晨与阮肇。相传汉明帝永平年间（58—75），刘晨与阮肇入天台山采药，迷不得返，饥甚，见路边一桃树，饥食桃果，寻水得大溪，即武陵溪，误入桃源洞，遇二仙女，结为夫妇。事见《太平御览》卷四十一引南朝刘义庆《幽明录》。

    [3]鼎湖：古代传说黄帝在此乘龙升天。《史记》卷二十八《封禅书》："黄帝采首山铜，铸鼎于荆山下。鼎既成，有龙垂胡髯下迎黄帝。黄帝上骑，群臣后宫从上者七十余人，龙乃上去。余小臣不得上，乃悉持龙髯，龙髯拔，堕，堕黄帝之弓。百姓仰望黄帝既上天，乃抱其弓与胡髯号，故后世因名其处曰鼎湖，其弓曰乌号。"

    [4]镆邪：即"镆铘"，古代宝剑名。篴（dí）：古同"笛"。

题王立本山水图[1]

贝琼[2]

我有爱山癖，每欲名山去。
秦溪一日寄新图，欹枕高堂睹云雾。[3]
何年王宰留真迹，青城天彭接太白。[4]
金堂石室犹可识，大树小树参天直。
千盘百折分秋毫，木客时与行人遭。[5]
一门通天剑阁险，三峡涨雪瞿塘高。[6]
小舟如凫争入浦，呕哑卧听双鸣橹。[7]
··········

（李鸣校点《贝琼集·清江贝先生诗集》卷三）

【注释】

　　［1］王立本：元朝人，浙江鄞县（今宁波）人，善画花卉。

　　［2］贝琼（1297—1379）：字廷臣，号清江，嘉兴崇德（今浙江桐乡市）人，元末明初文学家。著有《清江文集》《清江诗集》，今人整理为《贝琼集》。

　　［3］欹：倾斜不正。

　　［4］王宰：唐代画家，四川西部人，大历贞元间居于成都。善于画巴蜀山水树石。天彭：地名，位于四川彭州。青城：青城山，在今四川省都江堰市城西南。太白：山名。在陕西省郿县东南。

　　［5］木客：樵夫。

　　［6］剑阁：在今四川省剑阁县的北面，是由长安入蜀必经之道。瞿塘：瞿塘峡，三峡之首，也称夔峡。

　　［7］凫：水鸟，俗称"野鸭"。浦：水边或河流入海的地区。

题马文璧画二首（其二）[1]

贝琼

田家一簇江南路，草阁柴扉近水开。[2]
人背夕阳巫峡去，雁将秋色洞庭来。

（李鸣校点《贝琼集·清江贝先生诗集》卷九）

【注释】

　　［1］马文璧：马琬（？—1378?），字文璧，号鲁钝生、灌园人，秦淮（今江苏南京）人，元末明初画家。

　　［2］柴扉：柴门。

郭忠恕《出峡图》[1]

贝琼

巫峡何危哉，夹拱如龙门。[2]

禹治九州不到此，峡口水作雷霆奔。[3]

问汝江中人，几日三巴去？[4]

峩嵋五月销古雪，滟滪堆深虎须怒。[5]

巫峡之险安可攀，胡为吴樯楚柁日日来往乎其间？[6]

高堂中有如花颜，银屏翠箔青春闲。[7]

涉此万里道，经年犹未还。

黄金不买死，直欲高南山。

汝舟非龙汝非虎，鼋鼍出没馋蛟舞。[8]

前者已脱后者号，江神无情天又雨。

石巉岩兮利刃攒，一叶宛转行千盘。[9]

睹此魂魄悸，岂待杜宇夜叫猿声酸。[10]

安得凿之尽平土，万古不识风波苦。

（李鸣校点《贝琼集·清江贝先生诗集》卷四）

【注释】

[1] 郭忠恕（？—977）：字恕先，又字国宝，宋初洛阳（今河南洛阳）人。擅画山水，擅写篆、隶篆，兼通文字学，宋初著名画家、文学家。著有《汗简》等书。

[2] 龙门：禹门口。在山西省河津市西北和陕西省韩城市东北。黄河流至此，两岸峭壁对峙，形如门阙，故名"龙门"。

[3] 九州：中国古代的别称。分全国为九州岛，按《尚书·禹贡》记载为冀州、兖州、青州、徐州、扬州、荆州、豫州、梁州、雍州。

[4] 三巴：汉末巴郡一分为三，新设巴东、巴西郡，合称"三巴"。

[5] 滟滪堆：突兀于瞿塘峡口长江中心的巨石。虎须：虎须滩，古代三峡十二个险滩之一。

[6] 吴樯楚柁：吴楚一带的船。

[7] 高堂：高大的厅堂，借指华屋。银屏：镶银的屏风。翠箔：绿色的帘幕。

[8] 鼋鼍：巨龟和鳄鱼。

[9] 巉（chán）岩：山石险峻。

[10] 杜宇：传说中的古蜀国王，称望帝，死后化为鹃鸟，每年春耕季节彻夜哀鸣，直至滴血。蜀人因呼鹃鸟为杜鹃。

赵子昂《吹箫美人图》[1]

贡师泰[2]

玉箫轻按柔荑指，凤鸟声中清更委。[3]
蝴蝶纷飞茉莉风，蜻蜓乱点芙蓉水。
腻膏凝花团粉红，蛛巢堕鬓云朦胧。[4]
胭唇黛眉照秋绿，腰身偄袅如游龙。[5]
萧郎不来宫水咽，难缔红叶同心结。[6]
巫云巫雨断无踪，闲将杨柳时时折。[7]
鲛衣红透猩猩血，曲终不觉山云裂。[8]

（邱居里赵文友校点《贡氏三家集·贡师泰集》附录一《集外诗》）

【注释】

[1] 赵子昂：赵孟頫（1254—1322），字子昂，号松雪，松雪道人，吴兴（今浙江湖州）人。元代著名书画大家，开创了元代新画风，被称

为"元人冠冕"。

[2] 贡师泰（1298—1362）：字泰甫，宁国府宣城县（今安徽宣城市）人，贡奎之子，元代著名文学家。

[3] 柔荑：植物初生的叶芽，多用来比喻女子柔嫩洁白的手。

[4] 蛛巢：蜘蛛网，形容妇女浓密的鬓发。堕鬓云：女性云髻下坠的发型。

[5] 偠㑩：纤柔娇美貌。

[6] 萧郎：唐代崔郊之姑有一婢女，后卖给连帅，郊十分思慕她，因赠之以诗曰："公子王孙逐后尘，绿珠垂泪滴罗巾。侯门一入深如海，从此萧郎是路人。"后因以"萧郎"指美好的男子或女子爱恋的男子。红叶：指红叶题诗。唐代红叶题诗、结成良缘的故事较多，情节多类似。详见范摅《云溪友议》卷下《题红怨》。同心结：古代一种古老而寓意深长的花结，常被作为男女相爱的象征，取"永结同心"之意。

[7] 巫云巫雨：巫山云雨，言男女欢会事。

[8] 鲛衣：传说中美人鱼缝制的衣服。猩猩血：鲜血。

黄筌《蜀江秋净图》[1]

俞和[2]

何物雄图好，翛然惬卧游。[3]
锦江万顷碧，巫嶂四山秋。[4]
丹叶缀高树，西风落钓钩。
仙翁应有约，相对语江楼。

（钱熙彦编《元诗选补遗》）

【注释】

[1] 黄筌（？903—965）：字要叔，成都（今四川成都）人。五代时

西蜀画家，擅花鸟，兼工人物、山水、墨竹，与江南徐熙并称"黄徐"，形成五代、宋初花鸟画两大主要流派。

[2]俞和（1307—1382）：字子中，号紫芝、紫芝生，又号清隐散人，晚号紫芝老人，桐江（今浙江桐庐县）人，寓居钱塘（今浙江杭州）。性恬淡，不喜仕进。能诗，善书。

[3]雄图：地势险要。儵然：洒脱。卧游：不能亲身去旅游，从图画中去感受景观。源自宗炳"澄怀观道，卧以游之"。

[4]巫嶂：巫山。

题赵子昂画《楚江春晓》[1]

顾瑛[2]

东方旭日出曈昽，照见巴江曲似弓。[3]
莫遣猿声到巫峡，山头犹有楚王宫。

（杨镰整理，顾瑛著《玉山璞稿》卷下）

【注释】

[1]赵子昂：即赵孟頫（1254—1322），见前注。

[2]顾瑛（1310—1369）：一名阿瑛，又名德辉，字仲瑛，昆山（今江苏昆山）人，元末文学家、藏书家。著有《玉山璞稿》《玉山逸稿》等。

[3]曈昽：也作"曈昽"，日初出渐明貌。

巫峡云涛石屏志[1]

顾瑛

　　余尝往震泽，闻松陵谢氏伯仲贤而好事。[2]而余水仙之舟，未得一造其所。今高君叔彬携此卷至别业求题，且知杨铁崖亦到湖上，由是益知其贤而好事，故制长诗一篇，寄题宝屏。[3]他日或饮君蔷薇花下，幸出此为张本云。[4]至正乙巳七月廿一日，金粟道人顾阿瑛书于合溪别业。

　　谢家绿玉屏，不琢龟甲形。

　　方若陟厘纸，粉缥带苔青。[5]

　　秀深庚庚绝文理，十二巫峰横隐起。[6]

　　芙蓉照影立亭亭，远落巴江一江水。

　　素湍汹涌翻绿涛，长风吹云白月高。[7]

　　三峡涛声满人耳，个中独欠孤猿号。

　　胡僧谩有金壶汁，洒向素缣图不得。[8]

　　女娲炼石作五彩，点染料应无此色。[9]

　　此石产景由天工，略假石人磨削功。

　　石色欲尽玉色起，沉沉天碧涵清空。[10]

　　君不闻大食贡石莹如玉，中有奇松四时绿。[11]

　　六月凉风卷翠涛，瑟瑟秋声战空屋。

　　又不闻杨家古屏刻水晶，中有为云之美人。

　　海绡衣裳为烟雾，姓名自语非真真。[12]

　　二物化去固已久，价重隋珠难再有。[13]

　　君家宝屏独在世，勿落忍人豪夺手。

　　我闻故人杨铁仙，束带拜之如米颠。[14]

起来发狂捉铁笔，醉墨写入青瑶镌。[15]

何日乘舟上鱼复，唤取巴童唱巴曲。[16]

更借丹丘粉墨屏，对案巫山真面目。[17]

（杨镰整理《顾瑛诗文辑存》卷七，《玉山璞稿》附录）

【注释】

[1] 巫峡云涛石屏：元末谢氏家藏石屏风名。

[2] 震泽：地名，位于江苏省吴江。

[3] 杨铁仙：杨维桢（1296—1370），字廉夫，号铁崖，又号铁笛道人、铁冠道人等，晚号抱遗老人、东维子，元末著名诗人，会稽诸暨（今浙江诸暨市）人。

[4] 张本：伏笔。

[5] 陟厘纸：纸名。用陟厘制成，即苔纸，也称侧理纸。粉缥：淡青色。

[6] 庚庚：纹理横布貌。

[7] 素湍：白浪翻滚貌。

[8] 胡僧：西域、北地或外国来的僧人。金壶汁：金壶装的墨汁。素缣：白色绢帛。

[9] 女娲：神话中的人类始祖，传说炼五色石补天。

[10] 天碧：青碧如天空之色。

[11] 大食：原为一伊朗部族之称。唐以来用以称阿拉伯帝国。

[12] 海绡：传说中鲛人织的绡，泛指丝巾、轻纱、薄绢之类。真真：画中美女，也泛指美人。

[13] 隋珠：隋侯之珠，传说隋侯见大蛇受伤，用药为其敷治，蛇伤愈后，由江中衔来大明珠，以报答隋侯恩情。

[14] 米颠：北宋书画家米芾（1051—1107）的别号。米芾字元章，行止违世脱俗，倜傥不羁，人称"米颠"。

[15] 醉墨：指酒后所作书画。青瑶：青石。

[16] 鱼复：今重庆市奉节县。巴曲：古代巴渝地区的民间歌谣。

[17] 丹丘粉墨屏：唐代元丹丘的巫山屏风。

《兰石图》

宋禧[1]

明珠翠带倚秋风，石上云生暮色中。
漠漠度江吹作雨，为谁飞傍楚王宫？[2]

（宋禧《庸庵集》卷十）

【注释】

[1] 宋禧（1312—1387后）：原名玄僖，后改名禧，字无逸，号庸庵，余姚（今浙江余姚市）人，曾师从杨维桢。著有《庸庵文集》《庸庵诗集》。

[2] "吹作雨"句：诗人飞向楚王宫的巫山云雨，言画中之云、雨。

题顾山人《秋江叠嶂图》歌[1]

宋禧

顾侯避俗留越山，高情长在山水间。
秋堂夜半梦巴蜀，孤帆远逐西风还。
椎床呼灯怪迟缓，万里江山犹在眼。[2]
澄澄素练天际长，叠叠青鬟日边远。[3]
写来巫峡令人愁，神女阳台居上头。
尚见云阴含过雨，可怜树色送行舟。

地形何处接吴楚，林薄人烟带洲渚。
黄帽西来打鼓郎，茜裙东去唱歌女。[4]
画图不尽意有余，太平人物俱欢娱。
多愁宋玉在何许？好赋顾侯山水图。

（宋禧《庸庵集》卷二）

【注释】

[1] 顾山人：顾园，字仲园，号云屋，苏州人，明朝画家，善画山水和大松。

[2] 椎床：敲打床板。

[3] 澄澄：清澈明洁貌。素练：白色的绢帛，比喻云河或瀑布。青鬟：黑色的环形发髻，喻层峦叠嶂。

[4] 茜裙：绛红色的裙子，代指女子。

题顾侯《江山图》歌

宋禧

岷峨之山昔所闻，下临江水高入云。[1]
层峦奔流到东海，乃有巴蜀吴楚分。
暮年今见画图好，满目江山惊野老。
峨眉新月远关情，巫峡朝云愁未了。
客舟几日下瞿塘，谁倚高楼望汉阳？[2]
人烟晚集矶头树，天边秋水去茫茫。[3]
忽忆苏翁游赤壁，西望蜀山归未得。[4]
当时谪宦尚逍遥，月下吹箫从二客。
顾侯留滞东海头，放怀思上洞庭舟。

龙门连月坐风雨，画图一洗今古愁。

（宋禧《庸庵集》卷二）

【注释】

[1] 岷峨：岷山和峨眉山。

[2] 瞿塘：瞿塘峡。汉阳：今湖北武汉。

[3] 矶头：江边的岩石或小石山上。

[4] 苏翁：苏轼。

题三白士女

陈基[1]

长松百尺吹天风，仙人凭虚离紫宫。[2]
明月挂树云容容，褰衣独憩流青瞳。[3]
炯若秋水涵芙蓉，玄霜未下珠露浓。[4]
桂树偃蹇山巃嵸，烟萝空青深太古。[5]
薜荔吹香杂兰杜，渴饮石泉饥琼蕊。[6]
逍遥不比巫山女，朝为行云暮行雨。[7]
人间回首空尘土，何如丹丘与玄圃。[8]
珊然玉佩风泠泠，群仙夜诵蕊珠经。[9]
紫金之冠朝玉京，青幢绛节凤凰笙。[10]
蓬莱弱水今浅清，何当从之拾瑶英，[11]
一往不死三千龄。

（邱居里、李黎点校《陈基集》附录一《集外诗文》）

【注释】

[1] 陈基（1314—1370）：字敬初，临海（今江苏苏州市，非浙江临海市）人。著有《夷白斋稿》，今人整理为《陈基集》。

[2] 紫宫：神话传说中神仙居住的地方。

[3] 容容：云烟浮动状。褰衣：撩起衣服。青瞳：乌黑的眼瞳。

[4] 玄霜：厚霜。

[5] 偃蹇：高耸貌。巃嵸（lóngzōng）：亦作"巃嵷"，山势高峻貌。烟萝：草树茂密，烟聚萝缠，谓之"烟萝"。

[6] 薜（bì）荔：植物名，常绿藤本，又称木莲。兰杜：兰草和杜若，皆香草。琼蕊：白花。

[7] 巫山女：巫山神女。

[8] 丹丘：传说中神仙的居处。玄圃：昆仑山上神仙的所居。

[9] 珊然：形容衣裙玉珮的声音。泠泠：清凉貌。蕊珠经：道教的经文。

[10] 紫金之冠：又名太子盔，多用于王子及少年将领。玉京：道家称天帝居住之所。青幢绛节：传说中天帝或神仙的仪仗。

[11] 蓬莱：指蓬莱山，传说中的神山名，常泛指仙境。弱水：泛指险而遥远的河流。瑶英：玉石的精华。

曹居贞进士《月下弹琴图》引[1]

郭钰[2]

秋风潇潇，秋月满林，
彼美一人，匡坐弹琴。[3]
我一见之伤我心，问谁画者天机精？[4]
碧天泻河汉，思入秋冥冥。
不闻弦上声，流水高山先有情。
想当美清夜，音响何泠泠。[5]

石泉寒激山间深，玉佩早朝天阙明。[6]

月满洞庭白鹤唳，霜飞巫峡元猿吟。[7]

画师真好手，神妙岂在论丹青。

我独不见熏风奏虞廷，螳螂杀心纷相仍。[8]

烟尘鼙鼓回风腥，我欲破琴绝弦，[9]

独携白石高卧长松阴，重为告曰：

美人兮，美人，

抱琴自古求知音！

（郭钰《静思集》卷一）

【注释】

[1] 曹居贞：庐陵人，元末明初人。谨厚有德器，精于治《诗》，著有《诗义发挥》。

[2] 郭钰（1316—?）：字彦章，号静思，吉州吉水（今江西吉水）人。著有《静思集》。

[3] 匡坐：端坐。

[4] 天机精：天赋机灵出众。

[5] 泠泠：声音清越悠扬。

[6] 天阙：天庭。

[7] 元猿：“元”当作“玄”，即玄猿，黑猿。

[8] 熏风：暖风。虞廷：亦作“虞庭”，虞舜的朝廷。相传虞舜为古代的圣明之主，故亦以“虞廷”为圣朝的代称。螳螂杀心：刘向《说苑·正谏》：“园中有树，其上有蝉，蝉高居悲鸣饮露，不知螳螂在其后也。螳螂委身曲跗欲取蝉，而不知黄雀在其傍也。”

[9] 鼙鼓：小鼓和大鼓，古代军队所用。

题邹自春《石屏巫山图》

郭钰

一片屏开十二峰，阳台去路有无中。[1]
午窗香雾笼寒玉，犹似行云到楚宫。[2]

（郭钰《静思集》卷十）

【注释】

[1] 十二峰：巫山十二峰。

[2] 午窗：正午的窗口。

梅仙图

贡性之[1]

微云纤月澹无辉，竹影花香乱袭衣。[2]
一片闲情无可托，高唐云梦是耶非？[3]

（邱居里、赵文友校点
《贡氏三家集·贡性之集》卷二）

【注释】

[1] 贡性之（约1318—1388）：字友初，或作有初，又字有亨，宁国府宣城县（今安徽宣城市）人，贡师泰之侄。工诗，善画梅竹，著有《南湖集》，今人整理为《贡氏三家集》，包括《贡奎集》《贡师泰集》《贡性之集》。

[2] 纤月：残月，弯月。

[3] 高唐：指高唐观，战国时楚怀王梦遇巫山神女处，后世诗文多用作巫山的代称。云梦：大泽名。巫山神女故事便源于宋玉陪侍楚襄王游云梦。

画梅八首（其二）

贡性之

美人一别已千年，暮雨朝云思窅然。[1]
昨夜酒醒浑不寐，一枝和月到窗前。

（邱居里、赵文友校点
《贡氏三家集·贡性之集》卷二）

【注释】

[1] 窅然：怅然。

题红女二图（其二）[1]

王逢[2]

疏星不流孤月耿，银河散落霜花影。[3]
翡翠巢虚小阁寒，虾蟆更断重门静。[4]
沉水微烟恋旧熏，停针欲绣锦回文。[5]
郎作长安一轮日，妾化巫山一朵云。

（王逢《梧溪集》卷三）

【注释】

[1] 红女：工女，古代从事缝纫等工作的妇女。

[2] 王逢（1319—1388）：字原吉，号梧溪子等。江阴（今江苏江阴市）人，元末明初诗人。著有《梧溪集》。

[3] 耿：光明。

[4] 翡翠：鸟名，羽毛亮丽，呈红色或青色。虾蟆更：击木柝警夜，以柝声似虾蟆叫，故称。

[5] 沉水：古代香料名。锦回文：即回文锦，指前秦窦滔妻苏蕙《璇玑图》，纵横反复，皆成章句。

题黄大痴山水[1]

王逢

十年不见黄大痴，笔锋墨渖元气垂。[2]
绝壁双巘万古铁，长松离立五丈旗。[3]
蜀江巫峡动溟涬，阴岚夜束鱼龙吟。[4]
峨眉更插空青间，差似胸中之耿耿。
大痴与我忘年交，高视河岳同儿曹。
天寒岁晚鸿鹄远，风雨草树余萧骚。[5]
□□□□□□□，大痴真是人中豪。

（王逢《梧溪集》卷四）

【注释】

[1] 黄大痴：黄公望（1269—1354），元代画家、书法家。本姓陆，名坚，平江常熟人氏，后过继永嘉黄氏为义子，因改姓黄，字子久，号

一峰，又叫大痴道人等。擅画山水，与吴镇、倪瓒、王蒙合称"元四家"。

[2] 墨渖：墨汁、墨迹。

[3] 双巑（cuán）：两座险峻的高峰。离立：并立。

[4] 溟涬：水势浩大。阴岚：雾气。

[5] 萧骚：风吹草木发出的声音。

黄大痴画

王逢

大痴笔力破沧溟，为写巫阳十二屏。[1]
舟至夜寒霞气赤，石床春雨土华青。
不辞千日山中酒，新注虚皇大洞经。[2]
近得老杨长铁笛，天坛惟许小龙听。[3]

（朱存理集录《铁网珊瑚》卷十四）

【注释】

[1] 沧溟：苍天，高远幽深的天空，也指大海。巫阳十二屏：巫山十二峰。

[2] 虚皇：道教神名，即高上虚皇道君，出自南朝梁陶弘景《真灵位业图》。大洞经：即《上清大洞真经》，一名《大洞真经三十九章》，简称《大洞真经》《洞经》，或《三十九章经》。

[3] 老杨：杨维桢。

《太真》《虢国》二图为郡牧张理熙伯雍题[1]

王逢

有唐社稷冰山重，三白杨花同一梦。[2]
就中玉环春思酣，锦褓儿将犀果弄。[3]
儿骄蹴踏飞龙鞚，直把东君遥断送。[4]
马嵬罗袜污香尘，杜鹃泪血啼秦凤。[5]
君不见，阳台神女楚襄王，当年元有词臣讽。[6]

（王逢《梧溪集》卷六）

【注释】

[1] 太真：杨贵妃的道号。虢国：虢国夫人，杨贵妃的三姐。

[2] 三白杨花：杨贵妃的三个姐姐，即虢国夫人、韩国夫人和秦国夫人。

[3] 玉环：杨玉环，杨贵妃。锦褓儿：杨贵妃收安禄山为义子，在其生日后三天办洗儿典礼。

[4] 蹴踏：踩踏、摧残。飞龙鞚：天子的马龙头，代指唐天子。东君：日神。

[5] 马嵬：马嵬坡，在陕西省兴平市。安史之乱，玄宗被迫赐死杨贵妃，葬于马嵬坡。罗袜：丝袜。杜鹃泪血：传说为蜀帝杜宇魂魄化为子归鸟，也即杜鹃，常于春末夏初夜间啼鸣，声音凄切，嘴呈红色，故有杜鹃泣血的传说。古人常借以抒发悲苦愁怨之情。秦凤：《列仙传·萧史》："萧史者，秦穆公时人也。善吹箫，能致孔雀白鹤于庭。穆公有女字弄玉好之，公遂以女妻焉。日教弄玉作凤鸣，居数年，吹似凤声，凤凰来止其屋，公为作凤台，夫妇止其上，不下数年。一日，皆随凤凰飞去。"

[6] 词臣：指宋玉。

山峡图

滕斌[1]

萧萧十二峰前路，月落猿啼霜外树。[2]
半夜谁家上水船，竹枝歌入瞿塘去。[3]

（《石仓历代诗选》卷二百八十）

【注释】

[1] 滕斌：生卒年不详，字玉霄，黄冈人，活动于1308—1323年。至大年间任翰林学士，出为江西儒学提举，后入天台为道士。著有《玉霄集》。

[2] 萧萧：凄清。十二峰：指巫山十二峰。

[3] 竹枝歌：即《竹枝词》。瞿塘：瞿塘峡。

题燕穆之《楚江秋晓图》[1]

瞿旼[2]

木落秋江露湿衣，放舟有客候潮归。
烟霞髣髴天将曙，星斗升沉影渐稀。[3]
避弋雁鸿投渚宿，忘机鸥鹭傍人飞。[4]
巫山巫峡曾登览，犹忆题诗在翠微。[5]

（韩进、朱春峰校证
《铁网珊瑚校证·下·画品第一》）

【注释】

[1] 燕穆之（961—1040）：名肃，原籍燕蓟（今北京），后移居曹南（今山东曹县）。真宗时为龙图阁直学士，官至礼部尚书。北宋画家，善山水、寒林。

[2] 瞿旼：生卒年不详。朱存理编选《铁网珊瑚·画品》时，将之列于韩奕（1328—?）之前，并署之为隐士。

[3] 髣髴：隐约。

[4] 弋（yì）：用带绳子的箭射鸟。渚：水中小块陆地。忘机：没有机巧之心。

[5] 翠微：青翠的山色，泛指青山。

题《楚江秋晓图卷》

韩奕[1]

苍茫巫峡晓，摇落楚天秋。
神女千年庙，商人万里舟。
诗中曾想赋，画里每思游。
江海平生志，穷经老一丘。[2]

（陈邦彦编《御定历代题画诗类》卷五）

【注释】

[1] 韩奕（1328—?）：字公望，号蒙斋，平江（今江苏苏州市）人。博学多才，工诗及楷书，著有《韩山人集》。

[2] 江海：江与海，引申为隐居。穷经：谓极力钻研经籍。一丘：指隐居于山水之间。

题《楚江秋晓卷》

胡奎[1]

日出楚山碧，照见龙鳞波。[2]
扁舟何处即，解唱竹枝歌。
神女朝云里，啼猿秋树多。
苍梧望不极，远意当如何。[3]

（陈邦彦编《御定历代题画诗类》卷五）

【注释】

[1]胡奎（约1331—?）：字虚白，号斗南老人，海宁（今浙江海宁市）人。尝游贡师泰之门，明初以儒学征，官宁王府教授。著有《斗南老人集》。

[2]龙鳞波：水波似龙鳞。

[3]苍梧：苍梧山，又名九嶷山，在今湖南宁远县境内，舜帝死后葬于此山。

《题张士厚四时仕女四首》之四

郑洪[1]

霜蟾弄影窥金屋，么凤吹香绚银烛。[2]
绣罗小鞯蹙双莲，翠袖垂肩倚孤竹。[3]
红锦冻折水如车，寒衣递到长风沙。
莫遣朝云妒桃叶，寄将春信与梅花。[4]

（陈邦彦编《御定历代题画诗类》卷六十）

[1] 郑洪：字君举，号素轩，永嘉（今浙江温州市）人，或说三衢（今浙江衢州市衢江区）人。生卒年不详，约元顺帝至正初（1341）前后在世。工诗，著有《素轩集》。

[2] 霜蟾：月亮。金屋：华丽的屋子。么凤：鸟名，又称桐花凤，羽毛五色，体型比燕子小。

[3] 韈：古同"袜"。双莲：并生于一枝干的两朵荷花，又名并蒂莲。此喻女子的脚。

[4] 朝云：巫山神女。桃叶：晋王献之爱妾名桃叶。

清平乐　题碧梧苍石图

赵由儁[1]

楚云迷断。[2]桃叶江南岸。春去秋来情汗漫。愁绝一行新雁。[3]　锦书欲寄双成。殷勤为谢芳卿。[4]明月碧梧凉夜，有谁知度箫声。[5]

（唐圭璋编《全金元词》下册）

【注释】

[1] 赵由儁：字仲时，吴兴（今浙江湖州市）人，元代著名书画家赵孟頫之侄。

[2] 楚云：本谓楚天的云，古诗词中多用巫山神女"旦为朝云，暮为行雨"典故。迷断：迷失。

[3] 汗漫：漫无边际。

[4] 锦书：华美的书信。纸张发明以前，古人以竹简刻书，以绢帛

写信，后以"锦书"作为书信的美称。双成：董双成，神话中西王母侍女名。芳卿：对女子的昵称。

[5] 碧梧：碧色梧桐树。

台城路题《楚江春晓图》

王燧[1]

黄陵庙下潇湘浦，依稀少年羁旅。[2]梦泽风生，渚宫花落。[3]收尽峡云巫雨。长天代水，正日出三竿，客船犹舣。[4]四望苍苍，秋光都在白苹渚。[5] 流年暗惊易度，向画中空见，旧游如许。鼓瑟人遥，纫兰事往。[6]谁折芳馨寄与？[7]消魂凝伫，待收拾闲情，写成新句。[8]心与鸿飞，空江烟浪里。

（朱彝尊《词综》卷三十三）

【注释】

[1] 王燧：元朝吴人。生卒年不详。

[2] 黄陵庙：庙名。传说为舜二妃娥皇、女英之庙，亦称二妃庙。在湖南省湘阴县之北。羁旅：寄居他乡的旅客。

[3] 梦泽：云梦泽。渚宫：春秋时期楚国的宫名，故址在今湖北省江陵县。

[4] 舣：停船靠岸。

[5] 白苹渚：生满苹草的水边小洲。苹，水草，夏秋开小白花，故称白苹。

[6] 纫兰：缝制兰草。语出《离骚》："扈江离与辟芷兮，纫秋兰以

为佩。"

　　[7] 芳馨：芬芳的花草。

　　[8] 凝伫：凝神伫立。

齐天乐　题燕文贵《楚江春晓卷》

梦庵[1]

　　晓风吹醒蓬窗梦，惊心断魂潮尾。深鬓萧萧，秋烟黯黯，残月渐看西坠。[2]披衣乍起，对万顷苍茫，半空飞露。曙色才分，巫山隐隐扫晴翠。　　行舟此际竞发，叹还吴适楚，尽趋名利。投老襟怀，思乡情绪，慵赋天涯羁旅。鸥汀雁渚，记仿佛当年，暗经行处。今日披图，旧游如梦里。

（朱彝尊《词综》卷三十三）

【注释】

　　[1] 梦庵：张肯（生卒年不详），字继孟，一字寄梦，号梦庵。洪武三十一年（1398）前后在世。浚仪（今河南开封）人。少从宋濂学，有《梦庵词》。

　　[2] 萧萧：白发稀疏的样子。

题《楚江秋晓图》

莫敏[1]

晓来潮落雨痕收，曙色初分促去舟。[2]
巫峡空蒙山隐隐，楚江迢递水悠悠。[3]
蒲帆带露翻苍暝，枫叶笼霞皎素秋。[4]
今日披图见佳趣，令人犹忆少年游。

（朱存理集录《铁网珊瑚》卷十一）

【注释】

[1] 莫敏（生卒年不详）：江苏苏州人。
[2] 曙色：破晓时的天色。
[3] 空蒙：细雨迷蒙的样子。
[4] 苍暝：苍茫昏暗。

题《楚江秋晓图》

龙泉生[1]

上山豺虎怒撑目，入海蛟龙饥啮足。
卧游谁似画图间，占断潇湘半江绿。[2]
波纹㳽漾势欲生，却似泼醅新酿成。[3]
维北有斗会斟酌，吸尽狂澜肝肺清。
露华洗净群峰小，灏气晶荧碧空晓。[4]
纤纤斜月堕银钩，猎猎飞帆翔白鸟。

襄王神女知何处，为雨为云空旦暮。[5]

仿佛汉阳城外祠，依稀鹦鹉洲边渡。

楼船如屋稳胜家，夜泊芦花近浅沙。

好是浔阳送行客，不闻商女弹琵琶。[6]

平明潮落如奔马，徒御萧萧意闲雅。

扬舲鼓枻若登仙，岂是天涯流落者。[7]

人生适兴在不羁，处世当作汗漫期。

痛饮采石矶上酒，浩歌黄鹤楼中诗。

············

（朱存理集录《铁网珊瑚》卷十一）

【注释】

[1] 龙泉生：生卒年不详，事迹不详。

[2] 卧游：谓欣赏山水画以代游览。

[3] 泼醅（pēi）：酿酒。

[4] 灏气：弥漫在天地间的气。

[5] 为雨为云：语出《高唐赋·序》："旦为朝云，暮为行雨。"

[6] "浔阳送行客"句：化用白居易《琵琶行》语。

[7] 扬舲：扬帆。鼓枻：划桨，谓泛舟。

题猿

李祁[1]

冷泉亭上呼嫌少，巫峡舟中听厌多。[2]

白发老人宵梦多，月明孤馆奈君何？[3]

（陈邦彦选编《康熙御定历代题画诗》卷一百）

【注释】

[1] 李祁（约1308—约1380）：字一初，号希蘧，又号危行翁、望八老人，长沙茶陵州（今湖南茶陵县）人。擅行、草大字，亦工诗文。著有《云阳集》。

[2] 冷泉亭：亭名，在西湖灵隐寺前。

[3] 宵梦：夜晚做的梦。

题《九龙图》[1]

郯韶[2]

九龙起幽壑，百谷走春雷。[3]
峡坼苍厓断，天倾白浪回。[4]
朝行神禹穴，暮过楚王台。[5]
应有天瓢手，为霖遍九垓。[6]

（顾嗣立编《元诗选》二集）

【注释】

[1]《九龙图》：南宋画家陈容的画作。

[2] 郯韶：字九成，号云台散吏，又号苕溪渔者，吴兴（今浙江湖

州市）人。山水画颇有造诣，与倪瓒友善。著有《云台集》。

[3] 幽壑：幽深的沟壑。百谷：众多河谷。

[4] 峡坼（chè）：峡谷。厓（yá）：同"崖"。

[5] 神禹穴：即禹穴，相传为夏禹的葬地，在今浙江省绍兴之会稽山。楚王台：此处指巫山阳台，即楚王宫。

[6] 天瓢：神话传说中天神行雨用的瓢。霖：霖雨，久下不停之雨。九垓：中央至八极之地，比喻全天下。

万里江山图

善住[1]

巴水沄沄巴峡清，月明客泪堕猿声。[2]
眼中已识瞿唐路，剩水残山懒问名。

（康熙编《御选元诗》卷七十九）

【注释】

[1] 善住：字无住，别号云屋，曾居于吴都之报恩寺，修净土行。工于诗，著有《谷响集》。

[2] 沄沄：水流悠远貌。

题《江山万里图》

陈秀民[1]

曹郎胸中墨数斗，笔下烟云千万重。

昆仑积石泰华接，潇湘云梦银河通。[2]

岷峨翠流三峡水，衡岳青连五老峰。[3]

清溪九曲处士屋，丹霞百丈神仙宫。[4]

下有临渊欲坠之灵石，上有参天不老之长松。

岚光雨气迷远近，咫尺万里将无穷。[5]

谁知大地山河境，乃在冰缣意匠中。[6]

我今抚卷三叹息，画史真能夺化工。[7]

（陈邦彦编《御定历代题画诗类》卷六）

【注释】

[1] 陈秀民：1350 年前后在世，字庶子，温州（今浙江温州）人，一作嘉兴人。博学善书，著有《寄情稿》。

[2] 昆仑：昆仑山，西接帕米尔高原，东延入青海境内。泰华：泰山与华山。潇湘：即湘江，其水清澈见底，五色鲜明，故称"潇湘"。云梦：古代湖泽名。

[3] 岷峨：岷山和峨眉山。衡岳：衡山。五老峰：江西省庐山东南部名峰，五峰形如五老人并肩耸立，故称。

[4] 九曲：迂回曲折。处士：有才学而隐居不做官的人。丹霞：日光照在云上所形成的赤色云气。

[5] 岚光：山间雾气经日光照射而发出的光彩。

[6] 冰缣：晶莹剔透的细绢。

[7] 画史：画家。

题袁子仁所藏《巴船出峡图》

吴莱[1]

巴山一带高崔嵬，巴江万里从天来。[2]

前夫疾挽后夫推，黄牛白狗迎船开。[3]

晓风东回水西上，滟滪堆头伏如象。[4]

盘旋鸟道怕张帆，汨没龙渊惊掉桨。[5]

世人性命重涛波，吴盐蜀麻得利多。

怪石急流须勇退，贪夫险魄漫悲歌。

神禹酾江江更恶，五丁凿路空岩崿。[6]

舟船可坐尚发危，栈阁能行终泪落。

嗟兹举目无不然，直愁平地即山川。

至喜亭边聊酹酒，长年三老好摊钱。[7]

（张文澍整理《吴莱集》第五卷）

【注释】

[1] 吴莱（1297—1340）：字立夫，本名来凤，门人私谥渊颖先生，浦阳（今浙江浦江）人。著有《渊颖吴先生集》，今人整理有《吴莱集》。

[2] 巴山：巴地有大巴山、小巴山，所谓九十巴山。崔嵬：高耸貌。

[3] 黄牛：即黄牛峡，在湖北宜昌市西 40 千米，又称"黄牛滩"，是长江著名险滩。白狗：即白狗峡，位于湖北秭归县西陵峡内，状如白狗，故名。

[4] 滟滪堆：瞿塘峡口巨石，为长江三峡著名险滩。

[5] 龙渊：深渊。

[6] 神禹：对大禹的尊称。酾江：治江，对水道分疏导流。传说大

禹曾到巫山治水，巫山神女曾授给大禹治水秘籍。五丁：传说中的五位力士。郦道元《水经注·沔水注》："秦惠王欲伐蜀，而不知道，作五石牛，以金置尾下，言能屎金，蜀王负力，令五丁引之成道。"岩崿：山崖。

［7］至喜亭：始建于宋朝，欧阳修被贬任宜昌县令，为此亭作《峡州至喜亭记》，使此亭成为峡州三大胜境之一。酹酒：以酒浇地，表示祭奠。长年三老：梢公。摊钱：博钱。

题江贯道《万木奇峰》[1]

郑元佑[2]

空翠婵娟深有意，几番风雨听龙吟。[3]
遥知千古登临兴，最爱巫山第一岑。[4]

（顾瑛编《玉山名胜集·玉山倡和》卷下）

【注释】

［1］江贯道：名参，字贯道，南宋画家，长于山水，师董源、巨然。

［2］郑元佑（1292—1364）：字明德，号尚左生，处州遂昌（今浙江遂昌县）人，世称遂昌先生。左手楷书，世称一绝，故号尚左生。著有《侨吴集》，今人整理为《郑元佑集》。

［3］空翠：指奇峰上苍翠的岚气。婵娟：美好的姿态。龙吟：长啸。

［4］兴：兴情。岑：小而高的山。

题赵子昂《兰》[1]

郑元佑

鸥波亭下楚香销，公子骑箕上沆寥。[2]
纵是死灰芬酷烈，巫阳谁下九重招？[3]

（徐永明校点《郑元佑集》
卷十三《侨吴集补遗》）

【注释】

[1] 赵子昂：即赵孟頫（1254—1322），见前注。

[2] 鸥波亭：位于湖州城中，为赵松雪晚年栖居之地。楚香：楚泽香。骑箕：即骑箕尾以升仙。沆寥：亦作"沆瀁"，清朗的天空。

[3] 死灰：喻死亡。巫阳：古代传说中的著名女巫，名阳，灵山（即巫山）十巫之一。九重招：九乃虚指，言多次招魂。

赋《巫峡云涛石屏》[1]

郑元佑

石理庚庚有至文，江涛鼓浪忽蒸云。[2]
鬼神不露雕镂巧，那得阴阳一线分。

（徐永明校点《郑元佑集》
卷十三《侨吴集补遗》）

【注释】

[1] 巫峡云涛石屏：元末谢氏家藏石屏风名。

[2] 石理：石头上的纹理。庚庚：言石上纹理分布状。蒸云：云气升腾状。

出峡图

钱宰[1]

大江水落岷峨西，三峡上与浮云齐。[2]

飞湍崩腾下绝险，怒与石斗如奔霓。[3]

君不闻滟滪如象，瞿塘莫上；滟滪如马，瞿塘莫下?[4]

黄牛剑石真龙阿，巫峡之口双盘涡。[5]

蜀山五月消尽太古雪，倒泻银汉翻秋波。[6]

江声出峡经险窄，险似龙门、砥柱当黄河。[7]

西川贾客何危哉，楼船万斛天上来。[8]

船家放船一失手，桅折柁裂为之摧。

此时性命不自保，嗟彼吴盐蜀锦那得利吾财?[9]

利亦不足羡，名亦不足言。

伍员终赐镯镂剑，江上鸱夷空复怜。[10]

李斯卒弃咸阳市，上蔡黄犬不得牵。[11]

古来名利总如此，岂但瞿塘下峡船。

（全明诗编纂委员会编《全明诗》第一册）

【注释】

[1] 钱宰（1299—1394）：字了予，一字伯均，会稽人。元末明初诗人。

[2] 岷峨：岷山和峨眉山的并称。

[3] 奔霓：奔腾的虹霓。

[4] 此为流传于三峡一带的民谣。如"滟滪大如象，瞿塘不可上。滟滪大如牛，瞿塘不可留。滟滪大如马，瞿塘不可下。滟滪大如袱，瞿塘不可触。滟滪大如龟，瞿塘不可窥。滟滪大如鳖，瞿塘行舟绝"。滟滪：滟滪堆，俗称燕窝石，位于白帝城下瞿塘峡口。

[5] 黄牛：即黄牛滩。龙阿：龙泉剑、太阿剑，皆古之名剑。盘涡：水流旋转形成的深涡。

[6] 蜀山：蜀地山岳之泛称。

[7] 砥柱：即中流砥柱，山名。

[8] 西川：川西。楼船：有楼层的大船。万斛：古代以十斗为一斛。

[9] 吴盐：吴地生产之食盐。蜀锦：蜀地生产的彩锦，多用染色熟丝织成，色彩鲜艳，质地坚韧。

[10] 伍员：伍子胥，其父、兄为楚平王所杀，他逃至吴国，助吴王打败楚国，鞭楚平王尸，后为吴王赐剑自杀。鸱夷：革囊。伍子胥自杀后，吴王曾取子胥尸，盛以鸱夷革，浮之江中。故后世也以鸱夷代指伍子胥。

[11] 李斯（前280—前208）：楚国上蔡（今河南省上蔡县西南方）人，协助秦始皇统一天下。后为秦朝丞相，为赵高所忌，腰斩于市。《史记·李斯列传》："二世二年七月，具斯五刑，论腰斩咸阳市。斯出狱，与其中子俱执，顾谓其中子曰：'吾欲与若复牵黄犬，俱出上蔡东门逐狡兔，岂可得乎？'遂父子相哭。而夷三族。"

巫峡图

傅若金[1]

十二峰前江水东，上疑三蜀路相通。[2]
青天鸟影连巴峡，落日猿声近楚宫。[3]
每有客舟来系树，岂无仙袂去乘风。[4]
古来奇绝空传尽，今日何人赋最工？

（傅若金《傅与砺诗文集》卷六）

【注释】

[1] 傅若金（1304—1343）：字汝砺，临江新喻（今江西新余市）人。有《傅与砺诗文集》。

[2] 十二峰：指巫山十二峰。三蜀：汉初设置的行政区划，包括蜀郡、广汉郡、犍郡。

[3] 巴峡：指巴县以东江面的石洞峡、铜锣峡、明月峡。楚宫：楚国王宫。巫山有楚王宫，是战国时楚襄王游高唐的离宫，民间称为"细腰宫"。

[4] 仙袂：仙人的衣袖。乘风：御风。

题书船入蜀图送黄尚质赴夔州蒙古教授[1]

傅若金

楚客之官泛蜀船，画图盈尺见山川。[2]
九江树色潇湘外，三峡猿声滟滪前。[3]

方译渐通巴俗语，国书新绝汉人传。[4]
岂无好事能携酒，问字时时集讲筵。[5]

（傅若金《傅与砺诗集》卷六）

【注释】

[1] 教授：宋元时期学官名，掌管学校课试等事，位居提督学事司之下。

[2] 楚客：泛指客居他乡的人。

[3] 九江：地处江西省北部，位于长江南岸。滟滪：滟滪堆。

[4] 国书：国家间往来或共同议定的文书。

[5] 讲筵：讲经、讲学的处所，特指天子的经筵。

题张一村画《山阴岩壑图》

僧大圭[1]

张侯写山工写奇，笔力可追黄大痴。[2]
鲈鱼江头一斗酒，墨花散作秋淋漓。
前峰崒嵂如束笋，后峰盘拏来不尽。[3]
突马方惊滟滪高，啼猿忽觉蓬莱近。[4]
水枫离离开锦屏，峡泉历历鸣瑶筝。[5]
幽葩自炫晨露洁，小草不奈繁霜零。[6]
兵余僧舍总摇落，何意空林见楼阁。
十年碌碌走湖城，重忆山阴旧岩壑。[7]
秋来日日愁炎蒸，解衣思濯松风清。

轻包短锡从此去，何处水边无月明。[8]

（陈邦彦选编《御定历代题画诗类》卷二十八）

【注释】

[1] 大圭（1304—?）：元末诗僧，俗姓廖，字恒白，号梦观，泉州晋江人。善诗，著有《梦观集》。

[2] 黄大痴：黄公望（1269—1354），字子久，号一峰，又叫大痴道人等。擅画山水，与吴镇、倪瓒、王蒙合称"元四家"。

[3] 崒嵂：山高峻貌。盘挐：形容纤曲强劲。

[4] 突马：言山势如奔马。滟滪：滟滪堆。蓬莱：指蓬莱山，传说中的神山名。

[5] 锦屏：锦绣的屏风。此言画中景色如锦屏。瑶筝：玉饰的筝。亦用为筝的美称。

[6] 幽葩：清幽的花朵。

[7] 山阴：今浙江绍兴。

[8] 锡：通"緆"。细麻布。

抱遗老人书《巫峡云涛石屏志》[1]

陆仁[2]

巫山十二多云雨，暮暮朝朝怨神女。
江流峡束卷奔涛，几点芙蓉隔洲渚。
白云自飞明月高，黄牛滟滪争雄豪。[3]
峡口犹思弭征棹，霜寒夜听惊猿号。[4]
君家石屏何处得，冥冥造化春无迹。

却怜宋玉老多才，望断阳台楚天碧。

（顾嗣立编《元诗选》三集）

【注释】

[1] 抱遗老人：杨维桢，字廉夫，晚年自号抱遗老人、东维子等，会稽（浙江诸暨）人。《巫峡云涛石屏》：元末谢氏家藏石屏风名，元末明初顾瑛作。

[2] 陆仁：字良贵，号樵雪生、干干居士，河南人，寓居昆山（今江苏昆山市）。明经好古，善诗、书。

[3] 黄牛：即黄牛峡，又称"黄牛滩"，是长江著名险滩。

[4] 征棹：指远行的船。

题《巫峡云涛屏》

马琬[1]

木落清江帝子悲，阳台云雨是何时。[2]
哀猿啼断三更月，犹忆巴人唱竹枝。[3]

（韩进、朱春峰校证《铁网珊瑚校证》中）

【注释】

[1] 马琬：字文璧。号鲁钝、灌园人、北园灌者，金陵（今江苏南京）人，生卒年不详。擅画山水，远师董源、巨然、米芾，近学黄公望。亦善画人物，工诗文、书法，人称三绝。

[2] 帝子：湘夫人。此句化用屈原《九歌·湘夫人》："帝子降兮北

渚，目眇眇兮愁予。袅袅兮秋风，洞庭波兮木叶下。"

　　[3] 竹枝：即竹枝词。

题《巫峡云涛屏》

景芳[1]

山青青兮欲雨，谷窅窅兮生云。[2]
望楚台兮何处．归时赋兮屏文。[3]

（韩进、朱春峰校证《铁网珊瑚校证》中）

【注释】

　　[1] 景芳：元末吴地僧人，字仲联。

　　[2] 窅窅：隐晦不显的样子。

　　[3] 楚台：楚阳台的省称。屏文：即《巫峡云涛石屏志》。

题《江山万里图》

陶宗仪[1]

滚滚长江出全蜀，一派波涛泻寒玉。[2]
天设巨堑鸿蒙先，厥德灵长纪南服。[3]
滥觞岷松略巴梁，分源崌崃走豫章。[4]
吐吞沅澧引沱潆，包括洞庭纳鄱阳。[5]
玉垒蛾眉两旁礴，石镜武担连剑阁。[6]
合江西头万里桥，汉使入吴曾驻泊。[7]

丈人拔地高青城，翠浪起伏势东倾。[8]

雪山去此知几许，一览如隔芙蓉坪。[9]

丞相祠前森老柏，支机石在君平宅。[10]

浣花溪碧草堂幽，越王宫殿成狼藉。[11]

中岩林泉嘉处多，相传尝栖诺讵那。[12]

慈姥老龙亦共止，岩阿小寺埋薜萝。[13]

渡泸亭对诸夷路，尚疑果从何处渡。[14]

鱼复浦中八阵图，前后纵横经纬布。[15]

滟滪撒发怒莫婴，黑石狞恶蒝槽并。[16]

巫峡之险复愈此，凝真观前加震惊。[17]

十二峰峦罗翥凤，船过神鸦管迎送。[18]

咤滩直接归州滩，自昔号为人鲊瓮。[19]

黄牛庙睇黄鹤楼，云梦泽通鹦鹉洲。[20]

赤壁临皋才尺咫，琵琶亭下芦花秋。[21]

…………

老夫平生山水癖，白首卧游还历历。[22]

客持卷轴请我观，题诗聊复识畴昔。

（徐永明、杨光辉整理
《陶宗仪集·南村诗集》卷一）

【注释】

[1] 陶宗仪（1329—约1412）：字九成，号南村，浙江黄岩州（今浙江台州市黄岩区）人。工诗文，善书法，著有《南村诗集》《南村辍耕录》等，今人整理为《陶宗仪集》。

[2] 寒玉：玉石。

[3] 巨堑：巨大的沟堑，此指长江。鸿蒙：宇宙形成前的混沌状态。灵长：广远绵长。南服：南方。

[4] 滥觞：江河发源处水很小。岷：岷江。巴：巴郡。梁：梁州。崌崃：崌崃山，在今四川眉山市彭山区东北。豫章：豫章郡，主要在今江南昌一带。

[5] 吐吞：形容山水争雄之势。沅澧：沅水和澧水。沱潜：沱江与潜水。前者在今四川中部，后者在今湖北襄阳一带。

[6] 玉垒：指玉垒山，在四川省理县东南。石镜：山名，在四川境内。武担：山名，在四川省成都市西北。剑阁：即大剑山，在今四川省剑阁县北面，是由长安入蜀的必经之道。

[7] 合江：在今四川泸州市东，沱江注入长江处。万里桥：在成都市城南锦江上。

[8] 丈人：丈人山，在今四川夹江县东。青城：青城山。

[9] 雪山：山名，岷山的主峰。

[10] 丞相祠：诸葛武侯祠。支机石：传说为天上织女用以支撑织布机的石头。君平：西汉严遵字君平，蜀郡人。

[11] 浣花溪：一名濯锦江，又名百花潭。在四川省成都市西郊，为锦江支流。草堂：杜甫草堂。越王：勾践。

[12] 中岩：山岩名，在四川青神县。诺讵那：又叫诺讵罗，乃奉释迦牟尼之命常住世间守护佛法、救度众生的十六大阿罗汉之一。

[13] 慈姥：慈姥山，原名鼓吹山，亦称慈母山，位于马鞍山市。岩阿：山的转弯处。薜萝：薜荔与女萝，皆香草。

[14] 渡泸亭：亭名，位于四川江安县。诸夷路：通往川南少数民族地区的道路。

[15] 鱼复：今重庆奉节东。

[16] 婴：通"撄"，触犯。黑石：黑石滩，三峡十二险滩之一。

[17] 凝真观：即巫山神女庙。宋徽宗宣和四年（1122）改名凝真观。

[18] 十二峰峦：巫山十二峰。罗：招致。翥凤：高飞之凤鸟。神鸦：指在巫山神女庙里吃祭品的乌鸦。

[19] 㟧滩：三峡险滩之一。归州：今湖北秭归县。人鲊瓮（zhǎ wèng）：三峡险滩之一。在今湖北秭归县西，瞿塘峡之下，号称峡下最险处。

[20] 黄牛庙：在三峡黄牛滩边。鹦鹉洲：在今湖北省武汉市西南长江中。相传东汉末江夏太守黄祖长子射在此大会宾客，有人献鹦鹉，祢衡作《鹦鹉赋》，故名。

[21] 赤壁：在今湖北武昌西赤矶山，与汉阳南纱帽山隔江相对。一说谓湖北蒲圻西之赤壁山。临皋：地名，位于今湖北黄冈市。琵琶亭：亭名。在江西省九江市西，长江东南岸。芦花：芦絮。

[22] 卧游：谓欣赏山水画以代游览。

题子昂《疏竹远山图》[1]

钱惟善[2]

玉立湘江阔，东风不自持。[3]
巫山何处是？春雨扫蛾眉。[4]

（钱惟善《江月松风集》卷九）

【注释】

[1] 子昂：赵孟頫（1254—1322），字子昂。

[2] 钱惟善（？—1369）：字思复，号曲江居士，又号心白道人、武夷山樵，钱塘（今浙江杭州市）人。工诗文，兼擅书法。著有《江月松风集》。

[3] 玉立：言姿态美好。湘江：湖南省最大的河，发源于广西兴安，

向东北流入洞庭湖。

[4] 蛾眉：女子细长弯曲的眉毛，代指美女。

翠竹灵壁图

钱惟善

江上闻瑶瑟，云端拥翠旗。[1]
楚王空有梦，那得见贞姿？[2]

（钱惟善《江月松风集》卷九）

【注释】

[1] 瑶瑟：用玉装饰的琴瑟。翠旗：饰以翠羽的旗帜。

[2] 楚王空有梦：用楚怀王梦巫山神女事，言其无缘见此翠竹贞姿。

松雪《竹》

钱惟善

松雪斋前见此君，白沤波冷翠纷纷。[1]
萧骚不是湘江雨，要眇还成楚峡云。[2]

（陈邦彦《御定历代题画诗类》卷八十《兰竹类》）

【注释】

[1] 松雪斋：赵孟頫的书斋名。白沤：白色的水泡。

[2] 萧骚：萧条凄凉。要眇：美好貌。楚峡云：巫山云。

题《楚江秋晓卷》

吴文泰[1]

碧水连空入望深，匡庐秋色正萧森。[2]

曙分巴峡猿声断，月落湘潭雁影沉。[3]

宿雾收边横荻渚，炊烟起处隔枫林。[4]

何因得似归来棹，笑傲衡门自楚吟。[4]

（《御定历代题画诗类》卷五《地理类》）

【注释】

[1] 吴文泰（1340—1413）：字文度，号愚庵，苏州吴县（今江苏苏州市吴中区）人。著有《愚庵集》。

[2] 匡庐：江西庐山。萧森：草木零落衰败状。

[3] 曙分：天刚亮时。巴峡：巴县以东江面的石洞峡、铜锣峡、明月峡，即《华阳国志·巴志》所称的巴郡三峡。湘潭：潭州属县名，今属湖南。

[4] 宿雾：夜雾。渚：江中小岛。

[5] 衡门：横木为门，指简陋的房屋，也代指隐者。归来棹：归舟。楚吟：《楚辞》那哀怨的歌吟。

美人倦绣图

刘珍[1]

兰风翠窗春昼温，美人惜春情绪昏。[2]
绣床半倚思断魂，玉纤不动歌长门。[3]
卷帘双燕绕梁语，彩丝撩乱愁如缕。
巫山楚山云独多，回文织锦将奈何！[4]

（顾嗣立、席世臣编《元诗选》癸集）

【注释】

[1] 刘珍：元人，字愈珍，生卒年、里居及生平事迹均不详。

[2] 兰风：吹过兰花的风。

[3] 玉纤：纤细如玉的手指，多用以指美女之手。长门：西汉司马相如所著之《长门赋》，言皇后陈阿娇失宠后的凄苦及其对汉武帝的期盼与眷恋。

[4] 巫山楚山云独多：用"巫山云雨"典故，言其孤独。回文织锦：指前秦窦滔妻苏蕙《璇玑图》，纵横反复，皆成章句。

题董泰初《长江伟观图》[1]

何九思[2]

皇元混一无南北，万水楼船足可遨。[3]
巫峡晴云连铁瓮，海门红日涌金鳌。[4]
百年胜概开图画，一夕西风卷怒涛。[5]

回首旧游如梦想，诗成清泪落霜毫。[6]

（顾嗣立、席世臣编《元诗选》癸集）

【注释】

　　[1] 董泰初：董朴，字泰初，元代儒家代表人物。

　　[2] 何九思：字仲诚，山西人，余不详。《元诗选》癸集存其诗1首。

　　[3] 皇元：元朝。混一：统一。楼船：有楼层的大船。

　　[4] 铁瓮：铁瓮城，京口（今江苏镇江）北固山前的一座古城，为三国时孙权所筑。海门：海口，内河通海之处。金鳌：山名，在浙江省临海市东南一百二十里海中。

　　[5] 胜概：胜景、美景。

　　[6] 霜毫：毛笔。

题董泰初《长江伟观图》

马山[1]

长江开伟观，江上两峰青。
峡出朝云霁，潮来夕雾腥。[2]
丹楼升上界，碧雨汲中泠。[3]
记得扬州过，乾坤梦未醒。

（顾嗣立、席世臣编《元诗选》癸集）

137

【注释】

　　[1] 马山：生卒年、字号、里居、生平事迹均不详。《元诗选》癸集存其诗两首。

　　[2] 朝云：语出宋玉《高唐赋》之"朝云暮雨"典故。霁：云雾消散。

　　[3] 丹楼：红楼。多指宫、观。汲：从井中打水。

破窗风雨图

陆广[1]

四檐风雨昼昏昏，小纸斜窗破墨痕。
翻得杜陵巫峡语，归云拥树失前村。[2]

（顾嗣立、席世臣编《元诗选》癸集）

【注释】

　　[1] 陆广：生卒年不详，字季弘，号天游生，姑苏（今江苏苏州市）人，元代画家。擅山水，取法黄公望、王蒙，风格轻淡苍润。

　　[2] 杜陵：杜甫。巫峡语：杜甫言及巫峡的诗作较多，如《巫峡敞庐奉赠侍御四舅别之澧朗》等。

题画梅

郏经[1]

疏烟小晕生瑶岛，仙鉴星明试妆早。[2]

云母屏风晓日寒，玉龙嘶天春不老。[3]

忆昔相逢萼绿君，别来珠佩留苍云。[4]

素鸾惊舞月破碎，琼台歌断音纷纷。[5]

灵虬解点元霜汁，粉靥冰花照人湿。[6]

返魂竟失箧中香，翠羽悲啼声转急。[7]

纷吾欲下巫阳招，楚骚遗恨湘川遥。[8]

书凭凤女双飞翼，泪掩鲛妃一尺绡。[9]

（钱熙彦编《元诗选补遗》）

【注释】

[1] 郏经（？—1371后）：字仲谊，又作仲义，号西清道士，又号观梦道人，祖籍陇右（今甘肃定西市安定区），世居扬州海陵（今江苏泰州市）。工诗文，擅八分书。有《玩斋稿》。

[2] 瑶岛：传说的仙岛。鉴：镜子。

[3] 云母屏风：由云母石制成的屏风。玉龙：雪。

[4] 萼绿君：茉莉花的别名。

[5] 素鸾：白色舌鸟。琼台：玉饰的楼台，亦泛指华丽的楼台。

[6] 灵虬：玉兔。元霜：即玄霜，神话中的仙药。

[7] 翠羽：翠鸟。

[8] 纷：句首发语词，无实义。巫阳：灵山（即巫山）十巫之一。楚骚：屈原所作之《离骚》。

[9] 凤女：对女子的美称。鲛妃：传说中的鲛人（美人鱼）。绡：生丝。

题《巫山图》

王中[1]

阳台梦断荆王去，巫岫凄凉湘水间。[2]
神女往来人不觉，彩云遮断几重山。

（钱熙彦编《元诗选补遗》）

【注释】

[1] 王中：字茂建，生卒年、里居、生平事迹均不详。《元诗选补遗》存其诗 34 首。

[2] 荆王：楚怀王。此用楚怀王梦巫山神女事。巫岫（xiù）：巫山。

题顾氏《长江图》

戴良[1]

天下几人画山水，虎头子孙世莫比。[2]
何年写此长江图，多少江山归笔底。
巴陵三峡天所开，远势似向岷峨来。[3]
洞庭潇湘仅毫末，楚客湘君安在哉。[4]
江上一朝风雨急，老我曾来踏舟立。
鼓枻既闻潭畔吟，抱琴复听竹间泣。[5]
别来几日世已非，忽此披图忆曩时。[6]
早知避地多处所，肯逐红尘千里归。
林下一夫巾屦似，亦有舟人与渔子。

能添野老烟波里，便与同生复同死。

（钱熙彦编《元诗选补遗》）

【注释】

[1] 戴良（？—1383）：字叔能，号九灵山人，浦江建溪（今浙江诸暨市）人，元末明初著名诗人。著有《九灵山房集》，今人整理为《戴良集》。

[2] 虎头：顾恺之（348—409），字长康，小字虎头，晋陵无锡人（今江苏省无锡市）。

[3] 巴陵：县名，晋武帝太康元年（280）置，治今湖南岳阳市。岷峨：岷山和峨眉山，古诗文中常并称。

[4] 湘君：湘水之神，谓之湘君。

[5] 枻（yì）：桨。鼓枻：划桨，泛舟。潭畔吟：用屈原《渔父》典故，言屈原被放逐，游于江潭，行吟于泽畔，颜色憔悴，形容枯槁，遇见渔父，劝其与世推移，但为屈原所拒。竹间泣：相传为舜帝二妃娥皇、女英闻舜帝崩而啼，以涕挥竹，竹尽斑。

[6] 曩时：前时。

题《川船出峡图》

僧宗衍[1]

瞿塘险为三峡门，两岸束急洪涛奔。
十丈江船万斛力，一篙失势原无根。[2]
前船才过后船出，蜀商来往无虚日。
君不见人间行路难，咫尺风波永相失。

（陈邦彦编《御定历代题画诗类》卷五十六）

【注释】

[1] 宗衍（1309—1351）：元代僧人。字道原。吴中（今属江苏苏州市）人。擅书法，善诗。著有《碧山堂集》。

[2] 万斛力：形容用了很大的劲。斛：十斗为一斛。篙：用竹竿或杉木等制成的撑船工具。

题江村风雨图

刘基[1]

日落千山风雨来，野昏林黑鸟飞回。

风吹烟雾连天起，雨送雷霆入地回。

龙母鲛绡云半湿，巫娥贝阙夜深开。[2]

暮寒燕子归华屋，愁绝余花委碧苔。[3]

（林家骊点校《刘基集》第二十三卷）

【注释】

[1] 刘基（1311—1375）：字伯温，青田县南田乡（今属浙江省文成县）人，故称刘青田，元末明初军事家、政治家、文学家。刘基与宋濂、高启并称"明初诗文三大家"。

[2] 龙母：龙王的后妃。鲛绡：传说中鲛人所织的绡。巫娥：巫山神女，此指云雨。贝阙：以紫贝为饰的宫阙。

[3] 华屋：华美的屋宇。委：通"萎"。委顿，衰败。

戏和石末公催太初画山水之作[1]

刘基

春蚕吐丝作成茧，辛苦为人身上衣。
画史等闲挥彩笔，女工憔悴倚空机。[2]
高堂素壁峰峦出，暮雨朝云梦寐归。
可怪唐朝杜陵老，瘦妻短褐有光辉。[3]

（林家骊点校《刘基集》第二十三卷）

【注释】

[1] 石末公：石抹宜孙（？—1359），元末将领，字申之。籍贯不详。太初：陈太初，元明画家，栝苍（今丽水）人。

[2] 画史：画家。

[3] 杜陵：指杜甫。短褐：古代穷苦人所穿的衣服。

为戴起之题猿鸟图[1]

刘基

巴东之西巫山高，连峰插天关健牢，中有怀
凌簸谷之波涛。[2]
藤萝杳冥风怒号，人迹不到神鬼逃。[3]
但见野猿沙鸟群相嘈，聱耴百窍摇岩敖。[4]
此景可闻不可遭，尔何为乎貌以毫毛？嗟哉
用心无乃劳！

江盘峡束雷雨昏，崩崖死树缠古根。

玄猿抱儿随白猿，长臂婹㚯相攀援。[5]

舐睒谲诡赶腾骞，县柯攫石坠且掀。[6]

上有满月如赪盆，箕笤桃枝寒自蕃。[7]

嘉实不食凤高翻，但见娥皇女英之泪痕。

势穷险尽原野辟，落日乌鸦绕云黑。

荻花茫茫芦叶赤，前飞鸬鸰后凫鹥。[8]

潇湘洞庭烟水碧，驺虞鸑鷟无颜色。[9]

还君此画长太息，独立看天泪沾臆。

（林家骊点校《刘基集》第十八卷）

【注释】

[1] 戴起之：戴潜，字起之，萧山（今属浙江）人，生活在元明之际，以医术闻名。

[2] 巴东：指古巴东郡，此泛指三峡地带。关健牢：指关口防守有力而牢固。簸谷：言江水湍急。

[3] 藤萝：即紫藤。杳冥：犹幽暗。

[4] 岩嶅：言岩石重叠，碎石沉积。

[5] 婹（yǎo）㚯：原指婀娜纤美，这里形容猿猴的手臂很长。

[6] 睒（shǎn）：指眨眼。腾骞：飞腾。县：通"悬"。攫石：指猿猴抓住石缝行走。

[7] 赪（chēng）：红色。箕笤（dāng）：可以制成簸箕的竹子。

[8] 荻花：似芦苇，秋天开紫花。鸬鸰：水鸟名。凫鹥：一种似鹭的水鸟。

[9] 驺虞：传说中的义兽名。鸑鷟（yuèzhuó）：鹓雏的别名。

陈彦德以画见赠诗以酬之[1]

刘基

君不见昔者米南宫，又不见今时赵学士，[2]

能将翰墨争鬼工，天下流传名父子。[3]

括苍处士身姓陈，小郎英俊尤可人。[4]

欲收大地入掌握，笔意所到如有神。

晓携小幅来赠我，红日满窗花婀娜。

开轩展视心眼宽，如在岳阳楼上坐。

湖波吹烟入远山，君山乃在湖中间。[5]

苍梧九疑隔湘浦，孤云目断幽篁斑。[6]

渔舟一叶来何处？巫峡雨昏啼鹧暮。[7]

泽畔行人久不归，沙上轻鸥自飞去。

陈公子，听我歌，深林大谷龙蛇多。

蓬莱三岛可避世，欲往其奈风涛何？

（全明诗编纂委员会编《全明诗》第二册）

【注释】

[1] 陈彦德：元代画家，括苍（今浙江仙居）人。曾作山水画赠与刘基。

[2] 米南宫：北宋书画家米芾（1051—1107）。赵学士：赵孟頫。

[3] 翰墨：笔和墨。借指文章、书画等。

[4] 括苍：指括苍山，是浙江名山之一。处士：一般指有才德而隐居不仕的人。小郎：尊称他人年轻的儿子。

[5] 君山：山名。在湖南洞庭湖口。

[6]苍梧：即苍梧山。九疑：亦作"九嶷"，山名，又名苍梧山。幽篁：指幽深的竹林。

[7]啼鸩：杜鹃鸟的啼叫。

为詹同文题浙江月夜观潮图[1]

刘基

君不见四时平分成岁功，以秋继夏独不同。

炎官挟长握天柄，七月赤日熺玄穹。[2]

蓐收抱钺蹲白水，野气赫赫摅赪虹。[3]

阳侯喘汗河伯暍，少昊上诉愁天公。[4]

会须万物长养遂，期以仲月虚宵中。

此夜姮娥魄正满，命驾西蟾骖两駹。[5]

指挥禹强出玄渚，荡涤歆熻清霾蒙。[6]

河汉发源牛斗下，曲江上与天津通。[7]

初看一发起溟微，如曳组练来于东。[8]

渐闻殷辚鼍鼓发，倏忽万雷声撼风。[9]

天吴掉尾出溟涬，马衔扬鬐招海童。[10]

霓旌缟帐鹭羽帱，瑶台十二浮空蒙。[11]

蕊珠仙人乘玉辂，腾驾鹤鹄飞氄毦。[12]

长庚欻霍掞光耀，电母抶龙噭夏铜。[13]

宓妃起舞素女从，琼佩綷縩云帡幪。[14]

冰绡雾縠纷飒缅，霜旗雪旛高翳空。[15]

鲸鱼呀呷鲛鳄遁，蒲牢哮吼冯夷宫。[16]
瞿唐巫峡起平地，滟滪若象鏖回潈。[17]
…………

（全明诗编纂委员会编《全明诗》第二册）

【注释】

[1] 詹同文：詹同，字同文。婺源（今属江西）人。朱元璋下武昌，召其为国子博士。

[2] 炎官：神话中的火神。挟长：倚仗着自己年长。天柄：天子的权柄。熺（xī）：炽热。玄穹：指天空。

[3] 蓐收：秋神，司秋。白水：水名。神话传说中源出昆仑山的一条河流，相传饮之可以不死。摅（shū）：散布。赪（chēng）：红色。

[4] 阳侯：古代传说中的波涛之神。河伯：神话中的黄河水神，原名冯夷。暍（yē）：中暑。少昊：黄帝之子，号金天氏，五帝之首。

[5] 姮娥：即嫦娥，神话中的月中女神。西蟾：月亮。骖：古代驾在车前两侧的马。駥：八尺高的马。

[6] 禺强：传说中的海神、风神和瘟神。玄渚：深池。歊（xiāo）熇（hè）：炎热。

[7] 河汉：即银河。牛斗：指牛宿和斗宿。曲江：即钱塘江，本名浙江，因潮水经浙山下曲折而东入海，故又名曲江。天津：银河。

[8] 溟徼（jiào）：海边。组练：丝织的系带。

[9] 鼍（tuó）鼓：用鼍皮蒙的鼓，其声亦如鼍鸣。倏忽：忽然。

[10] 天吴：神话传说中的水神。溟涬（mǐngxìng）：水势无边际的样子。马衔：海神名。鬐（qí）：古通“鳍”。海童：传说中的海中神童。

[11] 霓旌：相传仙人以云霞为旗帜。鹭羽：白鹭的羽毛。帱（chóu）：车帷。瑶台：传说神仙所居之处。

[12] 蕊珠：即蕊珠宫，道教经典中所说的仙宫。玉辂（lù）：古代帝

王所乘之车，以玉为饰。腾驾：使车马快速奔驰。鹤鸧：两种鸟类。氋
氃（méngtóng）：毛发松散的样子。

[13] 长庚：金星的别名。欻霍：迅疾的样子。揿（yàn）：光照。电
母：传说中雷公的妻子，主管闪电。挟（chì）：用鞭、杖打。戞铜：敲打
铜制的乐器。

[14] 宓妃：传说中的洛水女神。素女：传说中的神女。琼佩：琼玉
之类的佩饰。綷縩（cuìcài）：象声词。蚌蠓（píngméng）：本指帐幕，
后引申为覆盖。

[15] 冰绡：薄而洁白的丝绸。雾縠（hú）：薄雾般的轻纱。飖缡
（lí）：长袖飘舞貌。霜旗：像霜一样白色的有铃铛的旗子。雪旛（fān）：
像雪一样白色的长幅下垂的旗。翳：遮蔽。

[16] 呀呷：吞吐开合的样子。蒲牢：传说中一种生活在海边的兽。
冯夷宫：传说中的水府，水神宫殿。

[17] 鏖（áo）：喧嚷。回潨（cóng）：回旋的急流。

出峡图

宗泐[1]

瞿塘水如马，五月不可下。

两舟何处来，披图一惊诧。

前行稍趋平，势若闲暇者。

后来方履险，众篙不停把。

岩回古木披，峡束哀湍泻。[2]

嗟尔驾舟人，安危在操舍。

（陈邦彦编《御定历代题画诗类》卷五十六）

【注释】

[1] 宗泐（lè）(1318—1391)：明代僧人，字季潭，别号全室，俗姓周，临海人。善词章，精隶古。洪武初诏举高行沙门，高居其首。

[2] 峡束：峡谷中江面狭窄。

题生色海棠

刘崧[1]

生色海棠谁画得？清溪著色最清真。
柔条破玉枝枝润，细蕊垂丝朵朵匀。[2]
神女行云巫峡晓，仙娥泣露锦江春。
金盘华屋毋烦荐，日射银屏正恼人。

（陈田辑撰《明诗纪事》）

【注释】

[1] 刘崧（1321—1381）：初名楚，字子高，江西泰和人。著有《槎翁诗选》等。

[2] 破玉：开出洁白的花。

题画松

刘崧

巫峡荆门不可寻，坐怜孤嶂动云林。[1]
夜寒或与蛟龙斗，秋暝应闻虎豹吟。[2]

千岁茯苓山下老，一时丝蔓雨中深。

野桥寂寞云根冷，最忆停骖弄晚阴。[3]

（陈邦彦编《御定历代题画诗类》卷七十一）

【注释】

[1] 荆门：山名，位于湖北省荆门市南。孤嶂：孤立的高山。

[2] 秋暝：秋天的黄昏。

[3] 云根：深山云起之处，也指山石。骖：古代驾在车前两侧的马，指马车。

题余仲扬画山水图[1]

刘崧

金华仙人余仲扬，笔墨萧疏开老苍。[2]

昨看新图湖上宅，烟雾白日生高堂。

层峰上蟠石皓皓，绝岛下瞰江茫茫。

长松并立各千尺，间以灌木相低昂。

松下上人坐碧草，秋影欲落衣巾凉。[3]

囊琴未发弦未奏，已觉流水声洋洋。[4]

赤城霞气通雁荡，巫峡雨色来潇湘。[5]

谁能千里坐致此，欲往久叹河无梁。

风尘涨天蔽吴楚，六年怅望神惨伤。

玄猿苦啼岩北树，白雁不到江南乡。

赭山焚林绝人迹，如此山水非寻常。[6]

此图本为自安写，亦感同姓悲殊方。

幽轩素壁泉声动，对此令我心为狂。

何由扪萝逐麋鹿，振衣直上云中冈。[7]

登临一写漂泊恨，长啸清风生八荒。[8]

（沈德潜《明诗别裁集》卷二）

【注释】

[1] 余仲扬：明代画家，浙江金华人，擅山水画，笔法萧疏苍老。

[2] 老苍：形容树木葱郁。

[3] 上人：本是尊称修行、智慧都很卓越的高僧，亦用以敬称一般出家人。

[4] 囊琴：囊中之琴。

[5] 赤城：山名，在浙江省天台县北，为天台山南门。雁荡：雁荡山，位于浙江省乐清市东九十里。

[6] 赭山：山名，在浙江萧山东北。

[7] 扪萝：攀缘葛藤。

[8] 八荒：天下。

题龚本立所藏燕文贵《云岫图》歌[1]

刘崧

豫章龚郎好文雅，锦轴牙签满书架。[2]

示我春云出岫图，云是燕公之所画。

高堂惨淡开林丘，青峰赤谷烂不收。[3]

长风浩浩起天末，万壑青云如水流。

松根石头伏羊虎，松顶垂萝绿如雨。

伊谁濯足望青天，绝似东归孔巢父。[4]

匡庐巫峡相渺绵，三湘七泽俱可怜。[5]

冥鸿萧条洲渚断，风帆杳杳归何年？[6]

吁嗟燕公真绝笔，好手当时称第一。

残缣犹带汴京愁，墨色苍茫映寒日。

城楼六月烟尘黄，我亦看云怀故乡。

思君如忆图中景，应过水西寻姥冈。

(陈田辑撰《明诗纪事》卷十一)

【注释】

[1]龚本立：字延璋，明代福建晋江人，工诗文。燕文贵（967—1044）：又名燕文季，北宋画家，吴兴（今浙江湖州）人，善画山水、人物，人称"燕家景致"。

[2]豫章：古代区划名，常作为南昌的别称。锦轴牙签：卷型古书的标签和卷轴，借指书籍。

[3]高堂：高大的厅堂。

[4]伊谁：谁，何人。濯：洗。孔巢父（？—784年）：字弱翁，冀州（今河北省冀州区）人，少时与李白等隐居徂徕山，人称"竹溪六逸"，后被李怀光部众所杀。

[5]匡庐：江西的庐山。渺绵：悠远不尽的样子。

[6]冥鸿：高飞在天的鸿雁。

长江万里图

杨基[1]

我家岷山更西住，正是岷江发源处。[2]
三巴春霁雪初消，百折千回向东去。[3]
江水东流万里长，人今漂泊尚他乡。
烟波草色时牵恨，风雨猿声欲断肠。

（杨世明、杨隽校点《眉庵集》卷三）

【注释】

[1] 杨基（1326—1378）：字孟载，号眉庵。原籍嘉州（今四川乐山），大父仕江左，遂家吴中（今江苏苏州），"吴中四杰"之一，著有《眉庵集》。

[2] 岷山：位于四川松潘县北，绵延于四川、甘肃两省边境，为长江、黄河两大水系的分水岭。岷江：在四川省境，源出松潘县西北岷山，南流至灌县，折东南经成都、眉山、青神至宜宾注入长江。

[3] 三巴：汉末巴郡一分为三，新设巴东、巴西郡，合称"三巴"。春霁：春雨初晴。

湘江秋意图[1]

杨基

湘江澄澄汉江绿，芷叶兰花映斑竹。[2]
一声欸乃雁惊飞，数点青山净如玉。[3]

苍梧回望是荆州，楚雨吴云恨未休。[4]

无梦可听湘女瑟，有人方倚仲宣楼。[5]

（杨世明、杨隽校点《眉庵集》卷三）

【注释】

［1］湘江：亦名"湘水"，为湖南省四大河流之一。

［2］斑竹：又称湘妃竹，竹身有紫褐色斑点。相传为舜帝二妃娥皇、女英眼泪所染。

［3］欸乃：象声词。

［4］苍梧：苍梧山，又名九嶷山，在今湖南宁远县境内，舜帝死后葬于此山。楚雨吴云：用巫山云雨典故，言男女情爱。

［5］湘女瑟：湘灵之瑟。屈原《远游》："使湘灵鼓瑟兮，令海若舞冯夷。"仲宣楼：仲宣：王粲（177—217），字仲宣，山阳高平（今山东邹县）人，汉末建安七子之一。仲宣楼：位于湖北当阳市，又叫王粲楼，因王粲于此楼作《登楼赋》，故得名。

十二红图[1]

杨基

何处飞来十二红，万年枝上立东风。[2]

楚王宫殿皆零落，说尽春愁暮雨中。

（杨世明、杨隽校点《眉庵集》卷十一）

[1]十二红：小太平鸟的别称，候鸟的一种，形似太平鸟，但略小。

[2]万年枝：画上之树枝。

小孤山图[1]

杨基

江流西来如箭急，小孤横截江心立。

桃花水涨势相争，峡口瞿塘犹不及。

山神堂堂心胆粗，当时人间伟丈夫。

江头庙里青绫帐，翠厴金钗塑小姑。[2]

（杨世明、杨隽校点《眉庵集·补遗》）

【注释】

[1]《眉庵集》本作《小孤山》，并作逸诗处理，但《古今图书集成》之《博物汇编·神异典》第二十七卷作《小孤山图》，今从《古今图书集成》。小孤山：在江西彭泽县北，屹立于长江中，与大孤山遥遥相对。

[2]翠厴：用翠玉做的发饰。

题胡廷晖画[1]

张羽[2]

画师我识吴兴胡，身长八尺苍髯须。

目光至老炯不枯，藻绘万象穷锱铢。[3]

大儿十岁能操觚，小儿五岁能含朱。[4]

得钱但供酒家需，时复纵博为欢娱。[5]

魏公家藏《摘瓜图》，妙笔奚翅千明珠。[6]

胡一见之神顿苏，以指画肚潜临摹。

落笔便与前人俱，祝融撑空阁道孤。[7]

朝云暮雨相萦纡，中天碧瓦仙人庐。[8]

下有桃源风景殊，鸡犬似是先秦余。[9]

浔阳野客山泽臞，自从丧乱遭穷途。[10]

幸逢治世容微躯，尧舜亦有巢由徒。[11]

已办小艇长须奴，便欲往从渔父渔。江湖此境何地无？

（自注：赵文敏公家藏小李将军《摘瓜图》，历代宝之。常情廷晖全补，晖私记其笔意，归写一幅质公，公大惊，赏乱真。由此名实俱进，故诗及之。）

（《静居集》卷二）

【注释】

[1] 胡廷晖：生卒不详，元代浙江吴兴（今浙江湖州）人，与赵孟頫同里，善画山水，为赵孟頫所激赏。

[2] 张羽（1333—1385）：字来仪，更字附凤，号静居，浔阳（今江西九江）人，后移居吴兴（今浙江湖州），与高启、杨基、徐贲称为"吴中四杰"。著有《静居集》，今人整理有《张羽集》。

[3] 藻绘：华丽的文采。锱铢：比喻极细微。

[4] 操觚：觚，木简。操觚即执笔作文。含朱：涂口红。

[5] 博：古代的一种棋戏，后泛指赌财物。

[6] 《摘瓜图》：唐代李昭道作有《摘瓜图》。

［7］祝融：中国古代神话中的火神或南方之神。

［8］萦纡：回旋曲折，萦回。中天：高空。

［9］桃源：桃花源。

［10］浔阳野客：以陶渊明自喻。臞：瘦。

［11］巢由：巢父和许由的并称，相传皆为尧时隐士。

床屏山水图歌[1]

高启[2]

画工知余爱青山，久堕尘网无由还。[3]
故将列岫写屏障，使我卧起于其间。[4]
从此长如宿清境，枕上分明见峰岭。
炉烟晓入帐中飞，拥被惊和白云冷。[5]
丹崖碧树层层开，江雨远逐孤帆来。[6]
就中楼阁是何处，仿佛神女巫阳台。
楚山修竹潇湘水，似有清猿忽啼起。[7]
江南千里梦游归，半床落月高堂里。

（高启《高青丘集》）

【注释】

［1］床屏：置于床前的屏风。

［2］高启（1336—1374）：字季迪，长洲（今江苏苏州）人。元末曾隐居吴淞江畔的青丘，因自号青丘子。著名诗人，与杨基、张羽、徐贲合称"吴中四杰"。

［3］尘网：谓人在世间受到种种束缚，如鱼在网，故称尘网。

[4] 列岫（xiù）：众山。屏障：某一样物体像屏风那样遮挡着。

[5] 炉烟：此处指庐山香炉峰山上的云气。

[6] 丹崖：绮丽的山崖。

[7] 潇湘：此处乃湘江与潇水的并称。

题茅臞叟夏山过雨图[1]

高启

前山冥冥云欲开，后山隐隐犹闻雷。

江南六月风雨过，树暗不见巫阳台。

奔湍冲断石桥路，下泻谷口相喧豗。[2]

阴开林壑鬼神去，气湿古洞蛟龙回。

人家出门看新霁，泥封坠果多杨梅。[3]

渔樵欲归谓已暝，返照石壁蝉鸣哀。

山中此景谁解写，茅翁素有丹青才。

新图一片似海岳，高堂未展凉先来。[4]

嗟余久逐挥汗客，席帽障日趋黄埃。[5]

问翁几欲东游去，如此画图安在哉！

（高启《高青丘集》）

【注释】

[1] 茅泽民：号臞叟，善画山水，笔墨鲜润，尝作《夏山过雨图》。

[2] 喧豗（xuānhuī）：形容轰响。

[3] 霁：雨雪停止。

〔4〕海岳：大海和高山。

〔5〕挥汗客：用苏秦典故，其到齐国去游说齐宣王联合抗秦，他说道："临淄有七万户人家，每家可以出三个男人当兵，地方很富足，街上人很多，众人把衣袖举起来像帐幕，每人挥一把汗，简直像下雨一样，有这样的实力难道还要屈服于秦国？"后人就把苏秦称作挥汗客。席帽：用藤草编织成的帽子。

题雨竹

高启

巫峡云连湘水低，行人路滑畏深泥。

不见朝阳鸣凤至，春阴日日鹧鸪啼。[1]

（高启《高青丘集》）

【注释】

〔1〕鸣凤：凤凰，传说中的瑞鸟。

题妓像　一作秋娘[1]

高启

不见秋娘今几年，楚云湘雨思悠然。[2]

月明楼外天如水，犹忆《梁州》第二篇。[3]

（高启《高青丘集》）

【注释】

[1] 秋娘：唐代李琦有妾名杜秋，在李琦叛变后入宫，受宪宗宠幸。后泛指美女。

[2] 楚云湘雨：比喻男女幽情。

[3]《梁州》：即《梁州令》，词牌名。

江山万里图

方孝孺[1]

我昔奉敕辞金阙，西下巴川持使节。[2]

…………

大孤小孤横雪波，匡庐五老青嵯峨。[3]

九江秀色叹奇绝，半空飞瀑悬银河。

推篷竟日闲吟倚，瞬息舟移洞庭水。[4]

…………

即从鄂渚棹明月，溯流直上窥荆州。[5]

夷陵山势多重叠，楚树蛮云远相接。[6]

欲向夔城入锦城，还于巴峡穿巫峡。[7]

神女峰前路欲迷，瞿塘滟滪闻猿啼。

五溪越尽见雪岭，但见青天鸟道低。[8]

万里桥西看立马，足迹经游半天下。[9]

…………

（徐光大点校《方孝孺集》卷二十四）

[1] 方孝孺（1357—1402）：字希直，一字希古，号逊志，人称"缑城先生""正学先生"，浙江台州府宁海人。著有《逊志斋集》。

[2] 金阙：天子所住的宫阙。巴川：县名，唐开元时设，治今铜梁区东南旧县坝，元初并入铜梁。

[3] 大孤：大孤山，在江西省鄱阳湖出口处，又名鞋山。小孤：小孤山，在江西彭泽县北，屹立长江中。匡庐五老：江西省庐山东南部名峰，五峰形如五老人并肩耸立，故称。

[4] 推篷：推开船篷，行舟。

[5] 鄂渚：湖北武昌长江中的小岛。棹：划船。

[6] 夷陵：县名，位于湖北省宜昌市东。蛮云：蛮荒之地的云，言其荒凉。

[7] 夔城：夔州，今奉节。锦城：成都。巴峡：指巴县以东江面的石洞峡、铜锣峡、明月峡。

[8] 雪岭：积雪的山岭，此指今四川岷山。鸟道：只有鸟才能飞越的路，喻其险狭难走。

[9] 万里桥：在成都市城南锦江上，三国时蜀费祎使吴，诸葛亮曾于万里桥边为之饯行。祎叹曰："万里之行，始于此桥。"桥由是得名。

题《江岫图》

张绅[1]

乌衣巷里东风老，蝴蝶飞来满芳草。[2]
美人春梦隔天涯，十二巫山眉不扫。[3]
巫山巫峡江水新，烟波渺渺江南春。
鸳鸯不识横塘路，鹦鹉窗前呼向人。[4]

青绫谁共官曹宿，霜楮云毫吮新绿。[5]
太常春梦碧霞沉，六曲屏风对银烛。[6]

（陈田辑撰《明诗纪事》）

【注释】

[1] 张绅：明初诗人。字仲绅，一字土行，别号云门山樵、云门遗老、山门老樵、云山人，登州（今属山东）人，生卒年不详，官至右金都御史、浙江布政使。善画墨竹，能作大小篆，著有《法书通释》。

[2] 乌衣巷：地名，位于今南京市东南，东晋时王导、谢安诸贵族多居于此，故世称王谢子弟为"乌衣郎"。

[3] 十二巫山：指巫山十二峰。此用巫山云雨典故，言欢会不得，无心装扮。

[4] 横塘路：古堤名，三国吴大帝时于建业（今南京市）南淮水（今秦淮河）南岸修筑。

[5] 青绫：青色的，指被服帷帐之类。楮：纸。云毫：毛笔。

[6] 太常：九卿之一，掌宗庙礼仪。

题《蜀江雨霁图》

蓝智[1]

瞿塘雨过起春澜，空翠楼台杳蔼间。[2]
万里桥西花似锦，暮云依旧隔巫山。

（陈邦彦《御定历代题画诗类》卷四）

题郑德彰员外所藏高彦敬画《楚江春晓图》[1]

蓝智

旭日未出群山昏，苍茫楚江多白云。

芳洲无人采蘅杜，落花飞絮春纷纷。[2]

晴岚满户渔家晓，花枝仿佛闻啼鸟。[3]

巫阳梦断三峡空，湘渚愁深九疑小。[4]

文彩风流高尚书，如此江山归画图。[5]

平湖烟霭水空阔，阴蘙松桧天模糊。

左司郎官何处得，高堂紫翠生春色。[6]

是中疑有五湖人，一叶扁舟荡空碧。[7]

风尘兵革浩茫茫，对此便欲歌沧浪。[8]

碧梧翠竹生高冈，岂无彩凤鸣朝阳。

（陈邦彦《御定历代题画诗类》卷五）

【注释】

[1] 高彦敬：指高克恭（1248—1310），字彦敬，号房山，西域回鹘
（今新疆维吾尔族）人。工诗善画，以山水、墨竹著称。

[2] 芳洲：花木丛生的小洲。蘅杜：香草。

[3] 晴岚：晴日山中的雾气。

[4] 巫阳梦：即巫峡梦，义同"巫山梦"。湘渚：湘水边上。

[5] 高尚书：高克恭。

[6] 左司郎官：为尚书省下官员，此指郑德彰。

[7] 五湖人：退隐江湖的隐者。

[8] 兵革：战火。沧浪：沧浪之歌，隐者之歌。

题僧巨然《长江万里图》[1]

汪广洋[2]

老禅好画如好禅，不到觉悟不肯息。

一朝纵笔恣挥洒，万里长江落胸臆。

我闻大江之水出岷山，汉江之水出嶓冢。[3]

两江合流东向趋，雾瀽云蒸变俄顷。[4]

此图乃独见源委，岂与寻常画师比。

地形笔势俱两全，白璧黄金谩堆几。

又闻瞿塘之险天下无，江水倒泻山模糊。

乌石滩高浪涛急，白帝城荒古木疏。[5]

枯藤挂壁下猿狄，苦竹缘江啼鹧鸪。

展图不得一见此，令我扼腕长嗟吁。

世间好画岂易得，讨论应须待裴迪。[6]

欲追太史赋远游，直上岷峨看晴碧。[7]

（陈邦彦《御定历代题画诗类》卷六）

【注释】

[1] 巨然：生卒年不详，江宁（江苏南京）人。五代画家、僧人，善画山水。

[2] 汪广洋（？—1379）：字朝宗，江苏高邮人，工诗，善隶书。著有《凤池吟稿》等。

[3] 嶓冢：在甘肃省天水市西南，西汉水的发源地。

[4] 雾滃：云雾四起。

[5] 乌石滩：在今浙江建德市乌石山下。

[6] 裴迪：河东（今山西）人，盛唐著名的山水田园诗人之一，早年与"诗佛"王维过从甚密，晚年居辋川、终南山，两人来往更为频繁。

[7] 太史赋远游：班彪作《北征赋》曰："遂奋袂以北征兮，超绝迹而远游。"岷峨：岷山和峨眉山，皆蜀中名山。

题《舞困图》

郭武[1]

内园羯鼓催春风，回环转佩声丁东。[2]
银笼高爇百枝火，满树梧桐明月中。[3]
芙蓉舞困霓裳薄，重选春寒护帘幕。[4]
伊州初换锦屏空，十二峰头楚云落。[5]
葡萄消渴樱桃小，一骑红尘报春晓。[6]
荔枝风味不禁酸，分与窗前雪衣鸟。[7]
回首渔阳促战鞍，秋风秋雨满秦关。[8]
谁知按尽梨园谱，都是当时蜀道难。[9]

（陈邦彦《御定历代题画诗类》卷五十六）

【注释】

[1] 郭武：生卒年不详，字昺隆，明朝凤阳府（安徽凤阳）人。童年时，明仁宗召试以诗，武援笔立就。好学不倦。官尚宝司丞。

[2] 内园：宫内苑囿。羯鼓：一种乐器。丁东：象声词。

[3] 爇（ruò）：点燃。

[4] 芙蓉：指杨贵妃。霓裳：舞衣。

[5] 伊州：指乐曲《伊州破》。锦屏：锦缎制作的屏风。十二峰：巫山十二峰。楚云落：用楚王与巫山神女典故，言杨贵妃受到唐明皇的宠幸。

[6] 一骑红尘：指唐玄宗命岭南进贡鲜荔枝事。

[7] 雪衣鸟：白鹦鹉。唐天宝年间，岭南献白鹦鹉，聪慧能言，唐明皇与杨贵妃皆呼为白衣女，左右人等皆呼为白衣娘。

[8] 渔阳：唐郡名，安禄山于此地兴兵叛乱。秦关：今洛川县秦关乡，是中国历史上的要塞之一，洛河穿境而过。

[9] 梨园：唐玄宗时教练伶人的处所。后世因称戏班为梨园，又称戏剧演员为梨园弟子。

题《美人》

解缙[1]

八骏瑶池去不回，蛾眉萧飒镜中衰。[2]
至今楚水荒台上，化作行云梦里来。[3]

（陈邦彦《御定历代题画诗类》卷六十）

【注释】

[1] 解缙（1369—1415）：字大绅，又字缙绅，号春雨，又号喜易。洪武年间进士，官至翰林学士。著有《解学士集》等，主持编纂《永乐大典》。

[2] 八骏：传说周穆王驾车用的八匹骏马，有赤骥、盗骊、白义、俞轮、山子、渠黄、华骝、绿耳。瑶池：位于神话中的昆仑山上，相传为西王母所居之地。蛾眉：喻女子美眉。萧飒：稀疏、凄凉。

[3] 荒台：阳台，楚王与巫山神女欢会之地。行云：用巫山神女典故，言男女情爱。

明妃图[1]

丘浚[2]

生长阳台下，分明见汉君。[3]
孤弦弹破梦，恍惚一行云。[4]
使回频寄语，莫杀毛延寿。[5]
君王或梦思，留画商岩叟。[6]
功德施夷夏，声名播古今。[7]
人言汉恩浅，妾感汉恩深。

（陈邦彦《御定历代题画诗类》卷四十二）

【注释】

[1] 明妃：王昭君名嫱，字昭君。西晋时避司马昭讳改称明君，后人称之为明妃。

[2] 丘浚（1418—1495）：字仲深，号深庵、玉峰，别号海山老人，琼州

琼台（今属海南）人。官至礼部侍郎、文渊阁大学士、户部尚书兼武英殿大学士等。

［3］汉君：汉元帝。

［4］行云：语本宋玉《高唐赋》"旦为朝云，暮为行雨"句，言男女情爱。

［5］毛延寿（？—前33）：西汉宫廷画师，因勒索不成，将王昭君画得很平常，未引起汉元帝注意，使昭君被派往匈奴和亲。后被处死。

［6］商岩：传说初版筑于傅岩之野，后被商王武丁举以为相。后以"商岩"比喻在野贤士。

［7］夷夏：夷狄与华夏的并称，古代常以之指中国境内的各族人。

人月圆　题巫山图^[1]

朱有炖^[2]

　　阳台千古闲云雨，此处梦游仙。当时佳遇，共期百岁，人月团圆。　　从前限隔，千重楚岫，万里湘川^[3]。可怜惟有，景遗图画，情在诗篇。

（饶宗颐初纂、张璋总纂《全明词》）

【注释】

［1］人月圆：词牌名，此调始于北宋王诜，词中有"人月圆时"句，因以为名。

［2］朱有炖（1379—1439）：明太祖第五子橚之长子。袭封周王，谥宪，世称周宪王。号诚斋，别号全阳子、老狂生等。著有《诚斋录》等。

［3］楚岫（xiù）：楚地山峦。湘川：即湘江。

杨妃醉仆图

周鼎[1]

妖环不醉三郎醉，银烛高烧看海棠。[2]
满地闲云扶不起，楚台无梦梦渔阳。[3]

（陈邦彦《御定历代题画诗类》卷四四）

【注释】

[1] 周鼎（1401—1487）：又名铸，字伯器，号桐村，又号疑舫。嘉善（今浙江嘉善）人。善书法，著有《疑舫斋土苴集》《土苴诗集》等。

[2] 妖环：杨玉环，杨贵妃。三郎：唐玄宗乃睿宗第三子，故称"三郎"。海棠：唐玄宗曾比浓睡不醒的杨贵妃为海棠花。

[3] 渔阳：地名。唐玄宗天宝元年（742）改蓟州为渔阳郡，治所在渔阳（今天津市蓟州区）。《旧唐书》卷二百上《安禄山传》："天宝十四载十一月，反于范阳。"

题《江湖胜览卷》赠李彦晖

张和[1]

万里一孤舟，常年事胜游。
星河三峡夜，烟树五湖秋。[2]
迹拟玄真子，名齐博望侯。[3]
翻怜蓬荜士，白首卧林丘。[4]

（陈邦彦《御定历代题画诗类》卷六）

【注释】

[1] 张和（1412—1464）：字节之，号篠庵。昆山（今江苏）人。明正统三年（1439）进士，以病谢归，授徒自给，博通经史，著有《篠庵集》《奄论钞》等。

[2] 星河：银河。五湖：太湖或泛指。

[3] 玄真子：唐代张志和，自号玄真子，又号烟波钓徒。博望侯：汉代张骞因通西域，被封为博望侯。

[4] 蓬荜：蓬户荜门，言居住环境极为简陋。

题歌者便面[1]

沈周[2]

罨画船轻不胜橹，相逐鸳鸯度南浦。[3]
锦缆斜牵杨柳风，绿蓬深掩梨花雨。[4]
美人隔水露新妆，绿塵罗袜暗生香。[5]
舞腰婀娜燕无力，高歌一声莺断肠。
痴云遇梦天不晓，金鹦无声春悄悄。[6]
五陵游子归来心，万里天涯怨芳草。[7]

（张修龄、韩星婴点校《沈周集》卷一）

【注释】

[1] 便面：扇面。

[2] 沈周（1427—1509）：明代画家，字启南，号石田、白石翁等。长洲（今江苏苏州）人。明代中期文人画"吴派"的开创者，与文徵明、唐寅、仇英并称"明四家"，著有《石田集》等。

［3］罨（yǎn）画：色彩鲜明的绘画。

［4］梨花雨：梨花开放时节的雨水。

［5］罗袜：丝罗制的袜。

［6］痴云遇梦：化用巫山云雨典故，言男女情事。

［7］五陵：长陵、安陵、阳陵、茂陵、平陵五个汉代帝王的陵寝，皆位于长安，为当时豪侠巨富聚集的地方。

为郭总兵题《长江万里图》

沈周

元戎大开宝绘堂，紫锦荐几霞幅张。[1]
手披牛腰之甲卷，水墨迤逦踪微茫。[2]
我从鱼凫吊往古，灌口玉垒烟苍凉。[3]
青城雪山蔽亏处，导江之岷不可望。[4]
三水合流锦官当，三峨九顶递接翠。[5]
楼观缥缈天中央，渝涪城高宛相峙。[6]
嘉陵跳江吹枕旁，阵迹齿齿石作行。[7]
风云惨淡开瞿唐，黄牛滟滪难舟航。[8]
青天仰漏一线光。峡穷江广见汉阳，黄鹤赤壁相低昂。

··········

（张修龄、韩星婴点校《沈周集》卷三）

【注释】

［1］元戎：元帅、主将。宝绘堂：收藏珍贵画作之所。

［2］牛腰：文稿、书卷等一大捆，像牛腰那样粗壮。迤逦：曲折连绵貌。

［3］鱼凫：指鱼凫城，今成都市温江区的别称。灌口：位于都江堰。玉垒：玉垒山，在四川省理县东南。

［4］导江之岷：《尚书·禹贡》谓长江发源于岷山，即"岷山导江""江源于岷"的说法。

［5］锦官：锦官城，成都的别称。三峨：四川峨眉山有大峨、中峨、小峨三峰，故称三峨。九顶：山名，因有九峰而得名，又名凌云山，在四川乐山。

［6］渝涪：重庆、涪陵。

［7］齿齿：比喻一个接一个，连续不断。

［8］黄牛：黄牛峡，又称黄牛滩，是长江著名险滩。

拜星月慢　为许景章题钱舜举《美人昼寝图》[1]

张宁[2]

夜漏淹情，晨鸡催梦，总被韶华担阁。[3]刚离花魔，早睡魔缠缚。[4]雕床静，渐觉花横凤侧，柳叶垂秋波压。[5]莲步停香，见参差罗袜。[6]　半惺昏、犹恐花钿落。[7]枕痕红、暖衬春纤甲。闷杀侍女低言，怕莺声惊觉。[8]闷些儿、不到巫山峡。微翻动、翠被斜伸缩。待起来、细整云偏，把衣裳再着。

（饶宗颐初纂、张璋总纂《全明词》）

【注释】

[1] 钱舜举：即钱选（1235—1322），字舜举，号玉潭，又号巽峰，别号清癯老人、川翁、习懒翁等，家有习懒斋。博学多艺，精音律之学，工诗，善书画。

[2] 张宁（1426—1496）：字靖之，号方洲。江浙嘉兴府海盐人。景泰五年（1454）进士。官至都给事中，出为汀州知府。著有《方洲集》。

[3] 夜漏：夜间的时刻。漏，古代计时的器具。韶华：美好的青春年华。担阁：即耽搁，耽误。

[4] 睡魔：谓使人昏睡的魔力。喻强烈的睡意。

[5] 雕床：有彩绘装饰的睡床。

[6] 莲步：指美女的脚步。罗袜：丝罗制的袜。

[7] 惺昏：即惺忪。花钿：用金翠珠宝制成的花形首饰，贴于额前。

[8] 杀：副词，用在谓语后面，表示程度之深。

《巫山图》

倪谦[1]

壁立巫山奠蜀中，彩毫幻出万芙蓉。
岚光映日三千仞，黛色参天十二峰。[2]
峭拔连屏秋竞爽，参差群髻晚偏浓。[3]
不知神女今何在，空说阳台梦里逢。

（倪谦《倪文僖集》卷六）

【注释】

[1] 倪谦（1415—1479）：字克让，号静存，上元（今江苏南京）

人，著有《朝鲜纪事》《辽海编》《倪文僖公集》等。

　　[2] 岚光：山间雾气经日光照射而发出的光彩。黛色：青黑色。

　　[3] 峭拔：山势高峻。群髻：喻巫山群峰。

题《明妃出塞图》

黄仲昭[1]

风起遥天满面沙，举头何处是中华。

早知身被丹青误，但嫁巫山百姓家。

（陈邦彦《御定历代题画诗类》卷四十二）

【注释】

　　[1] 黄仲昭（1435—1508）：名潜，以字行，行十八，号退岩居士，学者称未轩先生。明代著名方志学家、诗文家。福建莆田人。著有《未轩集》。

郭忠恕《雪霁江行图》[1]

吴宽[2]

路出三峡风飕飕，江天雪霁宜行舟。

水枯滟滪高突兀，木叶落尽俱东流。[3]

艨艟相联蔽江下，半空结构如危楼。[4]

两舷之间可走马，主人恐是王益州。[5]

独嫌百物具篷底，如何不设戈与矛。

后系一舟亦千斛，什器满载余瓻瓯。[6]

青帘翠幕互掩映，彩绳锦缆纷绸缪。[7]

玉炉频爇沉香火，寒气不到珊瑚钩。[8]

篙工柁师噤无语，指落层冰谁为收。

安得挽以百牯牛，代汝仆夫力且休。[9]

············

（陈邦彦《御定历代题画诗类》卷五十六）

【注释】

［1］郭忠恕（？—977）：字恕先，又字国宝，宋初洛阳（今河南洛阳）人。擅画山水，通文字学。著有《汗简》等书。

［2］吴宽（1435—1504）：字原博，号匏庵、玉延亭主，诗人、书法家，长洲人（今江苏苏州）人。著有《匏庵集》。

［3］突兀：高耸的样子。

［4］艨艟：古代战船，船体用牛皮保护。

［5］王益州：西晋益州刺史王濬，奉命建造战船，征伐东吴。

［6］斛：旧量器名，亦是容量单位，一斛本为十斗，后改为五斗。什器：指人们在日常生活中使用的各种器具。瓻瓯（bùōu）：一种器皿，或谓之缶，其小者谓之瓶。

［7］绸缪：紧密缠缚。

［8］爇（ruò）：烧。珊瑚钩：用珊瑚所做的帐钩。

［9］牯牛：母牛或阉割过的公牛。

墨竹

李东阳

翠佩瑶环昨夜风，渚云飞尽楚王宫。[1]
青娥舞罢婆娑曲，人在空山月影中。[2]

（周寅宾点校《李东阳集·诗后稿》卷十）

【注释】

[1] 翠佩：用翠玉制成的佩饰。瑶环：玉环，用作耳饰或佩饰。楚王宫：巫山有楚王宫，民间称为"细腰宫"。

[2] 青娥：即青女，主司霜雪的女神。婆娑：形容盘旋和舞动的样子。

刘阮遇仙图[1]

程敏政[2]

眼中风景非尘寰，熟视无乃天台山。[3]
迥然仙境与世绝，断厓无罅愁跻攀。[4]
瀑水千寻洒寒雪，危峰十二浮烟鬟。[5]
野渡南通赤城道，石桥下锁清溪湾。
沉沉一洞截山口，恐是天造蓬莱关。[6]
深行入洞凡几里，鸡犬声喧白云里。
浊水清尘此地分，珠宫贝阙中天起。
芝耳曾闻商调悲，松颜不受秦封耻。

涧边夹路记行踪，乱插桃花傍流水。

西天不数化人城，万片飞霞散晴绮。

洞中美人冰雪容，星冠玉佩惊游龙。[7]

长者为姊弱为妹，临风宛若双芙蓉。

未识人间有伉俪，但觉世外无春冬。[8]

端居不吟芍药句，蛾眉肯蹙莲花峰。

三生有客缘未了，不期而遇真奇逢。

雁荡山头日西没，采药途迷意荒忽。

珍禽逸响来缤纷，瑶草幽香散蓬勃。[9]

客子由来阮与刘，一一平生有仙骨。

丹室原称姹女家，蓝桥即是神仙窟。[10]

双璧相携归洞房，紫衣小队侍两傍。[11]

霓旌翠葆总生色，鸾笙鼍鼓纷成行。[12]

供炊拟作胡麻饭，合卺先进昆仑觞。[13]

鲛绡文席琥珀枕，百岁宁忧春夜长。[14]

天潢牛女漫暌隔，巫山云雨何荒唐。[15]

流年忽忽如奔电，偶在山中忆乡县。

请从此别去还来，却对桃花重开宴。

仙凡便觉两悠悠，未尽离觞泪如霰。[16]

·············

（陈邦彦《御定历代题画诗类》卷六十三）

【注释】

[1] 刘阮：刘晨与阮肇。相传汉明帝永平年间，刘晨与阮肇入天台

山采药，误入桃源洞，遇二仙女，结为夫妇。事见《太平御览》卷四十一引刘义庆《幽明录》。

[2] 程敏政（1446—1499）：字克勤，中年后号篁墩，又号篁墩居士、篁墩老人、留暖道人，休宁县人，后居歙县篁墩（属于今安徽黄山市），故时人又称之为程篁墩。著有《篁墩文集》等。

[3] 尘寰：人世间。天台山：山名，在浙江省天台县北。

[4] 罅：缝隙，裂缝。

[5] 烟鬟：比喻峰峦青翠，云雾缭绕。

[6] 蓬莱：传说中的海上神山。

[7] 星冠：道士的帽子。

[8] 伉俪：尊称他人夫妇。

[9] 瑶草：仙草。

[10] 丹室：华美的房屋。姹女：少女。蓝桥：桥名，在陕西蓝田县东南蓝溪上。唐穆宗长庆年间，书生裴航在此邂逅仙女云英。后世遂以"蓝桥"为男女约会地的代称。

[11] 双璧：喻指一对完美的人。

[12] 翠葆：帝王仪仗的一种，以翠羽连缀于竿头而成，形若盖。鸾笙：笙的美称。鼍鼓：用鼍皮蒙的鼓，其声亦如鼍鸣。

[13] 胡麻饭：俗称麻糍，可食用，味道香甜。据传常为神仙待客所用，故又称"神仙饭"。合卺（jǐn）：古代婚礼仪式。剖一瓠为两瓢，新郎新娘各执一瓢，斟酒以饮，即后世的"交杯酒"。后以"合卺"代指成婚。昆仑觞：酒名，北魏时以河源水所酿的一种酒。

[14] 鲛绡（jiāoxiāo）：传说中鲛人（美人鱼）织的绡，泛指丝巾、轻纱、薄绢之类。

[15] 天潢：天河。牛女：牛郎织女。暌隔：分离，乖隔。

[16] 离觞：离别之酒。

江山胜览卷

陈振[1]

维扬有客思飘飘，历览山川不惮遥。[2]
巫峡秋涛云梦雨，吴门夜月浙江潮。
北瞻燕冀天应近，西渡殽函雪未消。[3]
到处幽奇看不尽，更收余兴入诗瓢。

（陈邦彦《御定历代题画诗类》卷六）

【注释】

[1] 陈振（生卒年不详）：字文清，号蘖庵，扬州人。兼通六艺、天文、地理、医卜方技之术，靡不清究。明宪宗成化二十三年（1487）进士，明孝宗弘治元年（1448）任贵州道监察御史。

[2] 维扬：扬州的别称。

[3] 燕：周代诸侯国名，在今河北省北部和辽宁省南部。冀：古代国名，在今山西省河津市东北。"西渡"句缺一字。

[4] 诗瓢：计有功《唐诗纪事·唐球》载："（唐）球居蜀之味江山，方外之士也。为诗捻稿为圆，纳入大瓢中。后卧病，投于江曰：'斯文苟不沉没，得者方知吾苦心尔。'至新渠，有识者曰：'唐山人瓢也。'"后以"诗瓢"指贮放诗稿的器具。

蝶恋花　题花鸟图

赵宽[1]

香雨新施膏沐了。[2]睡思瞢腾，不管雕阑晓。[3]宿酒渐消红晕小，梦魂何处巫山杳。[4]　　无数间关枝上鸟。[5]报与花神，昨夜春多少。惊起无言情悄悄。腰肢又被东风恼。

（饶宗颐初纂、张璋总纂《全明词》）

【注释】

[1] 赵宽（1457—1505）：字栗夫，号半江，吴江（今江苏吴江）人。著有《半江集》。

[2] 膏沐：古代妇女润发的油脂。

[3] 睡思瞢腾：言睡意蒙胧。雕阑：有雕饰的栏杆。

[4] 宿酒：犹宿醉。杳：渺茫，深远。

[5] 间关：象声词，形容宛转的鸟鸣声。

为黄应龙姬人史凰翔题扇上景[1]

祝允明[2]

绰绰轻红广袖垂，远山移翠上蛾眉。[3]
阑干倚到春深处，雨暖云香日正迟。[4]

（陈邦彦《御定历代题画诗类》卷六十）

【注释】

[1] 黄应龙：名云，字应龙，号丹岩，明朝吴中昆山（今江苏苏州）人。

[2] 祝允明（1460—1527）：字希哲，号枝山，因右手有六指，自号枝指生和枝山。长洲（今江苏苏州）人。与唐寅、文徵明、徐祯卿齐名，为"吴中四才子"之一。著有《怀星堂集》等。

[3] 蛾眉：女子细长而弯曲的眉。

[4] 雨暖云香：化用"旦为朝云，暮为行雨"之句。

边文进翎毛　来禽画眉[1]

祝允明

巫峡朝云隔翠波，仙禽无奈晚来多。[2]
风流只爱张京兆，日日章台走马过。[3]

（孙宝点校、祝允明著《怀星堂集》）

【注释】

[1] 边文进：即边景昭，字文进，明代宫廷花鸟画家。福建延平府沙县（今福建沙县）人，生卒年不详。

[2] 仙禽：画眉美如仙禽。

[3] 张京兆：西汉张敞，曾为妻画眉。章台：汉长安街名。

忆王孙　春睡美人图

祝允明

梨花蒸透锦堂云。[1]堆下巫山一段春。化作辽西身外身。[2]忆王孙。[3]枝上流莺休要闻。[4]

（饶宗颐初纂、张璋总纂《全明词》）

【注释】

[1] 锦堂：华美的大堂。

[2] 化作辽西身外身：言梦中与丈夫相会。典出唐人徐夤《莫愁曲》："玳瑁床头刺战袍，碧沙窗外叶骚骚。若为教作辽西梦，月冷如针风似刀。"

[3] 王孙：泛指公子哥，此处指自己的恋人。

[4] 流莺：妓女。

浪淘沙·答秦妓索书扇

王九思[1]

何处小婵娟，寄我齐纨？[2]风流忙煞玉堂仙。[3]聊把彩豪挥锦字，[4]付与青鸾。[5]　　云雨暗巫山。相会无缘，几回梦断倚栏杆。月户云窗谁是主，占断梨园。[6]

（沈广仁点校《碧山乐府·碧山续稿》）

【注释】

[1] 王九思（1468—1551）：字敬夫，号渼陂，陕西鄠县（今鄠邑区）人。与李梦阳、何景明等称"七才子"。著有《碧山乐府》等。

[2] 婵娟：美女。齐纨：齐地出产的白细绢，泛指名贵的丝织品。

[3] 玉堂仙：翰林学士的雅号。

［4］彩豪：毛笔。锦字：比喻华美的文辞。

［5］青鸾：青鸟，神话传说中为西王母取食传信的神鸟。后以"青鸟"为信使之代称。

［6］梨园：唐玄宗时教练伶人的处所，后世因称戏班为梨园，又称戏剧演员为梨园弟子。

题《花阵图》

唐寅[1]

夜雨巫山不尽欢，两头颠倒玉龙蟠。[2]
寻常乐事难申爱，添出余情又一般。[3]

（应守岩点校《六如居士集》）

【注释】

［1］唐寅（1470—1523）：字伯虎，一字子畏，号六如，别署六如居士、桃花庵主、鲁国唐生、逃禅仙吏等，吴县（今江苏苏州）人。与祝允明、文徵明、徐祯卿称"吴中四才子"，又与沈周、文徵明、仇英称"明四家"。兼擅书法，有《六如居士全集》。

［2］巫山：山名，因楚王梦幸巫山神女事，遂为男女欢爱的典实。玉龙蟠：像传说中的神龙那样环绕一起。

［3］申爱：一再相爱。

仕女图[1]

唐寅

歌扇舞裙空自好，行云流水本无踪。
琵琶如寄相思调，人隔巫山十二峰。

（应守岩点校《六如居士集》）

【注释】

[1] 仕女图：亦称"仕女画"，以封建社会中上层妇女生活为题材的图画。

《题画九十首》之一

唐寅

绿阴清昼白猿啼，三峡桥边路欲迷。
赖得泉声引归路，泉声鸣咽路高低。

（应守岩点校《六如居士集》）

李夫人墨竹

周用[1]

蜀国犹余旧锦裙，平生那识郭将军。

谁教明月临修竹，影落空床欲梦云。[2]

（陈邦彦《御定历代题画诗类》卷七十九）

【注释】

[1] 周用（1476—1547）：字行之，号伯川，吴江（今江苏吴江）人。善书法、绘画，著有《周恭肃公集》。

[2] 梦云：用楚王梦巫山神女朝云行雨的故事，言男女情事。

《昭君写真图》引

顾璘[1]

汉宫九重类天居，宫中美人粲璃琚。[2]
姱容淑态意非一，网户文窗烟雾虚。[3]
就中绝代称明君，锦江波浪巫山云。[4]
素月嫦娥独光彩，明星玉女徒缤纷。
君王行幸恣欢昵，蛾眉短长难具悉。
可怜睇盼隔重霄，竟使画图欺白日。[5]
金珠不操静女手，丹青更甚谗夫口。[6]
妍媸反复在锱铢，移爱为憎忍相负。[7]
明珠万里沉胡沙，哀歌一曲留琵琶。[8]
今看青冢千年草，岂是夭桃三月花。[9]

（陈邦彦《御定历代题画诗类》卷四十二）

【注释】

[1] 顾璘（1476—1545）：字华玉，号东桥，别署东桥居士，苏州人。著有《息园诗文稿》《山中集》等。

[2] 天居：神仙之居处。璠珸：精美的玉佩。

[3] 姱容：美丽的容貌。文窗：刻镂文彩的窗。

[4] 明君：王昭君名嫱，字昭君。西晋时避司马昭讳改称明君，后人称之为明妃。

[5] 白日：喻君王，此指汉元帝。

[6] 静女：操守贞洁、举止安详的女子。

[7] 妍媸：美好与丑恶。锱铢：比喻极细微之事。

[8] 明珠：喻王昭君。

[9] 青冢：在今呼和浩特市南大黑河畔的冢墓，相传为王昭君墓，因冢上的草色常青，故称为"青冢"。夭桃：桃夭，赞美男女婚姻以时，室家之好。后因以指婚嫁。

美人昼寝图

徐祯卿[1]

银针绣卷碧窗烟，蒲扇闲抛藉膝眠。
烧尽舞衫痴梦断，襄王休更恼巫仙。[2]

（范志新校注《徐祯卿全集编年校注》卷一）

【注释】

[1] 徐祯卿（1479—1511）：字昌谷，一字昌国，吴县（今江苏苏州）人。明代文学家，吴中四才子（亦称江南四大才子）之一。著有

《迪功集》《迪功外集》等。

　　[2] 巫仙：巫山神女。

题《交甫解佩图》[1]

杨慎[2]

交甫之楚游，息影依乔木。
道逢两仙姝，逍遥汉皋曲。[3]
星宿缀明珰，云霞装魅服。[4]
婉娈荡荧魂，花艳惊凡目。[5]
目随袜尘扬，魂与芳风逐。
结梦拟阳台，交辞同阿谷。[6]
荣华橘是柚，贞芳笋成竹。
江永不可方，微波春自绿。[7]

（陈邦彦《御定历代题画诗类》卷三十三）

【注释】

　　[1] 交甫解佩：用郑交甫遇汉水女神故事。刘向《列仙传·江妃二女》记载："江妃二女者，不知何所人也。出游于江汉之湄，逢郑交甫，见而悦之，不知其神人也。谓其仆曰：'我欲下请其佩。'仆曰：'此间之人皆习于辞，不得，恐罹悔焉。'交甫不听，遂下与之言曰：'二女劳矣。'二女曰：'客子有劳，妾何劳之有？'交甫曰：'橘是柚也，我盛之以筥，令附汉水，将流而下。我遵其旁，采其芝而茹之，以知吾为不逊也。愿请子之佩。'二女曰：'橘是柚也，我盛之以莒，令附汉水，将流而下。我遵其旁，采其芝而茹之。'遂手解佩与交甫。交甫悦，受而怀

之，中当心。趋去数十步，视佩，空怀无佩。顾二女，忽然不见。《诗》曰：'汉有游女，不可求思。'此之谓也。"

[2] 杨慎（1488—1559）：字用修，号升庵，后因流放滇南，故自称博南山人、金马碧鸡老兵。四川新都人。正德六年（1511）殿试第一，授翰林修撰，豫修《武宗实录》。书无不览，记诵之博，著述之富，明世推为第一。著有《升庵集》《升庵长短句》等。

[3] 仙姝：指汉水女神。汉皋：山名，在湖北襄阳西北。相传郑交甫于汉皋台下遇二神女，神女解佩相赠。

[4] 星宿：天上的列星。明珰：用珠玉串成的耳饰，泛指珠玉。魅服：具有迷惑性的奇异的服装。

[5] 婉娈：柔媚、美好。荧魂：神魂。

[6] 交辞：交谈。阿谷：楚国地名。《韩诗外传》卷一载："孔子南游适楚，至于阿谷之隧，有处子佩瑱而浣者。孔子曰：'彼妇人其可与言矣乎？'"遂命子贡与之交谈，女子守礼以对。

[7] 永：长。方：木筏，言以木筏渡江。

凤栖梧　题李龙眠画白少傅风雨清欢图，追和解学士韵[1]

杨仪[2]

为雨为云天上有。[3]梦里襄王，总出词臣手。[4]谁似乐天跻上寿。[5]追欢长满杯中酒。　　的历樱桃樊素口，袅娜蛮腰，不让风前柳。[6]歌舞当年人去后。至今醉白名依旧。[7]

（饶宗颐初纂、张璋总纂《全明词》）

【注释】

[1] 凤栖梧：词牌名，即《蝶恋花》之别名，格律与《蝶恋花》相同。李龙眠：李公麟（1049—1106），字伯时，号龙眠居士。舒州（今安徽桐城）人。北宋著名画家。解学士：解缙（1369—1415），字大绅，又字缙绅，号春雨，又号喜易。洪武进士，官至翰林学士。

[2] 杨仪（1488—1564）：字梦羽，号五川，又号七桧山人。江苏常熟人。嘉靖五年（1526）进士，累官兵部郎中，山东按察副使。以疾归。有《杨氏南宫集》。

[3] 为雨为云：用巫山神女"旦为朝云，暮为行雨"典故。

[4] 襄王：楚襄王。词臣：宋玉。

[5] 乐天：白乐天，即白居易。

[6] 的历：光亮、鲜明的样子。樊素：唐朝诗人白居易的家姬，与小蛮齐名。

[7] 醉白：指唐朝诗人李白。因他放荡不羁不受约束，经常饮酒、醉酒，故有此称。

题新安丁南羽画《白傅浔阳送客图》与莫秋水杨昆生别[1]

梁辰鱼[2]

杨家女儿昆仑生，追随常伴董双成。[3]
一朝仙心持未固，巫阳欲逐朝云行。[4]
霓裳半弹双鬟倚，东访沧溟渡秋水。[5]
华亭独鹤忽相邀，醉策风翎娇不起。[6]
凤凰山头驻紫车，白龙渡口闻琵琶。[7]
一曲新声凉月白，霜风瑟瑟吹芦花。
游行不秘仙凡迹，仗君一寄丹青笔。[8]

云帆聊写离别情，江波为驻烟霞色。

始知才子足风流，常共仙姬作伴游。[9]

他时共归阆风去，不学浔阳江上舟。[10]

（吴书荫编集校点《梁辰鱼集》）

【注释】

[1] 丁南羽（1547—?）：丁云鹏，字南羽，号圣华居士，安徽休宁人，画家。白傅：白居易的代称，因他晚年曾官太子少傅，故有此称。浔阳送客图：根据白居易诗《琵琶行》意境创作的绘画

[2] 梁辰鱼（1520—1592）：字伯龙，号少白、少伯，别号仇池外史，昆山人。有杂剧《红线女》《红绡》《梁国子生集》等。

[3] 董双成：神话传说中的人物。商亡后于西湖畔修炼成仙，飞升后任王母身边的玉女。善吹笙，通音律，深得西王母的喜爱。王母与汉武帝相会时，便是由董双成在一旁奉上蟠桃。这也是董双成的职责之一，替王母掌管蟠桃园。

[4] 巫阳：古代传说中的著名女巫，名阳，灵山（即巫山）十巫之一。朝云：巫山神女名。战国时楚怀王游高唐，昼梦幸巫山之女。后好事者为之立庙，号曰"朝云"。

[5] 嚲（duǒ）：下垂。沧溟：大海之意。

[6] 华亭独鹤：典出"华亭鹤唳"。《世说新语·尤悔》："陆平原河桥败，为卢志所谮，被诛。临刑叹曰：'欲闻华亭鹤唳，可复得乎！'"风翎：指禽鸟的羽翼。

[7] 凤凰山：地名，位于江西宜黄县城内西。紫车：紫色的马车，西王母所乘坐。

[8] 丹青笔：画笔。

[9] 仙姬：仙女。

[10] 阆风：即阆风巅，山名。传说中神仙居住的地方，在昆仑之巅。

杨妃春睡图[1]

徐渭[2]

守宫夜落胭脂臂，玉阶草色蜻蜓醉。[3]

花气随风出御墙，无人知道杨妃睡。

皂纱帐底绛罗委，一团红玉沉秋水。[4]

画里犹能动世人，何怪当年走天子。[5]

欲呼与语不得起，走向屏西打鹦鹉。

为问华清日影斜，梦里曾飞何处雨。[6]

（《徐渭集》卷五）

【注释】

[1] 杨妃：即杨贵妃。

[2] 徐渭（1521—1593）：初字文清，后改字文长，号青藤老人等，绍兴府山阴（今浙江绍兴）人。其著作今人整理为《徐渭集》。

[3] 守宫：守宫砂，古代以特殊药物点在少女手臂上以验证贞操的红痣。蜻蜓醉：草色之绿，使蜻蜓如痴如醉。

[4] 绛罗：红色纱罗。委：委弃。

[5] 走天子：使唐玄宗奔蜀。

[6] 华清：华清宫，唐代宫殿名。在陕西省临潼区城南骊山麓，其地有温泉。梦里曾飞何处雨：用巫山云雨典故，言男女情事。

水仙兰

徐渭

自从生长到如今，烟火何曾着一分。
湘水湘波接巫峡，肯从峰上作行云。

（陈邦彦《御定历代题画诗类》卷八十七）

唐伯虎画崔氏像因题余次韵[1]

徐渭

子建词描洛浦神，唐君色染博陵身。[2]
巫云已散当年梦，吴粉空传半面春。[3]
韫玉求沽遭弃置，采蘼多事问新陈。[4]
（缺二句）

（《徐渭集》卷七）

【注释】

[1] 唐伯虎（1470—1524）：唐寅，字伯虎，一字子畏，号六如居士、桃花庵主等。吴县（今江苏苏州）人。明代画家，善书法，工诗文，有《六如居士全集》。

[2] 子建：曹植（192—232），字子建，沛国谯县（今安徽省亳州市）人，曾作《洛神赋》。

[3] 巫云：用巫山云雨典故。

[4] 韫玉：藏玉，喻掩藏才智。沽：卖。蘼：蘼芜，古书上指芎䓖的苗。新陈：指新婚妻子与前妻，语出《上山采蘼芜》："上山采蘼芜，下山逢故夫。长跪问故夫，新人复何如?"

抱琴美人图

徐渭

身去眄犹转，抱琴何处来。[1]

定知清夜里，去听长卿回。[2]

细细腰宜舞，轻轻步懒催。

睡浓妆略淡，性慧相多猜。

眉下波含柳，颅心风落梅。

对人莲欲语，袖手藕藏荄。[3]

浣水倾吴国，为云到楚台。[4]

带飞修曳缟，佩响细衡瑰。[5]

绿帐愁单掩，朱唇似善诙。[6]

冰弦写离怨，洞阁远喧豗。[7]

晓户玲珑启，春花次第开。

相将折芍药，掩映过莓苔。

蜀国倡娇薛，河中色妙崔。[8]

试将同伫立，正惬两徘徊。

宫髻发一尺，明珠环两枚。[9]

自然宜淡扫，故不画烟煤。

【注释】

[1] 眄：美目貌。

[2] 长卿：司马相如（约前179—前118），字长卿，巴郡安汉县（今四川蓬安县）人，或说蜀郡（今四川成都市）人。司马相如曾以琴挑卓文君，文君随其夜奔，驰归成都。贫居度日，当垆卖酒。事见《史记·司马相如列传》。

[3] 荄：草根。言手细。

[4] 浣水：指浣沙，相传西施浣纱而沉鱼。吴越争霸，越国战败，西施被越王勾践献给吴王夫差，最后帮助越国打败吴国。楚台：楚阳台，楚王与巫山神女欢会之处。

[5] 曳缟：穿白绢衣服。

[6] 诙：诙谐。

[7] 冰弦：琴弦的美称。传说中有用冰蚕丝做的琴弦，故称冰弦。諠豗（huī）：发出轰响，喧嚣。

[8] 娇薛：指薛涛（768—831），字洪度，唐代女诗人，长安（今西安）人，因父亲薛郧做官而来到蜀地，父亲死后薛涛居于成都，与当时名士元稹、牛僧孺、张籍、白居易等多有往来。崔：崔莺莺。

[9] 宫髻：妇女的发髻，因多仿皇宫发式，故称。

书唐伯虎所画美人·眼儿媚

徐渭

吴人惯是画吴娥，轻薄不胜罗。[1]偏临此种，粉肥雪重，赵燕秦娥。[2]　　可是华清春昼永，睡起海棠么。[3]只将秾质，欺梅压柳，雨罢云拖。[4]

【注释】

[1] 吴娥：吴地的美女。罗：轻软的丝织品。

[2] 粉肥雪重：脂粉浓厚。赵燕：汉成帝的皇后赵飞燕。秦娥：秦地美女。

[3] 华清：华清宫，唐代宫殿名，在陕西省临潼区城南骊山麓，其地有温泉。海棠：此喻杨贵妃。

[4] 秾质：艳质。雨罢云拖：化用巫山云雨典故，言春梦初醒时的杨贵妃。

题山水

徐渭

扁舟一叶下瞿塘，巫峡千峰插剑芒。
仿佛猿啼深树里，披图我亦泪沾裳。[1]

（《徐渭集·补编》）

【注释】

[1] 泪沾裳：郦道元《水经注·江水二》："故渔者歌曰：巴东三峡巫峡长，猿鸣三声泪沾裳。"

题《望云卷》

王世贞[1]

昔时望白云，亲当在其处。

今日问而亲，已乘白云去。

云去云来无古今，丹青难写忆亲心。

巫山不是为云所，只向孤儿一寸寻。[2]

（《弇州四部稿》之《弇州续稿》卷九）

【注释】

[1] 王世贞（1526—1590）：字元美，号凤洲，又号弇州山人，太仓（今江苏太仓）人。"后七子"领袖之一。官刑部主事，累官刑部尚书，移疾归，卒赠太子少保。好为古诗文，始于李攀龙主文盟，攀龙死，独主文坛二十年。著有《弇山堂别集》《弇州山人四部稿》等。

[2] 一寸：心。古人谓心为方寸之地，故称。

题沈启南《春山欲雨图》[1]

王世懋[2]

春光喷薄横塘渡，笮葶吴山不知数。[3]
谁将片黑著峰头，吹作氤氲万山暮。[4]
拥树犹疑隔岭烟，飞花忽断前溪路。
胥口行人畏若濡，陇头新麦思如澍。[5]
此时元气何淋漓，欲雨不雨天为疑。
两仪坐失玄黄色，万壑争流苍翠姿。[6]
楼台虚入蛟蜃散，屏嶂倒列芙蓉垂。[7]
不知雨后更何态，最好春山是此时。
何人此意成真赏，百年盘礴其人往。[8]

阳春烟景留尺素，真宰苍茫堕双掌。[9]

鞭龙驱石事有无，胡然令我心神爽。[10]

铅华刊尽但墨汁，出匣看云把犹湿。[11]

雨师作使不得休，山鬼萝深夜中泣。[12]

眉黛含颦锁不开，更如神女怨阳台。[13]

莫愁笔底风流尽，春半吴江棹里来。

（陈田辑《明诗纪事》卷七）

【注释】

[1] 沈启南：沈周（1427—1509），字启南，号石田、白石翁、玉田生、有竹居主人等。长洲（今江苏苏州）人。善诗文书画，是明代中期文人画"吴派"的开创者，与文徵明、唐寅、仇英并称"明四家"。

[2] 王世懋（1536—1588）：字敬美，别号麟州，明苏州府太仓人（今江苏太仓）。明代文学家、史学家王世贞之弟，善诗文。

[3] 横塘：三国吴时所兴建的古堤，在今南京市西南，秦淮河南岸。笮莫：崀莫山，位于浙江杭州。

[4] 氤氲：烟云弥漫的样子。

[5] 胥口：地名，位于今苏州吴中区。濡：沾湿。澍：及时的雨。

[6] 两仪：指天、地。《周易·系辞上》："是故易有太极，是生两仪。"孔颖达疏："不言天地而言两仪者，指其物体；下与四象相对，故曰两仪，谓两体容仪也。"

[7] 蛟蜃：蛟与蜃，泛指水族。

[8] 真赏：会心地赏析。盘礴：犹磅礴，广大貌。

[9] 尺素：一尺见方的小幅绢帛，古人多用以写信或撰文。真宰：宇宙的主宰。

[10] 鞭龙：鞭打龙，掌控、驾驭龙。驱石：传说秦始皇造石桥，想

过海去看日出，有神人驱石造桥，石头走得不快，神人用鞭子抽打，石皆流血，桥成赤色。后以此典咏秦始皇事或咏桥、日出等。其事见南朝任昉《述异记》。

[11] 铅华：古代女子化妆用的铅粉。

[12] 雨师：古代传说中司雨的神。山鬼：山中鬼魅。

[13] 眉黛：古代女子用黛画眉，因称眉为"眉黛"或"黛眉"。含颦：皱眉，形容哀愁。

题王谏议家画《五大山水歌》之《洞庭》

屠隆[1]

洞庭空阔浩弥弥，元气混沌不见底。[2]

波涛怒挟天汉流，吞吐荆南六千里。[3]

春风拍浪开桃花，万片帆樯疾于矢。

但闻乌啼猩啸两岸空，霎时天地如鸿蒙。[4]

其上有巴陵黄鹤控巫峡，楼台掩扶摧天风。[5]

仙人下来瑶席冷，绡衣玉佩朝霞红。[6]

⋯⋯⋯⋯⋯⋯

（陈邦彦《御定历代题画诗类》卷七十九）

【注释】

[1] 屠隆（1544—1605）：字长卿，一字纬真，号赤水、鸿苞居士，浙江宁波鄞州区县人。明代文学家、戏曲家。书画造诣颇深，与胡应麟等并称"明末五子"。著述有《白榆集》等，今人整理为《屠隆集》。

[2] 弥弥：水流盛满的样子。

[3] 天汉：银河。

[4] 鸿蒙：古人认为天地开辟之前是一团混沌的元气，这种自然的元气叫作鸿蒙。

[5] 巴陵：今湖南岳阳市。黄鹤：黄鹤楼，与岳阳楼、滕王阁并称"江南三大名楼"。

[6] 瑶席：席子的美称。绡衣：一种用生丝织成的薄衣。

《题斋中五岳图》其二《衡》[1]

胡应麟[2]

玉殿瑶台跨紫氛，云璈霞色半空闻。[3]
龙游尚忆重华驾，鸟迹长留大禹文。[4]
翠岫阴森巫峡雨，苍崖明灭洞庭云。[5]
谁同蹑屐寻仙去，天柱南头唤鹤群。[6]

（胡应麟《少室山房集》卷五十一）

【注释】

[1] 衡：衡山，为五岳中的南岳，位于湖南省衡阳市的北边，绵延于湘、资之间。山有七十二峰，以祝融、紫盖、云密、石廪、天柱五峰为最大。

[2] 胡应麟（1551—1602）：字元瑞，号少室山人，后又更号为石羊生，浙江金华人。明代万历丙子举人，著名学者，"明末五子"之一。著有《少室山房集》《诗薮》等。

[3] 瑶台：美玉砌成的楼台，亦泛指雕饰华丽的楼台。紫氛：紫气。云璈：云锣。

[4] 重华：虞舜的美称。

[5] 岫：山。

[6] 屩（juē）：草鞋。天柱：衡山五峰之一。

题《琴鹤重鸣卷》代送易使君[1]

胡应麟

绣斧辉煌下越城，江天晴色耀飞旌。[2]
当年舄化双凫去，此日琴偕一鹤行。[3]
巫峡彩云晨送客，巴山明月夜谈兵。
何烦更就成都卜，回首花骢向北平。[4]

（胡应麟《少室山房集》卷五十七）

【注释】

[1] 使君：汉代对刺史的称呼，后用作州郡长官的尊称。

[2] 绣斧：汉武帝天汉二年（前99）遣直指使者暴胜之等衣绣衣，杖斧持节，至各地巡捕群盗。后遂以"绣斧"指皇帝特派的执法大员。

[3] 舄：鞋子。双凫：两只野鸭。应劭《风俗通·正失·叶令祠》："俗说孝明帝时，尚书郎河东王乔，迁为叶令，乔有神术，每月朔常诣台朝，帝怪其来数而无车骑，密令太史候望，言其临至时，常有双凫从东南飞来。因伏侯，见凫举罗，但得一双舄耳，使尚方识视，四年中所赐尚书官属履也。"后用为地方官的故实。

[4] 成都卜：用西汉严君平典故。常璩《华阳国志·先贤士女总赞论》："严遵字君平，成都人也。雅性澹泊，业学加妙。专精《大易》，耽于《老》《庄》。常卜筮于市，假蓍龟以教。……日阅得百钱，则闭肆下帘。授《老》《庄》，著《指归》，为道书之宗。……杜陵李强为益州刺

史……至州，修礼交遵。遵见之。强服其清高，而不敢屈也。……年九十卒。"花骢：五花马。

题林天素画[1]

董其昌[2]

片云占断六桥春，画手全输妙与真。[3]
铸得干将呈剑客，梦通巫峡待词人。[4]

（邵海清点校《容台集》卷四）

【注释】

[1] 林天素：名雪，以字行，钱塘（今浙江杭州）人，一作福建人。杭州西湖名妓，能诗，善绘事。

[2] 董其昌（1555—1636）：字玄宰，号思白、香光居士，松江华亭（今上海闵行区）人，明代书画家。擅画山水，师法董源、巨然、黄公望、倪瓒，倡"南北宗"论，为"华亭画派"杰出代表。书法出入晋唐，自成一格，能诗文。

[3] 占断：全部占有。

[4] 干将：人名。春秋吴国人，相传善铸剑。后借指利剑。

《题画赠蜀中尹使君惺麓二首》其一

董其昌

溪藤即是无弦琴，能写高山与流水。[1]

可堪岐路黯销魂，更奏清猿三峡里。

（邵海清点校《容台集》卷四）

【注释】

[1] 高山与流水：比喻知己、知音或乐曲风韵高雅不俗。《列子·汤问》："伯牙善鼓琴，钟子期善听。伯牙鼓琴，志在高山。钟子期曰：'善哉，峨峨兮若泰山。'志在流水，钟子期曰：'善哉，洋洋兮若江河。'"

楚山清晓图

李日华[1]

门前溪曲流花远，屋后山高见月迟。
刚道巫云多旖旎，楚山偏觉富情思。[2]

（陈邦彦《御定历代题画诗类》卷五）

【注释】

[1] 李日华（1565—1635）：字君实，号竹懒，又号九疑，浙江嘉兴人，工书画。著有《致堂集》《六研斋笔记》《恬致堂诗话》等。
[2] 旖旎：柔媚的样子。

为汪然明题《宛仙女史午睡图》^[1]

钱谦益^[2]

卧君沉檀之方床，嗅君天栈之名香。^[3]
钗挂袖拂罗带地，文簟玉枕齐铺张。^[4]
腰酥欲融倚无力，黛消曼睐图褪黄。^[5]
杨花燕子相勾引，栩栩一梦随春阳。
护惜依然守穷绔，呓呓谁敢褰罗裳？^[6]
阳台云雨无处所，横陈何以留君旁？^[7]
留君旁兮魂周章，我所思兮在高唐。^[8]
身外有身君不见，梦中说梦谁能详？
床头侍女莫相妒，妾身自遇楚襄王。

（《牧斋杂著·苦海集》）

【注释】

[1] 汪然明：名汝谦，杭州名士。与柳如是关系密切。宛仙女史：清代常熟屈秉筠。

[2] 钱谦益（1582—1664）：字受之，号牧斋，晚号蒙叟，东涧老人。世称虞山先生。清初诗坛的盟主之一。著有《牧斋有学集》《牧斋初学集》等。

[3] 沉檀：指沉香木和檀木。二者均为香木。

[4] 文簟（diàn）：有花纹的竹席。

[5] 黛：青黑色的颜料，古代女子用来画眉。曼睐：睐，视。曼睐形容注视时美丽的样子。

[6] 穷绔：古代一种前后有裆的缚带裤。后泛指有裆裤。呓呓：梦

中说话。搴：揭起。

[7]阳台云雨：巫山云雨，言男女情事。

[8]周章：仓皇惊恐的样子。高唐：即高唐观。在巫山县城西一里，为战国时楚怀王梦遇巫山神女处。

【南吕宫】玉芙蓉　题半身美人图

沈自晋[1]

盘丝髻挽龙，簇绣肩挑凤。俨娇花映脸，腻粉堆胸。[2]只环儿爱把鸡头捧，奈飞仙怕留裙带踪。[3]春无缝，倩谁家画工？剖霞笺，劈将云影过巫峰。[4]

（谢伯阳、凌景埏编《全清散曲》）

【注释】

[1]沈自晋（1583—1665）：字伯明，号西来，又号长康，晚号鞠通生，吴江（今苏州市吴江区）人，明末清初著名戏曲家。

[2]俨娇：恭敬庄重，美好可爱。

[3]鸡头：芡实的别名。

[4]霞笺：即彩笺，彩色的纸张。云影过巫峰：此用巫山神女喻画中美人。

【南正宫】倾杯赏芙蓉　题像

宋存标[1]

几阵春风漾锦屏，夜月胭脂冷。[2]可怜他梦里行踪，曾到巫峰，喜更为愁，愁更生情。恰好森森倚玉蒹葭映，渺渺秋波碧练明。还持赠，有飞琼彩胜。[3]看飘飘仙佩，鼓瑟和吹笙。

【玉芙蓉】兰台早见称，洛水应相并。[4]怕多情婉恋，幽意分明。[5]无聊独坐纱窗影，犹自双缠绣带情。真成病，似宿酲半醒。[6]却教他和衣卧月短长亭！

（下略）

（谢伯阳、凌景埏编《全清散曲》）

【注释】

[1] 宋存标：生卒年不详，字子建，号秋士，别署蒹葭秋士，江苏华亭（今上海市松江区）人，与宋征舆、宋征璧合称"云间三宋"。著有《翠娱阁集》《秋士香词》等。

[2] 锦屏：锦绣的屏风。

[3] 飞琼：仙女名，后泛指仙女。彩胜：古代的一种饰物，立春日用五色纸或绢剪制成小旌旗、燕、蝶、金钱等形状，簪于髻上，以示迎春。

[4] 兰台：战国楚台名。传说故址在今湖北省钟祥市东。

[5] 婉恋：即婉娈，借指美女。

[6] 宿酲（chéng）：即宿醉。

【南正宫】倾杯赏芙蓉　题像

宋征璧[1]

翠幕红绡曲槛凭，绣户双星映。[2]只凭伊三寸竿头，一寸心头，几寸眉头，万种含情。你看他霜绡彩笔临金镜，煞强似月下花前唤小名。[3]名儿应，应声声渐悄。任相怜相并，相对恨飘零。

【玉芙蓉】妖娇倩写成，仿佛瑶台境。[4]怕巫阳庙里，顿失娉婷。[5]海棠经雨红偏映，蛱蝶当风态易惊。还端正，细端详可憎。问秦楼那人何处学吹笙？[6]

（下略）

（谢伯阳、凌景埏编《全清散曲》）

【注释】

[1] 宋征璧（约1602—1672）：原名存楠，字尚木，又字让木，号幽谷朽生，别署歇浦村农，江苏华亭（今上海市松江区）人。宋存标（约1601—1666）之弟。著有《抱真堂诗稿》《三秋词》《歇浦唱和香词》等。

[2] 曲槛：曲折的栏杆。

[3] 霜绡：白绫，亦指画在白色绫子上的真容。彩笔：南朝诗人江淹少时曾梦人授自己以五色笔，从此文思大进。但晚年又梦一个自称郭璞的人索还其笔，以后作诗再无佳句。后人因以"彩笔"指辞藻富丽的文笔。

[4] 瑶台：传说中神仙的居处，在昆仑山。

[5] 巫阳庙：指巫山神女庙。娉婷（pīngtíng）：美人，佳人。

[6] 秦楼：春秋时秦穆公为其女儿弄玉修建的吹箫招凤的楼阁，又称"凤楼"。后弄玉与夫萧史一起乘风飞升。

为宋尚木题梅花美人图[1]

陈子龙[2]

【普天乐犯】踏花茵，情中景；倚鲛绡，身后影。[3]巧丹青，一生成，翻认做两两娉婷。夜阑人静，轻云半吐巫山岭。[4]有情人著意端详，空担了两下消停。

（谢伯阳编《全明散曲》第四册）

【注释】

[1] 宋尚木：即宋征璧（生卒年不详），见前注。

[2] 陈子龙（1608—1647）：初名陈介，字人中，改字卧子，松江华亭（今上海市松江区）人。主编《皇明经世文编》，著有《安雅堂稿》。

[3] 花茵：用花瓣铺成的坐垫。

[4] 夜阑：即夜将尽之时。巫山岭：用巫山云雨典故，此以巫山神女比画中美人。

丰乐楼　褚文彦出《长江万里图》，披玩感赋[1]

王翃[2]

生绡谁点毫末，赴岷波万里。[3]尽沙岸、草得微茫，长林红似霜被。迅去楫、千帆倚溜，柁牙若动疑风利。[4]或危樯、丛泊渔村，几处烟市。[5]　　浪涌沿江，形无端倪，识山情向背。[6]刺空外，仰插高旻，断崖时护岚气。[7]露楼台、树接荆襄，渐可辨、人家僧寺。[8]弄蒙蒙，晚色晴宜，近开还翳。[9]　门雄剑闲，瓴建瞿塘，壮蜀关白帝。[10]三峡迥、暗通石栈，翠屏交锁，青壁悬梯，险诚天备。[11]怒涛雷注，飞流斗绝，潆洄木眇冲群岛，响潺湲、尚杂哀鹃泪。[12]寒云十二，秋看月小巫峰，夜珠神女分佩。　　当年梗泛，一日江陵，听乱猿清泪。[13]心未厌、薄游尘世，卧雪蓬窗，击节蛮歌，客怀多醉。[14]今伤短发，萧萧星我，闲披图画，聊自遣、指沧浪旧路依然记。其间城阙，半为盗薮，呻吟不胜肆涕。[15]

（南京大学中国语言文学系编《全清词》顺康卷）

【注释】

[1] 丰乐楼：词牌名，吴文英创。

[2] 王翃（hóng）（1602—1653）：字翀（chōng）父，号介人，浙江嘉兴人。好制曲，有诗名。有《槐堂词存》传世。

[3] 生绡：未漂煮过的丝织品，古时多用之作画，故亦指画卷。毫末：笔端。岷：岷江。

[4] 柁牙：指舵板。

[5] 危樯：高的桅杆。

[6] 端倪：头绪、迹象。

[7] 旻：天。岚气：山中雾气。

[8] 荆襄：湖北襄阳。

[9] 翳：遮蔽、隐没。

[10] 白帝：白帝城。

[11] 栈：栈道。翠屏：峰峦青翠可爱，犹如绿色的屏风。

[12] 潆洄：亦作"潆回"，水流回旋貌。潺湲：水流貌。

[13] 梗泛：典出《战国策·齐策三》："有土偶人与桃梗相与语……

土偶曰：'不然。吾西岸之土也，土则复西岸耳。今子，东国之桃梗也，刻削子以为人，降雨下，淄水至，流子而去，则子漂漂者将何如耳。'"后因以"梗泛"指漂泊无定。一日江陵：言巫山到江陵只需一日时间。

　　[14] 薄游：漫游，随意游览。击节：打拍子。蛮歌：南方少数民族之歌。

　　[15] 盗薮：强盗聚集的地方。

题志衍所画山水[1]

吴伟业[2]

画君故园之书屋，午榻茶烟莳花竹。[3]
着我溪边岸葛巾，十年笑语连床宿。
画君蜀道之艰难，去家万里谁能还。
戎马千山西望哭，杜鹃落月青枫寒。
今之此图何者是？黯淡苍茫惟一纸。
想象云山变灭中，其人与笔宁生死？[4]
我思此道开榛芜，东南画派多萧疏。[5]
君尝展卷向余说，得及荆关老辈无？[6]
巫山巫峡好粉本，一官大笑夸吾徒。[7]
此行归来扫素壁，扪腹满贮青城图。
只今犹是江南树，忆得当时送行处。
杨柳青青葭菼边，双桨摇君此中去。[8]

（李学颖标校《吴梅村全集》
卷三《诗前集三》）

【注释】

[1] 志衍：吴继善，字志衍，江苏太仓人，乃吴梅村胞兄，曾任成都知府。

[2] 吴伟业（1609—1672）：字骏公，号梅村，太仓（今江苏太仓市）人，世居昆山（今江苏昆山市）。著有《梅村家藏稿》《梅村诗余》等，今人整理为《吴梅村全集》。

[3] 蒔（shì）：移植、栽种。

[4] 其人与笔宁生死：其时吴志衍已逝世。

[5] 榛芜：草木丛杂，形容荒凉的景象。东南画派：此指以董其昌为代表的松江画派等。

[6] 荆关老辈：指五代十国时期的荆浩、关仝等画家，在绘画上属于北派。

[7] 粉本：画稿。古人作画，先施粉上样，然后依样落笔，故称画稿为粉本。

[8] 葭菼（jiātǎn）：芦与荻，均为水生植物名。

《京江送远图》歌　并序

吴伟业

《京江送远图》者，石田沈先生周为吾高祖遯庵公之官叙州作也。[1]……

　　京江流水清如玉，杨柳千条万条绿。[2]
　　画舫劳劳送客亭，勾吴人去官巴蜀。[3]
………………
　　杜老曾游擘荔支，涪翁有味尝苦笋。[4]
　　此地居然风土佳，丈人仕宦堪高枕。[5]

呜呼！孝宗之世真成康，相逢骨肉游羲皇。[6]

瞿塘剑阁失险阻，出门万里皆康庄。[7]

虽为边郡二千石，经过黑水临青羌。

牦牛徼外无传堠，铁锁江头弗置防。[8]

去国岂愁亲故远，还家讵使鬓毛苍。

吾吴儒雅倾当代，石田既没风流在。

待诏声华晚更遒，枝山放达长无害。[9]

岁月悠悠习俗非，江乡礼数归时态。

纵有丹青老辈存，故家兴会知难再。

京口千帆估客船，金焦依旧青如黛。[10]

巫峡巫山惨澹风，此州迢递浮云碍。[11]

正使何人送别离，登高肠断乌蛮塞。[12]

衰白嗟余老秘书，先人名德从头载。

废楮残缣发浩歌，一天诗思江山外。[13]

（李学颖标校《吴梅村全集》
卷十《诗后集二》）

【注释】

[1] 沈周（1427—1509）：明代杰出书画家，字启南，号石田等。长洲（今江苏苏州）人。明代中期文人画"吴派"的开创者，与文徵明、唐寅、仇英并称"明四家"。遯（dùn）庵：吴梅村高祖吴愈，字惟谦，号遯庵。叙州：南宋政和四年（1114）改戎州置叙州，治宜宾（今四川省宜宾市）。

[2] 京江：指长江流经今江苏镇江市北的一段，因镇江古名京口而得名。

［3］劳劳送客亭：即劳劳亭，又叫"临沧观""望远楼"，在今南京市古新亭南。三国东吴时建，为古代送别之所。勾吴：吴国。

［4］作者原注：杜子美《客游》诗有"轻红擘荔支"之句。黄山谷贬官，作《笋赋》，言"苦而有味，官况似之"，故石田《短歌》引此相赠。擘（bāi）：同"掰"。

［5］丈人：此指其高祖吴愈。

［6］孝宗：明孝宗朱佑樘（1470—1505），明朝第九位皇帝。在位期间勤于政事，励精图治，史称"弘治中兴"。成康：周成王与周康王的并称。史称其时天下安宁，刑措不用，故用以称至治之世。羲皇：即伏羲氏。

［7］剑阁：即大剑山，在今四川省剑阁县北面，是由长安入蜀必经之道。康庄：谓宽阔平坦、四通八达的大道。

［8］牦牛徼：今四川阿坝藏族羌族自治州之壤塘县。传：驿站。堠：古代瞭望敌情的土堡。铁锁江头：三国时东吴为抵抗王浚楼船的进攻，于江险碛要害之处，以铁锁封锁江面，又做铁锥长丈余，暗置江中，以逆距船。

［9］枝山：祝允明（1460—1526），字希哲，号枝山，江苏长洲（今苏州）人。

［10］估客：商人。金焦：金山与焦山的合称。两山都在今江苏省镇江市。

［11］惨澹：即惨淡。迢递：遥远貌。

［12］乌蛮：古代西南少数民族名，亦指其居住地。

［13］楮（chǔ）：落叶乔木，树皮是制造桑皮纸和宣纸的原料，同时也是"纸"的代称。浩歌：高歌。

题长江万里图（为蜀人赵中道赋）[1]

唐文凤[2]

一廛老屋城南隅，读书乐道非愚夫。[3]

西川有客踏秋雨，访予手把长江图。[4]

披图细数经行处，天山白积银为树。

冰澌暖沁六月流，雪波怒向三巴注。[5]

蜀江溶溶远纤回，巨灵擘破巫峡开。[6]

势雄地束不得逞，直走万丈疑奔雷。

瞿塘滟滪天下险，巨石双分锐磨剪。

盘涡每忧巨浸深，冷喷犹嫌急波浅。[7]

人鲊瓮头云结愁，馋蛟昼舞寒风秋。[8]

··········

（唐文凤《梧冈集》卷三）

【注释】

[1] 赵中道：明代书法家，湖广石首（今属湖北）人，弘治十八年（1715）进士。

[2] 唐文凤（1347—1432）：字子仪，号文凤，又号梦鹤，安徽歙县人。曾以文学授兴国知县。著有《梧冈诗稿》《梧冈文稿》等。

[3] 一廛：一处居宅。

[4] 西川：川西。

[5] 三巴：汉末巴郡一分为三，新设巴东、巴西郡，合称"三巴"，泛指今重庆市。

[6] 巨灵：神话传说中劈开华山的河神。擘破：掰开。

[7] 盘涡：水旋流形成的深涡。

[8] 人鲊（zhǎ）瓮：长江险滩之一，在今湖北秭归县西，瞿塘峡之下。

满庭芳　题朱柳堂嫂刘昆白《画兰卷》[1]

林时跃[2]

深谷幽姿，移来绮阁，描将别样风光。[3]含毫醉墨，点染缀孤芳。叶叶枝枝浥露，淡妆抹、花气吹裳。倚栏笑，轻绡一幅，流影亦生香。　　含情才落纸，蜂喧蝶挏，秋色三湘。[4]章台共楚畹，臭味相将。[5]却道众香国里，不着土、五柳深堂。[6]兴酣时，花心意蕊，想象梦高唐。[7]

（张宏生主编
《全清词·顺康卷补编》第一册）

【注释】

[1] 满庭芳：词牌名。因唐代吴融"满庭芳草易黄昏"诗句而得名，又一说得名于柳宗元"偶地即安居，满庭芳草积"。

[2] 林时跃：生卒年不详，字遐举，号荔堂，自称明山遗民。鄞县（今浙江宁波鄞州区）人。著有《朋鹤草堂集》等。

[3] 绮阁：华丽的楼阁。

[4] 蜂喧蝶挏（chōu）：形容春天的美丽与热闹。三湘：即潇湘、资湘、沅湘。

[5] 楚畹：出自《楚辞·离骚》："余既滋兰之九畹兮，又树蕙之百亩。"后因以"楚畹"泛称兰圃。

[6] 五柳：指五柳先生陶渊明。

[7] 高唐：地名，因为楚先王梦幸巫山神女于此，故后世诗词曲中常借指巫山神女。

蝶恋花　题苏子瞻《天涯芳草图》，用原调原韵[1]

王岱[2]

髯公老去朝云小。[3]梦断行云，十二巫峰绕。红裙二八知音少，伤心肠断歌芳草。[4]　　已说先生能见道，何事花枝犹索笑。按拍低回声悄悄，伤春惹得悲秋恼。

（张宏生主编《全清词·顺康卷补编》第一册）

【注释】

[1] 蝶恋花：词牌名。原为唐教坊曲，本名《鹊踏枝》，晏殊改名为《蝶恋花》。苏子瞻：苏轼（1037—1101），字子瞻，号东坡居士。

[2] 王岱：字山长，号了庵，别号九青石史，湖广湘潭（今湖南省湘潭市）人。明崇祯十二年（1639）举人。康熙二十二年（1683）官潮州府澄海县知县，卒于任。工诗文，善书画，著有《且园集》《了庵词》。

[3] 髯（rán）公：指苏轼。朝云：苏轼的姜王朝云。

[4] 红裙：指美女。芳草：喻女子。此言苏轼《蝶恋花·春景》："花褪残红青杏小。燕子飞时，绿水人家绕。枝上柳绵吹又少。天涯何处无芳草。墙里秋千墙外道。墙外行人，墙里佳人笑。笑渐不闻声渐悄。多情却被无情恼。"

西江月　题梅花幛[1]

陈大成[2]

密蕊欲迷么凤，高枝乱飐苍虬。[3]酒醒斜月下西楼，相对一般清瘦。　　幽梦三更乍觉，高唐何似罗浮。[4]银灯疏影覆香篝，知共阿谁消受。[5]

（南京大学中国语言文学系编《全清词》顺康卷）

【注释】

[1] 幛：上面题有词句的整幅绸布。

[2] 陈大成（1614—1685后）：字集生，无锡（今江苏省无锡市）人。著有《影树楼词》。

[3] 密蕊：繁盛的花蕊。么凤：鹦鹉的一种。飐（zhǎn）：风吹颤动。苍虬：亦作"苍虬"，形容树木盘曲的枝干。

[4] 幽梦：忧愁之梦。罗浮：山名。在广东省东江北岸。相传赵师雄在此梦遇梅花仙女，故多以之为咏梅典故。

[5] 银灯：银制的灯盏。香篝：熏笼，一种覆盖于火炉上供熏香、烘物和取暖用的器物。

潇湘逢故人慢　题余氏女子绣《高唐神女图》，遥和程村、阮亭诸公[1]

彭孙贻[2]

朝云何处，从黛里九疑，裙端湘水。[3]飞下岷峨路，想十二峰头，烟丝雾缕。[4]缭绕君王，略回避、细腰宫女。[5]暗追寻、帝子行踪，三峡碧空中住。　山蔼苍苍欲暮，奈花落黄陵，如花人去。[6]肠断《高唐赋》，笑宋玉情多，楚襄梦错，髻髹寨帱，痴绝到、绣床灯涴。[7]倩才人、云雨清词，重向巫山题过。[8]

（南京大学中国语言文学系编《全清词》顺康卷）

【注释】

[1] 余氏女子：名叫余韫珠，扬州人，工刺绣，15岁时即技艺精绝，尤擅绣神仙人物。阮亭：清初著名诗人王士禛。王士禛任扬州推官期间，余韫珠曾为其绣巫山神女、洛神、西施、杜兰香四幅美女图。程村：邹程村，清初著名词家邹祗谟（1627—1670），字吁士，号程村，武进（今江苏省常州市武进区）人，著有《远志斋集》等。

[2] 彭孙贻（1615—1673）：字仲谋，又字羿仁，号茗斋，自称管葛山人，海盐（今浙江省嘉兴）人，彭孙遹（1631—1700）从兄。工诗善画，著有《茗斋集》等。

[3] 朝云：早晨之云，代指巫山神女。

[4] 岷峨：岷山和峨眉山。

[5] 细腰宫：楚国王宫。巫山有楚王宫，民间称为"细腰宫"。

[6] 蔼：古同"霭"，云气。黄陵：在湖南省湘阴县之北，传说此地有舜二妃娥皇、女英之庙。

[7] 《高唐赋》：战国时楚国宋玉作，言楚襄王与宋玉游高唐而梦巫山神女之事。楚襄：即楚襄王（？—前263），又称楚顷襄王，芈姓，熊氏，名横，楚怀王之子，楚国国君。传说楚襄王听宋玉讲述巫山神女的故事后，心神向往，亦于梦中见到神女，可神女却因忠于先王而拒绝了他，见宋玉《唐赋》《神女赋》。髣髴（fǎngfú）：同"仿佛"。

[8] 倩才人：优秀的才子。云雨：用巫山神女"旦为朝云，暮为行雨"典故，言男女情事。

高阳台　为阮亭题余氏女子绣《高唐神女图》[1]

彭孙遹[2]

　　帝女归来，一天秋色，楚峰十二苍苍。[3]听说当年，曾经荐枕先王。[4]细腰宫里颜如玉，更相寻、雾縠霓裳。[5]问此时、翠盖鸾旗，谁见悠扬？[6]　　巫山枉断人肠。纵阳台遗迹，未尽虚茫。回首宸游，沉沦幽佩堪伤。[7]一自侍臣书好梦，千载下、云雨生香。[8]又何人、剪雨裁云，幻出高唐。

（彭孙遹《延露词》卷三）

【注释】

　　[1] 阮亭：王士祯（1634—1711），字子真，一字贻上，号阮亭，又号渔洋山人，山东新城人。顺治十二年（1655）进士，官至刑部尚书，谥文简。康熙时继钱谦益而主盟诗坛。著有《带经堂集》。

　　[2] 彭孙遹（1631—1700）：字骏孙，号羡门，又号金粟山人，海盐（今浙江省嘉兴市海盐县）人。著名学者彭孙贻（1615—1673）从弟。工诗词，著有《南淮集》《延露词》等。

　　[3] 帝女：瑶姬，即巫山神女，相传为天帝的小女儿。

　　[4] 先王：楚怀王或楚襄王。

　　[5] 雾縠（hú）：薄雾般的轻纱。霓裳：飘拂轻柔的舞衣，此代指美女。

　　[6] 翠盖：饰以翠羽的车盖，泛指华丽的车马。鸾旗：天子仪仗中的旗子，上绣鸾鸟，故称。

[7] 宸游：帝王之巡游。

[8] 侍臣书好梦：原注为"沉沦幽佩，侍臣书梦，俱见杜诗"。此指宋玉作《高唐赋》《神女赋》言楚怀王、襄王父子梦遇巫山神女事。云雨：巫山云雨。

题画（其二）

彭孙遹

谁写巫山一片云？甘泉图画杳难分。
身轻时似惊鸿态，腰细难胜簇蝶裙。[1]
何处更寻香蔽膝，当年空羡锦回文。[2]
陈王赋里分明是，欲向清宵恼细君。[3]

（彭孙遹《松桂堂全集》卷三十二《才情别集》）

【注释】

[1] 惊鸿：受到惊吓的鸿雁。簇蝶裙：绣有簇蝶的裙。

[2] 蔽膝：古人系在衣前的护膝围裙。回文：前秦苏惠织锦回文图。

[3] 陈王：陈思王曹植。赋：指曹植所作的《洛神赋》。细君：古称诸侯之妻为细君，后为妻的通称。

【南正宫】倾杯赏芙蓉　题像

宋征舆[1]

　　一轴鲛绡挂翠屏，恰便是碧空吹落春风影。[2]你看他侧着香肩，䚎着香云，抹着双蛾，逗着双睛。[3]好似那姮娥倚桂临金镜，更似那湘女凌波照洞庭。[4]遥天净，有寒云万顷。这冰姿玉骨，偏傍月华明。

· · · · · · · · · · · ·

　　【朱带锦】一分是阳台梦醒，三分是楚台春病。算做真真唤小名，着伊家对面儿听。[5]想一见那多情，霎时别去泪珠儿暗倾。是这般步步思量也，倒不如画图中步步得同行。

　　【尾声】连枝比翼交相映，有一日紫泥嘉庆，少不得一对乘鸾上玉京。[6]

（谢伯阳、凌景埏编《全清散曲》）

【注释】

　　[1] 宋征舆（1618—1667）：字辕文，又直方，号佩月主人、佩月骚人，江南华亭（今上海市松江区）人。明末诸生，与陈子龙、李雯等倡几社，并称"云间三子"。著有《林屋文稿》《林屋诗稿》。

　　[2] 鲛绡：泛指丝巾、薄绢之类。

　　[3] 䚎（duǒ）：下垂。香云：言其头发。蛾：蛾眉。

　　[4] 姮（héng）娥：传说中的月宫女神嫦娥。

　　[5] 真真：泛指美人。

　　[6] 紫泥：印泥，古人书函用泥封，并戳印以为凭信，汉天子用紫

泥，故紫泥亦指诏书。连枝比翼：语出白居易《长恨歌》："在天愿作比翼鸟，在地愿为连理枝。"用以比喻男女成双成对，夫妇恩爱。玉京：帝都。

为阮亭题《秦淮春泛图》[1]

陈维崧[2]

济南城中王夫子，文彩风流古无比。
锦裘大猎蜀冈头，金尊小饮秦淮里。
秦淮楼上多女儿，秦淮楼下歌《竹枝》。
船窗水阁一千处，日日饱看青琉璃。
忆昔秦皇初凿此，赭衣役尽骊山子。[3]
大呼胡亥并斯高，王气若存无此理。[4]
龙行虎步终非常，江东霸业何堂堂。[5]
巴巫许洛曹刘据，三分鼎足夸孙郎。[6]
紫髯一去奈何许，从此江山归典午。[7]
刘石纷纷尽读书，新亭名士只歌舞。[8]
六朝君相无事无，可怜最是袁司徒。
钟山隐士李后主，伤心略比陈黄奴。[9]
旧事千年如覆水，景阳宫外啼乌起。[10]
昨日秦淮唱《拔蒲》，犹有残春后湖里。[11]
此时慷慨王司州，东方千骑坐上头。
回身竟下宝钗楼，张帆直上沙棠舟。[12]
东风渌水正潋滟，酒阑怀古心悠悠。[13]
牙樯锦缆落红雨，官舫嵯峨此间住。[14]

两行小吏艳神仙，争写君侯肠断句。

须臾柁楼烛灯张，中流箫鼓声苍凉。

春江花月江南夜，妙写丹青顾长康。[15]

蔓草零烟三两幅，春水家家生苦竹。

依稀高咏羡王郎，风前挂颊颜如玉。[16]

红板桥头莺语频，小姑祠后雨丝新。[17]

官今莫作《秦淮曲》，身是南朝被酒人。

（陈维崧《湖海楼诗集》卷一，

陈振鹏、李学颖标校《陈维崧集》上册）

【注释】

[1] 阮亭：见前注。

[2] 陈维崧（1625—1682）：字其年，号迦陵，宜兴（今江苏宜兴市）人。工诗词骈文，开阳羡派，为一代词宗。著有《湖海楼诗文词全集》，今人整理为《陈维崧集》。

[3] 赭衣：古代的囚衣。

[4] 胡亥：即秦二世（前230—前207），嬴姓，名胡亥，在位时间为前210年—前207年，也称二世皇帝。斯高：李斯与赵高。王气：指象征帝王运数的祥瑞之气。

[5] 龙行虎步：喻威仪庄重，气度不凡。常以形容帝王之相。

[6] 巴巫：巴山、巫山。许洛：许京和洛京（今河南许昌和洛阳）的并称。曹刘：曹操、刘备。孙郎：孙权。

[7] 紫髯：即孙权，曾任讨虏将军领会稽太守。典午：司马的隐语。《三国志》卷四十二《谯周传》："周语次，因书版示立曰：'典午忽兮，月酉没兮。'典午者，谓司马也；月酉者，谓八月也。至八月而文王（司马昭）果崩。"晋帝姓司马氏，后因以典午指晋朝。

[8]刘石：即刘曜（？—328），字永明，十六国时期前赵国君，被后赵的石勒所杀。石勒（274-333）：字世龙，原名匐勒，十六国时期后赵建立者。新亭名士：新亭，古地名，故址在今南京市的南面。刘义庆《世说新语·言语》："过江诸人，每至美日，辄相邀新亭，藉卉饮宴。周侯中坐而叹曰：'风景不殊，正自有山河之异！'皆相视流泪。"

[9]钟山隐士：李煜（937—978年），或称李后主。陈黄奴：陈后主。

[10]景阳宫：明代宫殿建筑。

[11]《拔蒲》：乐府《西曲歌》名。悉用铃鼓，无弦有吹。

[12]宝钗楼：唐宋时期咸阳酒楼名。沙棠舟：用沙棠木造的船，常指游船。

[13]渌水：清澈的水。潋滟：水波荡漾貌。

[14]牙樯：用象牙装饰的桅杆。锦缆：精美的缆绳。嵯峨：山势高峻貌。此言各种船只大小不一。

[15]顾长康：顾恺之，字长康，小字虎头，晋陵无锡（今江苏无锡）人。东晋画家、绘画理论家、诗人。

[16]颜如玉：出自《古诗十九首·东城高且长》之"燕赵多佳人，美者颜如玉"。常用来指代年轻貌美的女子。

[17]红板桥：位于苏州市古城区，是苏州葑门外最繁忙的步行桥。小姑祠：又称青溪小姑庙。小姑是汉末秣陵尉蒋子文妹，民间传说蒋子文是土地神。东汉末年，蒋子文率兵追逐强盗至钟山脚下战死。闻此消息，小姑投青溪自尽。小姑被世人奉为青溪女神，又称青溪小姑，并于清洗岸边建小姑祠以祀之。

采桑子　为汪蛟门舍人题画册十二帧（其九）[1]

陈维崧

红樱斗帐空如水，烟月罗罗，人到南柯。[2]一片松涛枕畔过。　　雀翘蝉鬓端然坐，裙带微揿，纤指频呵。[3]甚处巫云入梦多。[4]

（陈维崧《迦陵词全集》卷二，
陈振鹏、李学颖标校《陈维崧集》中册）

【注释】

[1] 汪蛟门：汪懋麟，字季角，号蛟门，江都（今江苏扬州）人。康熙六年（1667）进士，授内阁中书，官刑部主事。工诗善词，为王士禛弟子，著有《百尺梧桐阁集》等。

[2] 罗罗：谓疏朗清晰。南柯：取自成语"南柯一梦"。

[3] 蝉鬓：三国时魏文帝宫女莫琼树创制的发式，两鬓薄如蝉翼。

[4] 巫云：用巫山神女"旦为朝云，暮为行雨"典故，言男女情事。

高阳台　题余氏女子绣《高唐神女图》，为阮亭赋[1]

陈维崧

巫峡妖姬，章台才子，赋成合断人肠。[2]绣阁停针，含情想象高唐。[3]渚宫旧迹今何在，不分明、水殿云房。弹蝉鬓、忆着行云，恰费商量。[4]　　蘅皋暮雨凄凉。[5]只楚天一碧，与梦俱长。雾縠霓旌，几时重得侍君王？[6]小唾红绒思好事，却剪刀、声出回廊。更添些、红杜青苹，做出潇湘。[7]

（陈维崧《迦陵词全集》卷二十，
陈振鹏、李学颖标校《陈维崧集》下册）

【注释】

[1] 阮亭：见前注。

[2] 妖姬：此指巫山神女。章台：即章华台，乃春秋时楚国离宫。才子：指宋玉。

[3] 绣阁：女子的居室装饰得华丽如绣，故称。高唐：战国时楚国台观名，在云梦泽中。传说楚襄王游高唐，梦巫山神女，幸之而去。

[4] 嚲（duǒ）：低垂。蝉鬓：以耳际之发，梳之如蝉翼，谓之蝉鬓。

[5] 蘅皋：言长有杜蘅等芳草的泽地。

[6] 雾縠（hú）：轻薄透明的绉（zhòu）纱。霓旌（jīng）：相传仙人以云霞为旗帜。

[7] 潇湘：湘江。

多丽　为李云田、周小君、宝镫题《坐月浣花图》[1]

陈维崧

暖红簟，月轮斜挂妆楼。[2]恰雅称、香闺心性，下阶小试莲钩。[3]好风筛、窗纱影碎，凉露浸、簟縠纹流。[4]裙带微飘，玉奴私语，人生易值此宵不？[5]何况是、楚天巫峡，嫦娥别种清幽。[6]羡此夜、月光人面，端正温柔。

渐满砌、吟嫔红药，如啼欲睡疑羞。[7]倩轻绡、秋棠宜盥，央小玉、夜合将收。[8]更与传言，月波堪舀，莫问银床玉井头。[9]想象处、花前人月，永夜费凝眸。还只怕、画图难肖，搦管增愁。[10]

（陈维崧《迦陵词全集》卷三十，

陈振鹏、李学颖标校《陈维崧集》下册）

【注释】

[1] 李云田：李以笃，字云田，号老荡子，明末汉阳人，纵游吴越，与龚鼎孳交厚。

[2] 红篝：篝火。妆楼：旧称妇女居住的楼房。

[3] 莲钩：旧时妇女所缠的小足。

[4] 簟（diàn）：竹席。縠纹：绉纱似的皱纹。

[5] 玉奴：代指美女。

[6] 楚天巫峡：原注为"李，汉阳人"。嫦娥：代指月亮。

[7] 吟嫔：孤独。红药：芍药花。

[8] 轻绡：一种透明而有花纹的丝织品。小玉：泛称侍女。夜合：夜合花。

[9] 月波：月光。舀：用瓢、勺等取东西。

[10] 搦管：执笔为文。

浪淘沙　题仕女图

马鸣銮[1]

双鬟欲堆鸦，脸断朝霞，莺啼花影落窗纱。[2]十二巫峰浑是梦，雨细云斜。　　油壁下香车，目送鸿赊，红阑珠幕阿谁家？[3]纨扇轻携裙带缓，自惜韶华。

（南京大学中国语言文学系编《全清词》顺康卷）

【注释】

[1] 马鸣銮：字殿闻，昆山（今江苏省昆山市）人。康熙十二年（1673）进士，累官至户部侍郎。著有《密斋诗稿》。

[2] 堆鸦：鸦，此指黑色，言其发如黑云。

[3] 油壁：即油壁车，省称"油壁"，又称油軿（píng），古代妇女乘坐的一种轻便小车，以油涂饰车壁，设幔帏，驾以二马，故又称"油壁香车"或"油壁轻车"，传说是南朝萧齐名妓苏小小（479—约502）创制的。赊：远。红阑：红栏杆。

题王石谷二米云山仿拖泥带水皴法[1]

庄同生[2]

疑云疑雨似巫山，化却烟岚笔墨间。[3]
谁解拖泥同带水，惟闻纸上水潺缓。[4]

（李浚之《清画家诗史》）

【注释】

[1] 王石谷：王翚（1632—1717），字石谷，号耕烟散人等。苏州府常熟（今江苏常熟）人，被称为"清初画圣"。与王鉴、王时敏、王原祁合称山水画家"四王"。二米：宋代米芾、米友仁父子。拖泥带水皴法：是在矾宣纸或绢上使用的一种皴法，这种皴法的特点是连皴带染，也就是边皴边染。

[2] 庄冏生（1626—？）：字玉骢，号澹庵，江苏武进人。工诗和古文辞，著有《澹庵集》。

[3] 疑云疑雨似巫山：化用巫山神女"旦为朝云，暮为行雨"典。烟岚：山里蒸腾起来的雾气。

[4] 潺缓：水慢慢流动的样子。

醉垂鞭 题《美人戏马图》

丁炜[1]

结束石榴裙，青骢马，珠鞭打。[2]楚峡不胜春，飞来锦匼云。[3]　　明媚方郊昼，花如绣，草如茵。羡煞画中身，连钱未染尘。[4]

（南京大学中国语言文学系编《全清词》顺康卷）

【注释】

[1] 丁炜（1627—1696）：字瞻汝，又作澹汝，号雁水。泉州晋江（今福建晋江）人。著有《问山诗集》《问山文集》《紫云词》《涉江集》等。

[2] 结束：装束，打扮。石榴裙：朱红色的裙子，亦泛指妇女的

裙子。

　　［3］楚峡：巫峡。锦匼（kē）云：彩色云团。

　　［4］连钱：马名。

天香　水墨牡丹[1]

丁炜

　　蝉缟裁匀，麝烟拂就，洗妆犹认倾国。[2]仙李题残，真妃醒倦，月暗沉香亭北。[3]旧家姊妹，惊乍见、翠刊红削。[4]玄圃霜沾玉骨，巫山雨染绡织。[5]　京洛露苞堪摘。[6]扑缁尘、颤风无力。[7]写入鹅溪小幅，似曾相识。[8]休借粉脂弄色，爱淡扫愁蛾俊标格。[9]雪岭墨池，谩分白黑。

（南京大学中国语言文学系编《全清词》顺康卷）

【注释】

　　［1］水墨：指一种不着彩色，纯以水墨点染的绘画法。

　　［2］蝉缟：此言其缟衣薄如蝉翼。麝烟：焚麝香发出的烟。倾国：全国人为之倾倒，形容女子美貌惊人。

　　［3］仙李：李白。真妃：杨贵妃。因杨贵妃曾为女道士，号太真，故称。醒：醉酒。沉香亭：唐代长安兴庆宫内古建筑，以名贵沉香木建成，故名"沉香亭"，供唐玄宗、杨贵妃纳凉避暑，兴之所至，常召李白赋新诗。

　　［4］翠刊红削：言花叶凋残。

　　［5］玄圃：传说在昆仑山顶，为神仙所居，泛指仙境。玉骨：清瘦

秀丽的身架，多形容女子的体态。

　　[6] 京洛：京城。

　　[7] 缁尘：黑色的灰尘。常喻世俗污垢。

　　[8] 鹅溪：水名。《太平广记》卷四六二引唐无名氏《广古今五行记》："晋太元中，章安郡史悝家有骏雄鹅，善鸣。悝女常养饲之，鹅非女不食。荀金苦求之，鹅辄不食，乃以还悝。又数日，晨起，失女及鹅。邻家闻鹅向西，追至一水，唯见女衣及鹅毛在水边。今名此水为鹅溪。"小幅：幅面小的书画。

　　[9] 标格：风姿。

阳台路　为阮亭题余氏女子绣《高唐神女图》[1]

邹祗谟[2]

　　巫山梦，浦兰含彩照，朝云神女。[3]谁把纤秾长短，写出迁延徐步。[4]宋玉当时，玮态瑰姿，彩毫曾赋。[5]梦来去，又瑶佩褰帷，杳不知处。[6]　　但见吴绫一幅，绣无双、鸿惊凤举。[7]彩缥吹烟，香透缯云丝雨。[8]只描到使君，银钩小字，断肠千缕。[9]大夫枕上依依，梦魂谁主？

　　　　　　　　（南京大学中国语言文学系编《全清词》顺康卷）

【注释】

　　[1] 阮亭：见前注。

　　[2] 邹祗谟（1627—1670）：字吁士，号程村，武进（今江苏常州武进）人，顺治十五年（1658）进士，著有《远志斋集》。

　　[3] 浦兰：江边的兰草。朝云：巫山神女。

〔4〕纤秾：纤细和丰腴。迁延：徘徊。

〔5〕玮态瑰姿：姿态美好。彩毫：彩笔。

〔6〕瑶佩：玉制的佩饰。搴帷：撩起帷幔。

〔7〕吴绫：古代吴地所产的一种有纹彩的丝织品，以轻薄著名。

〔8〕彩缥：彩色的丝织品。缯云丝雨：言巫山神女画像气质透出画面。

〔9〕使君：汉代对刺史的称呼，后用作州郡长官的尊称。

声声慢　为王阮亭题余氏女子绣《高唐神女图》〔1〕

董以宁〔2〕

琵琶峰下，云雨台边，似曾亲见瑶姬。〔3〕缥缈氤氲，宛如荐枕当时。只是先王曾幸，怎襄王、梦里重思？〔4〕些个事，教针神代揣，欲绣还疑。〔5〕莫问去来何意，更搴帏请御，整佩还持。〔6〕但问图中，一行绮语谁题？好从色丝黄绢，想拈针、少女风姿。恰称得，犊车人、绝妙好辞。〔7〕

（南京大学中国语言文学系编《全清词》顺康卷）

【注释】

〔1〕王阮亭：即王士禛（1634—1711），原名王士禛，字子真，号阮亭，又号渔洋山人。

〔2〕董以宁（1629—1669）：字文友，武进（今江苏省常州市武进区）人，清初诗人，著有《正谊堂集》《蓉度词》。

〔3〕瑶姬：巫山神女。

〔4〕襄王：即楚襄王，传说楚襄王听宋玉讲述巫山神女的故事后，

心神向往，亦于梦中见到神女，可神女却因忠于先王而拒绝了他，见宋玉《神女赋》。

[5] 针神：泛指针线活特别精巧的女子。

[6] 帱：帐子。

[7] 绝妙好辞：原注为"图上绣阮亭自题高唐句"。犊车人：指王阮亭。犊车：牛车。汉代时诸侯中的贫者乘之，后转为贵者乘用。

高阳台　为阮亭题余氏女子绣《高唐神女图》[1]

彭孙遹[2]

帝女归来，一天秋色，楚峰十二苍苍。[3]听说当年，曾经荐枕先王。[4]细腰宫里颜如玉，更相寻、雾縠霓裳。[5]问此时、翠盖鸾旗，谁见悠扬？[6]　巫山枉断人肠。纵阳台遗迹，未尽虚茫。[7]回首宸游，沈沦幽佩堪伤。[8]一自侍臣书好梦，千载下、云雨生香。[9]又何人、剪雨裁云，幻出高唐。[10]

（彭孙遹《延露词》卷三）

【注释】

[1] 阮亭：见前注。

[2] 彭孙遹（1631—1700）：见前注。

[3] 帝女：瑶姬，也即巫山神女。楚峰十二：即巫山十二峰

[4] 先王：楚怀王或楚襄王。

[5] 细腰宫：巫山有楚王宫，是战国时楚襄王游高唐的离宫，民间称为"细腰宫"。霓裳：飘拂轻柔的舞衣，此代指美女。

［6］翠盖：饰以翠羽的车盖，泛指华丽的车马。

［7］阳台：故址在今重庆巫山县城西北高都山上，相传为楚怀王与巫山神女幽会处。

［8］宸游：帝王之巡游。

［9］侍臣书好梦：原注为"沉沦幽佩，侍臣书梦，俱见杜诗"。此指宋玉作《高唐赋》《神女赋》言楚怀王、襄王父子梦遇巫山神女事。云雨：巫山云雨。

［10］高唐：传说楚襄王游此，梦幸巫山神女。

倦寻芳　题《汉宫秋美人图》

吴嘉枚[1]

蟾蜍初吐，鸿雁凄声，问今何夕？[2]愁绪如丝，怕对菱花萧瑟。[3]宝鸭炉中香篆冷，芙蓉枕畔啼痕湿。[4]掩珠帘，卷罗衣怎写，纤纤容适。　　爱避觑、兰汤烛后，暗袖金钱，侍儿欢掷。[5]御水传情，尽解相思难得。[6]伴我半窗明月影，饶他一梦巫山隔。[7]闭深闺，恨天高，琼楼孤寂。

（南京大学中国语言文学系编《全清词》顺康卷）

【注释】

［1］吴嘉枚（1632—1700）：字个臣，号介庵，钱塘（今浙江省杭州市）人。著有《壶山草堂诗集》《壶山草堂词集》。

［2］蟾蜍：指月亮。古人传说月中有蟾蜍，为嫦娥化身，故称月亮为"蟾宫"。

　　[3]菱花：菱花镜。

　　[4]宝鸭炉：一种鸭形香炉。香篆：熏香名，因形似篆文，故称。

　　[5]觑：偷看。兰汤：熏香的浴水。

　　[6]御水传情：此用红叶题诗故事。唐人范摅（shū）《云溪友议·题红怨》云："卢渥舍人应举之岁，偶临御沟，见一红叶，命仆拿来，叶上有一绝句。置于巾箱，或呈于同志。及宣宗既省宫人，初下诏，许从百官司吏，独不许贡举人。后亦一任范阳，获其退宫，睹红叶而吁怨久之，曰：'当时偶题随流，不谓郎君收藏巾箧。'验其书，无不讶焉。诗曰：'水流何太急，深宫尽日闲，殷勤谢红叶，好去到人间。'"

　　[7]一梦巫山隔：用巫山神女典故，言爱情受阻。

沁园春　题《迦陵先生填词图》[1]

吴农祥[2]

　　作前词竟，宝名曰："与卿曾见此图耶。"[3]盖其年先生命作，实未见也。又作《沁园春》以纪之。如记曹续寄，当更作与宝名先生附纸尾耳。

　　万轴牙签，云雨荒唐，掌间体轻。[4]应六朝故事，曾歌子夜，百年齐愿，早赋闲情。[5]学隐秋屏，巧遮团扇，只狎当垆侍长卿。[6]惊猜定，可聊通想象，未许逢迎。

　　侍儿仿佛呼名。谁得似君家解目成。岂徘徊闺阁，预愁孙秀，殷勤帘幕，默拒刘桢。[7]窥宋都非，留髡不遇，遥隔巫峰认碧城。[8]春风便，羡美人称弄玉，仙类飞琼。[9]

（张宏生主编《全清词·顺康卷补编》第二册）

【注释】

[1] 迦陵先生：陈维崧（1625—1682），字其年，号迦陵，宜兴（今江苏省宜兴市）人。工诗词、骈文。著有《湖海楼诗文词全集》，今人整理为《陈维崧集》。《迦陵先生填词图》：清初释大汕绘，著名文学家朱彝尊、纳兰性德、洪升等人曾题咏。

[2] 吴农祥（1632—1708）：字庆伯，号星叟，钱塘（今浙江省杭州市）人。著有《萧台集》《悟园杂著》等。

[3] 宝名：指徐林鸿，字大文，号宝名，钱塘（今浙江省杭州市）县学生员。工诗文，与吴农祥、王任臣、陈维崧等称"佳山堂六子"。

[4] 万轴牙签：即牙签万轴，形容藏书非常多。云雨：巫山云雨，言男女情爱。掌间体轻：用赵飞燕故事，赵飞燕面目姣好，体态轻盈，可于掌上起舞。

[5] 子夜：即《子夜歌》，乐府《吴声歌曲》。闲情：陶渊明作《闲情赋》。

[6] 当垆：指卖酒。长卿：司马相如，字长卿。此用司马相如与卓文君典故。司马相如以琴挑卓文君，文君随其夜奔，驰归成都。贫居度日，当垆卖酒为生。事见《史记·司马相如列传》。

[7] 孙秀（？—301）：字彦才，吴郡富春（今浙江富阳）人。晋武帝司马炎曾将妻妹蒯氏嫁与他，夫妻感情深厚。蒯氏曾因忌妒骂孙秀是貉子。孙秀不满，不再进内室。蒯氏悔恨，后和好。刘桢：建安七子之一。

[8] 窥宋：语出宋玉《登徒子好色赋》序："天下之佳人莫若楚国，楚国之丽者莫若臣里，臣里之美者莫若臣东家之子。东家之子……嫣然一笑，惑阳城，迷下蔡。然此女登墙窥臣三年，至今未许也。"留髡：汉淳于髡一日参加宴会，宴会后主人送走其他客人独留淳于髡痛饮。典出《史记》。后指妓女留客住宿。碧城：仙人所居之处。

[9] 弄玉：传说为秦穆公的女儿。飞琼：仙女名。泛指仙女。

235

艺初庭兰有双蕊同心、连枝并蒂，一时艳称之。予为补图，并题四截句（其一）

恽寿平[1]

花房一叶一巫峰，叶底如将峡雨封。[2]
只为同心方并蒂，直教香艳胜芙蓉。

（《瓯香馆集》卷十）

【注释】

[1] 恽寿平（1633—1690）：名格，字惟大，后改字寿平，以字行。改字正叔，号南田，别号云溪外史，常州武进（今江苏省常州市武进区）人，清初著名画家。晚居城东，号东园客。后迁居白云渡，又号白云外史。著有《瓯香馆集》。

[2] 花房：即花冠，花瓣的总称。

阳台路　题闺绣《高唐神女图》

彭桂[1]

朝朝暮暮。[2]华堂咫尺，行云行雨。[3]一幅吴绫亲绣，描尽题湘泣楚。[4]觉后君王，记得形容，非烟非雾。搴帏御笑腰细蛾长，入宫空妒。[5]　　爱煞东家宋玉，赋美人、秾纤合度。[6]试问高唐，何似窥墙处女。正昼寝乍惊，依稀恍惚，目成眉遇。丝丝细看，恰是梦中来路。

（南京大学中国语言文学系编《全清词》顺康卷）

【注释】

[1] 彭桂：原名椅，字上馨，又字爱琴，溧阳（今江苏省常州市溧阳市）人。康熙十八年（1679），江宁巡抚慕天颜荐博学鸿词试，以母病逝力辞不赴。晚年归故乡，颐养天年。著有《初蓉阁诗》《泊庵诗余》等。

[2] 朝朝暮暮：每天的早晨和黄昏。语出宋玉《高唐赋》："（巫山神女）去而辞曰：'妾在巫山之阳，高山之阻。旦为朝云，暮为行雨，朝朝暮暮，阳台之下。'"

[3] 华堂：华丽的厅堂。此指挂《高唐神女图》处。行云行雨：飘荡的巫山云雨，此指画中内容。

[4] 吴绫：古代吴地所产的一种有纹彩的丝织品，以轻薄著名。

[5] 搴：拔取。帱：指《高唐神女图》。

[6] 东家宋玉：典出宋玉《登徒子好色赋》，言宋玉不为东邻美女所动。秾纤：肥瘦。

和吴渊颖题袁子仁《巴船出峡图》[1]

王士禛[2]

桃花夜泛三川水，蜀中估船日千里。[3]
锦官城外指东吴，万里行当自兹始。
金牛玉垒向天开，朝云突兀瞿唐堆。[4]
飞流一瞬下万仞，长年屏息颜如灰。
峡中无人但烟雾，杜宇声悲客行处。[5]
巴巫迎神歌《竹枝》，忽见云安郭边树。[6]
上峡悬橦下安流，东风吹送江陵舟。
却从一幅鹅溪上，髯虬三刀梦益州。[7]

（王士禛《渔洋诗集》卷十二，
袁世硕主编《王士禛全集》第一册）

【注释】

[1] 吴渊颖：即吴莱（1297—1340），字立夫，本名来凤，门人私谥渊颖先生。浦阳（今浙江浦江）人。著有《渊颖吴先生集》。《巴船出峡图》乃袁子仁所收藏之画作。

[2] 王士禛（1634—1711）：字子真，号阮亭，又号渔洋山人，新城（今山东省淄博市桓台县）人，清初杰出诗人。

[3] 估船：商船。

[4] 金牛玉垒：指金牛道、玉垒关，俱在川西。朝云：巫山十二峰之一。

[5] 杜宇：杜鹃鸟。传说为蜀帝杜宇的魂魄所化，常于春末夏初夜间啼鸣，声音凄切，嘴呈红色，故有杜鹃泣血的传说。

[6] 《竹枝》：即竹枝词。云安：今重庆云阳。

[7] 髣髴：仿佛。三刀梦益州：《晋书·王浚传》："梦悬三刀于卧屋梁上，须臾又益一刀。浚惊觉，意甚恶之。主簿李毅再拜贺曰：'三刀为州字，又益一者，明府其临益州乎？'及贼张弘杀益州刺史皇甫晏，果迁浚为益州刺史。"后以"三刀"作为刺史之代称。

采石太白楼观萧尺木画壁歌[1]

王士禛

落帆向牛渚，直上太白楼。[2]
锦袍乌帽太潇洒，回看四壁风飕飕。
萧生何年画此雪色壁？峰峦出没烟岚稠。[3]
元气淋漓真宰妒，江湖澒洞蛟龙愁。[4]
吴观越观上海日，苍烟九点横齐州。
祝融诸峰配朱鸟，潇湘洞庭放远游。

峨嵋雪照巫峡水，匡庐瀑下彭湖流。[5]

须臾使我行万里，瞥如怒隼凌清秋。

我生海隅近岱畎，西游曾上瞿唐舟。[6]

昨登五老弄瀑布，却临三峡窥龙湫。[7]

七十二峰身未到，苍梧已略天南头。

太白游踪遍四海，晚爱青山采石聊淹留。[8]

丈夫当为黄鹄举，下视燕雀徒啁啾。[9]

（王士禛《蚕尾续诗集》卷三，
袁世硕主编《王士禛全集》第二册）

【注释】

[1] 萧尺木：萧云从（1596—1673），字尺木，号于湖老人、无闷道人、默思。安徽芜湖人，明末清初芜湖著名画家，姑孰画派创始人。绘有《太平山水图》《离骚图》《天问图》《九歌图》等。

[2] 牛渚：地名，在今安徽马鞍山市采石镇。

[3] 烟岚：山林中的雾气。

[4] 真宰：宇宙的主宰。颍（hòng）洞：水势汹涌。

[5] 匡庐：江西庐山。

[6] 海隅：海边。岱：泰山的别称。

[7] 五老：五老峰，乃江西省庐山东南部名峰。五峰形如五老人并肩耸立，故称。龙湫：上有悬瀑下有深潭谓龙湫。

[8] 采石：采石矶，又名牛渚矶。在安徽省马鞍山市长江东岸，为牛渚山北部突出江中而成。相传为李白醉酒捉月溺死之处。

[9] 啁啾（zhōujiū）：鸟鸣声。

题张杞园《杞城别墅图》四首（选二）[1]

王士禛

其三

曾下瞿唐滟滪关，巴巫千里沴潺湲。[2]

老来蜡屐浑抛却，祇向图中看峡山。[3]

其四

楚江巫峡半云雨，清簟疏帘看弈棋。[4]

试上峡云楼上望，天然小簇杜陵诗。[5]

（王士禛《蚕尾续诗集》卷九，

袁世硕主编《王士禛全集》第二册）

【注释】

[1] 张杞园：张贞，字起元，号杞园，山东安邱（安丘）人。康熙十一年（1672）拔贡，官翰林院待诏；十八年（1679）荐举博学鸿词科，不赴。能鉴别书、画、鼎彝之属，精金石篆刻。著有《渠亭山半部稿》等。

[2] 巴巫：巴山、巫山。潺湲（chányuán）：水流貌。

[3] 蜡屐：涂蜡的木屐。原注："峡山在杞城东南。"

[4] 楚江：楚地江河。簟（diàn）：竹席。

[5] 杜陵：指唐代诗人杜甫。

题赵伸符编修写真[1]

王士禛

松花谡谡吹玉缸，挥毫三峡流春江。[2]
未论文雅世无辈，风貌阮何谁一双。[3]

（王士禛《蚕尾续诗集》卷九，
袁世硕主编《王士禛全集》第二册）

【注释】

[1] 赵伸符：赵执信（1662—1744），字伸符，号秋谷，晚号饴山老人、知如老人。山东省淄博人。赵执信为王士禛甥婿。著有《饴山诗集》《饴山文集》等。

[2] 谡谡（sù）：拟声词，形容风吹的声音。

[3] 阮何：南朝刘宋时期阮韬与何偃的并称。

出峡图

王士禛

偶写西陵路，如闻三峡流。
乱山千万叠，何处是夔州？

（王士禛《蚕尾续诗集》卷九，
袁世硕主编《王士禛全集》第二册）

临江仙　题《迦陵先生填词图》

陈论[1]

文人慧业生天早，音徽姑射仙姿。[2]珊瑚架笔写乌丝。[3]班香宋艳，妙绝是填词。[4]　　锦瑟瑶笙蕉鹿梦，巫山行雨神姬。[5]捱筝摘阮几多时。[6]风流云散，宿草系人思。[7]

（张宏生主编《全清词·顺康卷补编》第二册）

【注释】

[1] 陈论（1635—1710）：字谢浮，号丙斋，海宁（今浙江省海宁市）人，官至刑部侍郎。著有《赐砚斋集》。

[2] 慧业：指智慧的业缘。音徽：德音。姑射仙姿：传说住在姑射山上的仙人，见《庄子·逍遥游》。常代指美女。

[3] 乌丝：即乌丝栏，亦作"乌丝阑"，指上下以乌丝织成栏，其间用朱墨界行的绢素。后亦指有墨线格子的笺纸。

[4] 班香宋艳：班固和宋玉均善辞赋，以富丽见称，后以"班香宋艳"泛称辞赋之美者。

[5] 锦瑟：漆有织锦纹的瑟。瑶笙：装饰有美玉的笙。蕉鹿梦：郑国樵夫得鹿、失鹿而引起争论的故事，见《列子·周穆王》。后用以比喻人生得失无常，有如梦幻。神姬：即瑶姬。

[6] 捱（ái）筝：弹筝。摘阮：弹奏琵琶。阮咸：因善弹琵琶，后有一种琵琶即以"阮咸"为名，简称阮。

[7] 宿草：墓地上隔年的草，用为悼念亡友之辞。

天仙子　题画上美人

王晫[1]

面似夭桃轻带雾，眉横柳叶天然妩。[2]一身浑是好花枝，樱半吐。莲生步，唤醒海棠难比数。　　应是藐姑仙子伍，无端却被丹青误。[3]不劳昏旦久呼名，高唐路。朝云护，梦去分明重叙故。

（南京大学中国语言文学系编《全清词》顺康卷）

【注释】

[1] 王晫（zhuó）（1636—1695后）：原名棐，字丹麓，号木庵，别号松溪子，钱塘（今浙江省杭州市）人。工诗文。著有《遂生集》《霞举堂集》等。

[2] 夭桃：喻少女容颜美丽。妩：妩媚。

[3] 藐姑仙子：即姑射仙人，传说中的姑射山得道神仙。后泛指美貌的女子。

永遇乐　奉委督造川省舆图，因成[1]

傅燮词[2]

拂素挥毫，蚕丛故国，重开生面。[2]络绎千峰，分流万派，尺幅都教见。[3]巫山朝雨，峨眉夜月，俄顷卧游能遍。[4]细相看、来时驿路，望里逶迤可辨。　　瞿塘天险，松州形胜，襟带锦江如线。[5]理界分疆，依方定向，山水平居半。古称天府，宿名沃野，今日荒残无限。凭谁把、鹄面鸠形，图来同献。

（南京大学中国语言文学系编《全清词》顺康卷）

【注释】

    [1] 川省：四川。舆图：地图。

    [2] 傅樊词（tóng）（1643—?）：字浣岚，号绳庵，灵寿（今属河北省石家庄市）人。著有《绳庵词》，编有《词觏初编》。

    [3] 素：白绢。毫：毛笔。蚕丛：相传为古蜀帝王。

    [4] 尺幅：指小幅的纸或绢，此指四川地图。

    [5] 卧游：谓欣赏山水画以代游览。

    [6] 松州：今四川松潘。锦城：锦官城，成都的旧称。

【南商调】集贤宾　《迦陵填词图》题咏

洪升[1]

谁将翠管亲画描，这一片生绡。[2]活现陈郎风度好，拈吟髭慢展霜毫。[3]评花课鸟，待写就新词绝妙。君未老，傍坐着那人儿年少。

【玉交枝】词场名噪，赴征车竟留圣朝。[4]柳七郎已受填词诏，暂分携绣阁鸾交。[5]梦魂里怎将神女邀，画图中翻把真真叫。[6]想杀他花边翠翘，盼杀他风前细腰。[7]

（下略）

（刘辉校笺《洪升集》卷四《集外集》）

【注释】

[1] 洪升（1645—1704）：字昉思，号稗畦，又号稗村、南屏樵者，钱塘（今浙江省杭州市）人。著有《长生殿》。

[2] 翠管：毛笔。生绡：未漂煮过的丝织品，古时多用以作画，因以指画卷。

[3] 陈郎：即陈维崧。吟髭：诗人的胡须。陈维崧多须，陈髯之名满天下。霜毫：毛笔。

[4] 词场：文坛、科场。征车：公车，因汉代曾用公家车马接送应举的人，后便以"公车"泛指入京应试的举人。陈维崧五十四岁时，被召试鸿词科，由诸生授检讨，修《明史》。

[5] 柳七郎：即柳永，因为他排行老七，故称。绣阁：古代女子的居室。鸾交：喻夫妻。

[6] 神女：指巫山神女。真真：相传唐代进士赵颜于画工处得一软幛，上绘美女，名真真，呼其名百日而活。见杜荀鹤《松窗杂记》，后因以"真真"泛指美人。

[7] 翠翘：古代妇人所用的一种首饰，其形状类似翠鸟尾上的长羽，故有此名。

斗百花　题龚节孙种橘图[1]

蒋景祁[2]

一片水云明处，仿佛峨嵋仙路。好来种菊千头，也学东坡小住。指日成林，风啸巫峡清猿，霜落洞庭红树。[3]此景足千古。　　画里能传，未必今人输与。风味冷淡，依稀买田俦侣。[4]况复秋时，爱将铁板铜琶，唱彻大江东去。[5]

（南京大学中国语言文学系编《全清词》顺康卷）

245

【注释】

[1] 龚节孙：字胜玉，清初兰陵人，卜居阳羡。

[2] 蒋景祁（1646—1695）：字京少，或作荆少，江南宜兴（今江苏省宜兴市）人。著有《东舍集》《梧月亭词》《罨画溪词》。

[3] 巫峡：长江三峡之一。此以风啸巫峡清猿言画中景致。

[4] 俦侣：伴侣。

[5] 南宋俞文豹《吹剑续录》曰："柳郎中词，只合十七八女孩儿执红牙拍板，唱杨柳岸晓风残月。学士（苏轼）词，须关西大汉，执铁板，唱大江东去。"

凤凰台上忆吹箫　为牧翁题周昉《美人调鹦图》[1]

蒋景祁

　　宫漏穿花，衣香寻梦，晓来闲煞瑶筝。[2]念暖催红蘦杏，紫燕调声。[3]解语雪衣亲教，千百遍、贝叶分明。[4]新题就，御沟诗句，重付卿卿。[5]　　倾城。宣州长史，把真色生香，写入丹青。[6]便淡妆轻束，秦虢应称。[7]依约张眉新妩，远山角、袅袅亭亭。[8]图开也，阳台未暮，春殿初醒。

（南京大学中国语言文学系编《全清词》顺康卷）

【注释】

[1] 牧翁：钱谦益（1582—1664），字受之，号牧斋，晚号蒙叟、东涧老人。世称虞山先生。清初诗坛盟主之一。苏州府常熟县鹿苑奚浦（今张家港市塘桥镇鹿苑奚浦）人。著有《牧斋有学集》《牧斋初学集》

等。周昉（生卒年不详）：字仲朗、景玄，京兆（今陕西西安）人，唐代著名画家，曾任越州、宣州长史。

[2] 宫漏：古代宫中的计时器。瑶筝：玉饰的筝，也是筝的美称。

[3] 矗：直立、高耸。

[4] 解语：会说话。雪衣：白色的羽毛。贝叶：古印度人用以写经的树叶，亦指佛经。

[5] 御沟诗句：用御沟红叶的典故，喻男女奇缘。

[6] 宣州长史：此指周昉。

[7] 秦虢：即秦国夫人、虢国夫人，杨贵妃姐妹，为唐玄宗所封。

[8] 远山角：远山眉，一种眉式。

题《山樵叠障图》

戴梓[1]

每到临池忆旧游，笔端仿佛楚山秋。

汨罗水急人何处，巫峡云深雨未收。[2]

拔地层峦猿叫啸，参天古木鸟钩辀。[3]

十年不到空衰鬓，孤负江干旧酒楼。[4]

（徐世昌编《晚晴簃诗汇》卷五十）

【注释】

[1] 戴梓（1649—1726）：字文开，号耕烟，仁和（今浙江余杭）人。清代火器制造家。通兵法，懂天文算法，擅长诗书绘画。著有《耕烟草堂诗钞》。

[2] 汨罗：江名，湘江支流，在湖南东北部。公元前 278 年秦军攻

破楚都郢（今湖北荆州市江陵县），屈原于五月五日投汨罗江自杀。

[3] 钩辀：鸟鸣声。

[4] 江干：江岸。

太常引　题《美人春睡图》

顾彩[1]

瞳瞳旭日映窗纱，锦帐簇流霞。[2]皓腕自欹斜，妩媚处、颜同杏花。[3]　香浮翠被，钗横宝枕，好梦到郎家。乐处转咨嗟，惊鹊噪、巫山已遐。[4]

(张宏生主编《全清词·顺康卷补编》第三册)

【注释】

[1] 顾彩（1650—1718）：字天石，号补斋、湘槎，别号梦鹤居士，江苏无锡人。有《楚辞谱传奇》《后琵琶记》《大忽雷》，诗文集有《往深斋集》《辟疆园文稿》等。

[2] 瞳瞳（tóngtóng）：明亮的样子。流霞：流动的云彩。

[3] 欹（qī）斜：歪斜不正。

[4] 咨嗟：长叹。鹊噪：民间以鹊鸣为报喜之兆。

蓦山溪　题《织锦回文图》

陈聂恒[1]

芳心一寸，抽出千千缕。容易断还连，是几点、泪丝粘住。花愁月怨，齐上玉人机，因绝极，又成伤，想见人无语。　鳞鸿信杳，此恨今如古。[2]何处问阳台，也值得、天涯羁旅。[3]阿谁能读，一笑最凄然，差仿佛，向盘中，山树吟来苦。

（南京大学中国语言文学系编《全清词》顺康卷）

【注释】

[1] 陈聂恒：原名鲁得，字曾起，又字秋田，号栩园，武进（今江苏省常州市武进区）人。康熙三十九年（1700）进士，雍正元年（1723）擢刑部主事，改翰林院检讨。著有《栩园词弃稿》等。

[2] 鳞鸿信杳：用鱼雁传书之说。此言音信全无。

[3] 羁旅：寄居他乡。

满庭芳　美人风鸢，和友人作[1]

宫鸿历[2]

长恨如丝，薄情似纸，个侬天外丰神。[3]饧箫禁火，好景及清明。[4]纵得心情散淡，长绳系、难梦行云。[5]堪怜惜，画眉点绛，宜趁总随人。　　拂云歌吹动，筝弹赵女，瑟鼓湘灵。[6]看风前飞燕，裾结红缨。粉黛六宫颜色，谁争似、掌上轻盈。[7]愁只是，巫山暮雨，湿透越罗裙。

（南京大学中国语言文学系编《全清词》顺康卷）

【注释】

[1] 风鸢：风筝。

[2] 宫鸿历（1656—1718）：字友鹿，字恕堂，泰州（今江苏省泰州市）人。官至翰林院编修、武英殿纂修官。著有《恕堂诗钞》《甲巳游草》《墨华词》等。

[3] 丰神：风貌神情。

[4] 饧（xíng）箫：卖饴糖的人所吹的箫。

[5] 行云：语出《高唐赋》"旦为朝云，暮为行雨"句。此指美人风鸢难如行云般自由。

[6] 湘灵：舜妃，溺于水，为湘夫人也。

[7] 粉黛六宫颜色：化用白居易《长恨歌》："回眸一笑百媚生，六宫粉黛无颜色。"掌上轻盈：此用赵飞燕于掌上跳舞故事。此言风筝美女随风飘舞之美姿。

高阳台　咏绣《高唐神女图》，叠《延露词》原韵

沈时栋[1]

一幅巫峰，三秋好梦，阳台景色空苍。暮雨朝云，无端赚却襄王。楚宫粉黛犹难足，盼佳期、月佩烟裳。倩针神、玉腕描来，风格飘扬。[2]　　彩丝牵惹情肠。把灵踪幻影，绣出微茫。试问芳魂，别离曾否心伤？料得鸾舆归去后，犹仿佛、断粉零香。[3]展冰绡、细检仙姿，敢道荒唐。[4]

（南京大学中国语言文学系编《全清词》顺康卷）

【注释】

　　[1] 沈时栋：字成厦，又字成霞，号焦音，别号瘦吟词客，吴江（今苏州市）人。以长短句见称于世。

　　[2] 针神：泛指针线活特别精巧的女子。

　　[3] 鸾舆：天子的乘舆。

　　[4] 冰绡：洁白且轻薄的丝绸。

长江万里图

周准[1]

江气溢青练，江涛走虚堂。[2]

风吹江草杜若香，江源万里遥相望。[3]

我昔经行武昌岸，计程未及江之半。

天清鄂渚见千里，惟有巴船出云汉。[4]

楚塞别来三十载，披图忽睹全蜀在。

巴水盘回控峡山，拂云带雨苍茫间。

鼍鸣鲛宫猿啸岭，惊浪不碍渔舟闲。[5]

十二峰高如可攀，云旗恍睹神女还。[6]

反思往日游趾窄，异境未极空惋惜。[7]

白虎关，黄牛驿，引我梦魂重挂席，

《竹枝》歌罢江天碧。[8]

（徐世昌编《晚晴簃诗汇》卷七十八）

【注释】

[1] 周准（？—1756）：字钦莱，号迁村，长洲（今江苏省苏州市）人。著有《迁村诗钞》《迁村文钞》《虚室吟稿》等。

[2] 青练：青丝。虚堂：空旷的大堂，此指挂图之地。

[3] 杜若：香草名。

[4] 鄂渚：湖北武汉市武昌区西黄鹤矶上。

[5] 鼍（tuó）：俗称扬子鳄、鼍龙、猪婆龙。鲛宫：鲛室。

[6] 神女：巫山神女。云旗：指以云为旗帜，也指画有熊虎图案的大旗。

[7] 游趾：游踪。异境：奇妙境地。

[8] 黄牛驿：可能是黄牛峡。在宜昌市西北八十里处。

题冯贞荗所画《蜀道难》送张尔燕先生之名山任

张霪[1]

噫嘻咄哉！蜀道之难也，岂遂如斯而已乎？

冯子掷笔笑，拉我试远视。

君不见十二峰，连云之栈相表里，阴翳时欲作风雨？[2]

又不见九折坂，曲似羊肠薄似纸，扪萝只受一人趾？[3]

噫嘻咄哉！蜀道之难也，不过如斯而已矣！

中有行者谁之影？曰乃尔燕先生是。

一行六人相依倚，萧然去作名山使。[4]

名山之邑巅何居，犹向千峰万峰云外指。

噫嘻咄哉！蜀道之难也，果遂如是而已乎？

为嘱先生暗记取，他日山行行且止，开图面与蜀山比。

何处不似何处似，归来细细质冯子。

（史梦兰选辑《永平诗存》卷二）

【注释】

[1] 张霔（shù）（1659—1704）：字帆史，又字念艺，号笨仙等。祖籍抚宁（属今河北省秦皇岛），移居天津。工书善诗。著有《帆斋逸稿》《绿艳亭诗文稿》《弋虫轩诗》等。

[2] 十二峰：巫山十二峰，在巫山县东沿长江两岸。阴壑：幽深的山谷。

[3] 扪萝：攀缘。

[4] 萧然：潇洒。

巫娥[1]

张霔

暖翠小屏深叠叠，巫娥斜倚云花裂。

青丝乱雨飞欲光，七十二峰罗空床。[2]

鱼冠仙佩丹霞裳，鸾旌倒曳灵风香。[3]

天潢老女隔水泣，冷绡雾薄湘烟湿。[4]

（史梦兰选辑《永平诗存》卷二）

【注释】

[1] 巫娥：巫山神女。

[2] 青丝：乌黑的头发。

[3] 鱼冠：鱼形冠。丹霞裳：以丹霞为衣裳。鸾旌：绣有鸾鸟的旗子。

[4] 天潢：天河。天潢老女当指织女。绡：生丝织物。

春风袅娜　见风筝有作美人样者

焦袁熹[1]

　　受春风抬举，嫁与何人。飘冶袖，曳仙裙。似宫中、飞燕乍能倾国，峰头神女，早则行云。[2]便欲乘空，有人牵系，不许姮娥月里奔。带着些儿俗缘重，霎时生怕堕红尘。[3]　　好是风流性格，无情有恨，诉心事、知复何云。难撑拄，瘦腰身。[4]升沉准拟，分付东君。[5]天肯怜伊，管教长驻，只愁天角，又挂斜曛。[6]春归一瞬，叹明年今日，移胎换骨，不记前因。

（南京大学中国语言文学系编《全清词》顺康卷）

【注释】

　　[1] 焦袁熹（1660—1735）：字南浦，号广期，江苏金山（今上海市金山区）人，"为一代之名儒"。著有《此木轩诗集》《此木轩文集》《春秋阙如编》等。

　　[2] 飞燕：汉成帝时专宠昭阳宫的赵飞燕。倾国：形容女子美貌惊人。神女：巫山神女，以之言美人风筝。

　　[3] 红尘：佛教、道教等称人世为"红尘"。

　　[4] 撑（zhī）拄：支撑。

　　[5] 东君：司春之神。

　　[6] 天角：天之一隅。斜曛：落日余晖。

虞美人　题画

楼俨[1]

纱幮月色明如昼，珠汗衫微透。[2]钗兰几朵两行分，掩映腮边香雪鬓边云。　　试摇纨扇轻风动，惊起巫山梦。[3]低声且唱贺新凉，莫负双双枕畔绣鸳鸯。[4]

（南京大学中国语言文学系编《全清词》顺康卷）

【注释】

[1] 楼俨（1669—1745）：字敬思，号西浦，义乌（今浙江省义乌市）人。

[2] 纱幮：纱帐。

[3] 巫山梦：楚怀王梦会巫山神女的典故。

[4] 贺新凉：词牌名，即《贺新郎》。苏轼守钱塘时为官妓秀兰所作。词中有"晚凉新浴"句，故名。后讹作"贺新郎"。

画屏秋色

吴焯[1]

孤梦因秋减。怎减他、二十五声寒点。蛩语故迟，雁啼偏速，秋心空赚。[2]看一穗朱旗、暗销犹凝引绿焰。倚短衾、还半掩。便做了行云，软魂荡月，不到楚王台上，画屏低闪。　　寒渐。凉花碧簟。[3]柳叶眉、暗被秋敛。问秋何在，横烟直露，看浓成淡。只向里、胭脂旧塘，江

255

冷开玉鉴。[4]笑杜陵、徒自感。[5]展半尺鸳笺，相思饶有万
种，泪雨先封一庵。[6]

（南京大学中国语言文学系编《全清词》顺康卷）

【注释】

[1] 吴焯（1676—1733）：字尺凫，号绣谷，晚号绣谷老人，别号蝉
花居士，钱塘（今浙江省杭州市）人，祖籍安徽歙县。

[2] 蛩：蟋蟀。

[3] 簟：竹席。

[4] 玉鉴：喻皎洁的月亮。

[5] 杜陵：指唐代诗人杜甫。

[6] 鸳笺：印有鸳凤花纹的彩笺。

贺新郎　题《迦陵先生填词图》

吴仪一[1]

一气横今古。是何人、触翻空碧，六鳌争怒。[2]炼石
鞭山成底事，彩笔神工能补。[3]便幻作、波涛风雨。此意
苍茫都不辨，只乘鸾、有个吹箫女。[4]向画里，伴君住。

大风飞入高寒处。倚新妆、似闻花外，笑传天语。赋
罢巫山浑是梦，烂醉葡萄仙露。[5]忽迷却、瑶台玉宇。[6]芰
带萝衣还似旧，剩吟髯、千尺虬龙舞。[7]携短棹，五湖去。

（张宏生主编《全清词·顺康卷补编》第三册）

【注释】

［1］吴仪一：字璨符，一字舒凫，号吴山，钱塘（今浙江省杭州市）人。国子监生，生卒年不详，约康熙朝中前后在世。著有《吴山草堂词》。

［2］六鳌：神话传说中负载五仙山的六只大龟。

［3］炼石：女娲炼五色石补苍天故事。鞭山：任昉《述异记》载：秦始皇作石桥于海上，欲过海观日出，有神人驱石，去不速，神人鞭之，皆流血，今石桥其色犹赤。

［4］吹箫女：秦穆公女儿弄玉。

［5］仙露：美酒。

［6］瑶台：雕饰华丽的楼台。也指传说中的神仙居处。玉宇：传说中神仙住的仙宫。

［7］芰带：用芰荷做成的腰带。吟髯：诗人的胡须，陈维崧多须。

采桑子　题画六首·江妃（其五）[1]

曹玢[2]

楚江江畔临波步，钗服雍容。[3]悄问行踪。来自巫山第几峰？[4]　　鹤飞弱水三千里，不驾艨艟。[5]解佩相从，转眼蓬莱一万重。[6]

（张宏生主编《全清词·雍乾卷》第五册）

【注释】

［1］江妃：相传为出游于长江、汉水间的两位女神。

［2］曹玢（bīn）：字文尹，号竹溪，清初歙县（今安徽黄山）人。好诗文，有《自怡集》。

［3］雍容：形容华贵，有威仪。

［4］巫山第几峰：喻巫山神女。

［5］弱水：泛指险而遥远的河流。艨艟：古代的战船。

［6］蓬莱：传说中海上的仙山之一，也泛指仙境。

《题王二痴画》四首之一[1]

沈德潜[2]

巫山插高穹，白云束层巘。

巴船云际落，不敢回顾望。

（潘务正、李言校点《沈德潜诗文集》）

【注释】

［1］王二痴：清朝画家王玖（1745—1798），字次峰，号二痴，又号二痴居士等，江苏常熟人，王翚曾孙。善画山水。

［2］沈德潜（1673—1769）：字确（què）士，号归愚，江苏苏州人。著有《沈归愚诗文全集》等，今人整理为《沈德潜诗文集》。

某太守属题《三峡图》

沈德潜

三峡高悬万仞流，三声猿啸万重愁。

凭君唱彻公无渡，滟滪何曾断客舟。[1]

（潘务正、李言校点《沈德潜诗文集》）

【注释】

[1] 公无渡:《公无渡河》,乐府古辞。据崔豹《古今注》记载,一天早晨,汉朝乐浪郡朝鲜县津卒霍里子高去撑船摆渡,望见一个披散白发的疯癫人提着葫芦奔走。眼看那人要冲进急流之中了,他的妻子追在后面呼喊着不让他渡河,却已赶不及,疯癫人终究被河水淹死了。那位女子拨弹箜篌,唱《公无渡河》歌曰:"公无渡河,公竟渡河! 堕河而死,其奈公何!"其声凄怆,曲终亦投河而死。滟滪:滟滪堆,突兀于瞿塘峡口长江中心的巨石,横截江流,既为三峡奇观,也是舟行险途。

题蔡秀才卧子万里省亲图

沈德潜

万仞飞流蜀川路,黄牛滞客三朝暮。[1]
扁舟万里省亲来,一线千滩上天去。
官阁相逢悲喜并,仿佛清霄梦中遇。
莼鲈兴动赋归田,侍膳庭闱日劝餐。
人子忽添风木恨,生徒窃废《蓼莪》篇。[2]
日月奔波逾二纪,展图似泛巴江水。
知君痛定复惊心,重听枫林啸山鬼。

(潘务正、李言校点《沈德潜诗文集》)

【注释】

[1] 黄牛:黄牛滩,三峡十二个险滩之一。李白《上三峡》:"巫山夹青天,巴水流若兹……三朝上黄牛,三暮行太迟。三朝又三暮,不觉鬓成丝。"

[2]《蓼莪》：《诗经·小雅》篇名，表达了子女追慕双亲抚养之德的情思。

题黄尊古画·巴船出峡图[1]

沈德潜

峡里船凭缆，危崖百丈牵。
千层穿白浪，一在线青天。[2]
烟火疑城堡，松云想墓田。
到家偿夙愿，洗眼认山川。

（潘务正、李言校点《沈德潜诗文集》）

【注释】

[1] 黄尊古：黄鼎（1660—1730），字尊古，号旷亭，又号独往客，晚号净垢老人。江苏常熟人。善画山水。

[2] 一在线青天：言深江窄。席夔《画石杂咏》说巫峡是"仰视青天一线痕"。

阳台梦[1]　题画册十二首，为江吟涛幅（其三）

沈钟[2]

昼长人静金猊冷，困春纤素弦慵整。[3]抱琴斜倚小胡床，梦阳台未醒。[4]　　行云何处是，吹入梨花香影。欢情无赖欲魂销，一霎真僖幸。[5]

（张宏生主编《全清词·雍乾卷》第五册）

【注释】

[1] 阳台梦：此调有两体，四十九字者，调见《尊前集》，唐庄宗制，因词有"又入阳台梦"句，取以为名。五十七字者调见《花草粹编》，宋解昉制，即赋阳台梦题。

[2] 沈钟（1676—1751后）：字鹿坪，号霞光，又号毗陵，武进（今江苏省常州市）人。著有《柳外词》。

[3] 金猊（ní）：香炉名，因其盖作狻（suān）猊形，故有此称。纤素：纤柔白净。多形容女子的手。

[4] 阳台：阳云台。指男女欢会之所。

[5] 僖（xī）幸：犹侥幸。

满江红　题《巫峡秋涛图》[1]

张世进[2]

巫峡秋来，问滟滪、大才如马。[3]论此地、惊涛怪石，祗堪图画。亭午始看红日过，扁舟宛自青天下。[4]想朝辞白帝暮江陵，非虚话。　　仗篙楫，帆齐卸。听钲鼓、声频打。[5]任长年三老，摊钱无暇。[6]世上利名虽可羡，人生性命谁相假。向江南，作个捕鱼郎，多潇洒。

（张宏生主编《全清词·雍乾卷》第一册）

【注释】

［1］《巫峡秋涛图》：清代画家袁耀的代表作。

［2］张世进（1691—1767 后）：字轶青，号啸斋，临潼（今陕西西安）人，世居扬州。官至府学教授。著有《世老书堂集》。

［3］滟滪：即滟滪堆，位于瞿塘峡口。三峡民谣说："滟滪大如象，瞿塘不可上。滟滪大如牛，瞿塘不可留。滟滪大如马，瞿塘不可下。"

［4］亭午：正午。

［5］钲（zhēng）鼓：钲和鼓。古代行军或歌舞时用以指挥进退、动静的两种乐器。

［6］长年三老：艄公。摊钱：博钱。

题江参《千里江山图卷》[1]

汪由敦[2]

艺林谁继荆关席，天水江生遗妙迹。[3]
胜概高凌巫峡云，远势平吞云梦泽。
峰峦横侧殊意匠，林树参差与目逆。
沙边练净暮潮平，天际帆开朝雾辟。
紫门不正路萦纡，渔网才收岸歌窄。[4]
胸中密蕴造化功，笔底潜驱鬼神役。
旧闻米颠工墨戏，北固云烟揽晨夕。[5]
纵然横轶出新奇，何似清真擅标格。[6]
披香昼静契心赏，涛涌云章炳奎画。[7]
俯视香光添画禅，顿觉仙凡霄汉隔。[8]
遇合方知翰墨神，长共江山阅今昔。

（赵苏娜《故宫博物院藏历代绘画题诗存》）

【注释】

[1] 江参：字贯道，浙江衢州（今浙江衢州市）人。善绘画，与叶梦得等交往密切。

[2] 汪由敦（1692—1758）：字师苕，号谨堂，又号松泉居士。安徽休宁人。其学问渊深，文辞雅正，兼工书法。著有《松泉集》。

[3] 荆关：五代十国时期的画家荆浩、关仝的并称。

[4] 紫门：即紫闼，帝王之居处。

[5] 米颠：北宋书画家米芾（1051—1107）的别号。墨戏：随兴而成的写意画。北固：山名，在今江苏省镇江市东北，其北峰三面临江，形势险要，故称"北固"。

[6] 横轶：纵横奔放。标格：风范、品格。

[7] 奎画：帝王墨迹。

[8] 香光：明朝画家董其昌，别号香光居士，著有《画禅室随笔》。江参此画曾为董其昌收藏。霄汉：云霄和天河。

题荆浩《山水图轴》二首之一[1]

汪由敦

锦屏九叠烟浓，玉瀑三峡浪重。[2]
草堂莲社何处，钟声只在前峰。[3]

（赵苏娜《故宫博物院藏历代绘画题诗存》）

【注释】

[1] 荆浩（约850—？）：字浩然，沁水（今山西晋城）人，五代后梁著名画家。避战乱隐居太行山洪谷，号洪谷子。擅山水，为北方山水画

派之祖。

[2] 锦屏：锦绣的屏风。

[3] 草堂：杜甫草堂，位于浣花溪旁，又叫浣花草堂。莲社：晋代庐山东林寺高僧慧远与僧俗十八贤结社念佛，因寺池有白莲，故称。

大理石屏歌，徐陶尊索赋[1]

厉鹗[2]

坡公曾赋《后赤壁》，妙语排空江月白。[3]

多年无人更收拾，幻入点苍山下石。[4]

公之远游唯儋耳，异域未逾大渡水。[5]

山灵岂亦爱公语，不似纷纷舒与李。[6]

徐公清溪结草堂，琢屏双插堂中央。[7]

有时高枕卧其下，梦作孤鹤横江翔。

前身恍忽居临皋，绝境高唱争清豪。

五郎押韵斜川曹，寒光一点袭吟袍。[8]

嶕峣欲踏三山鳌，雅胜巫峡翻云涛。[9]

不用抱遗撰志金粟咏，我为长歌聊贺兹石遭。[10]

（厉鹗《樊榭山房集》之《续集》卷七）

【注释】

[1] 徐陶尊：徐以泰，字陶尊，号柳樊。德清人。生卒年均不详，约清高宗乾隆中前后在世。国子监生。乾隆二十二年（1757）官阳曲县知县。工诗，著有《绿杉野屋集》。

[2] 厉鹗（1692—1752）：字太鸿，又字雄飞，号樊榭、南湖花隐，钱塘（今浙江省杭州市）人，清代著名诗人。著有《宋诗纪事》《樊榭山房集》等。

[3] 坡公：对北宋著名文学家苏轼的敬称。因苏轼号东坡居士，故称。

[4] 点苍：山名。在今云南省大理市西北，洱海及漾濞江之间。

[5] 儋（dān）耳：在今海南岛儋州市，苏轼曾被贬于此。大渡水：即今大渡河。

[6] 山灵：山间出产的珍异食物。舒与李：舒亶、李定，二人构陷苏轼，造成"乌台诗案"。

[7] 徐公：徐志岩，字象求，德清（今浙江湖州）人。

[8] 五郎：原注为"陶尊行五"。

[9] 嶕峣（jiāoyáo）：峻峭；高耸。雅胜：犹美好。巫峡翻云涛：元末谢氏家藏有名叫《巫峡云涛》的石屏风。

[10] 抱遗撰志金粟咏：原注为"元松陵谢氏有巫峡云涛石屏，杨廉夫为作志，顾仲瑛为作诗"。杨维桢：字廉夫，号铁崖，元末著名诗人。顾瑛：一名阿瑛，昆山（今苏州昆山市）人，元末文学家。

为黄陵庙女道士画竹

郑燮[1]

湘娥夜抱湘云哭，杜宇鹧鸪泪相逐。[2]
丛篁密箓遍抽新，碎剪春愁满江绿。[3]
赤龙卖尽潇湘水，衡山夜烧连天紫。
洞庭湖渴莽尘沙，唯有竹枝干不死。
竹稍露滴苍梧君，竹根竹节盘秋坟。[4]
巫娥乱入襄王梦，不值一钱为贱云。[5]

（卞孝萱编《郑板桥全集·板桥题画》）

【注释】

[1] 郑板桥（1693—1766）：郑燮，字克柔，号理庵，又号板桥，人称板桥先生，江苏兴化人。工诗词，善书画，为"扬州八怪"之一。有《郑板桥全集》。

[2] 湘娥：指湘妃，即舜帝二妃娥皇、女英。杜宇：杜鹃。

[3] 丛篁密篆：丛生的细密竹子。

[4] 苍梧君：舜帝。

[4] 巫娥：巫山神女。贱云：巫娥之行轻贱。

一剪梅　题兰竹石

郑燮

几枝修竹几枝兰，不畏春残。飘飘远在碧云端。云里湘山，梦里巫山。[1]　　画工老兴未全删，笔也清闲，墨也斑斓。借君莫作画图看，文里机闲，字里机关。

（卞孝萱编《郑板桥全集·板桥题画》）

【注释】

[1] 湘山：此指湘妃。巫山：指巫山神如此言飘在碧云端上的修竹、兰与湘妃、巫山神女为伴。

洞庭春色　为人题梅花便面，本事见原唱诗序中[1]

史承谦[2]

袅遍清阴，飘残暗粉，秀靥依然。[3]盼枝南枝北，芳魂无主；非花非雾，愁黛生妍。[4]仿佛行云回梦后，正人在、寒香疏影边。[5]生绡展，讶分明瞥眼，二十年前。[6]

知否个中位置，谁付与、一笑因缘。想凭栏时节，几多幽怨；含毫情绪，空倚婵娟。[7]千古伤心消不尽，怕玉骨、生来欲化烟。空赢得，旧丹青好处，宛转生怜。

（马大勇编著《史承谦词新释集评》）

【注释】

[1] 梅花便面：画有梅花的扇面。

[2] 史承谦（1707—1756）：字位存，号兰浦，无锡荆溪（今江苏省宜兴市）人。弱冠即以诗名世，"读书十数行下，诗歌飘洒不群，尤工于词"，被目为阳羡派第四代领袖，桐城派大师刘大櫆（1698—1779）推为近代第一。著有《小眠斋词》。

[3] 暗粉：颜色浅淡的花粉。秀靥：美丽的面颊装饰。

[4] 愁黛：愁眉。

[5] 行云：用巫山云雨典故，言男女情事。

[6] 生绡：未漂煮过的丝织品。古时多用之作画，亦用以指画卷。

[7] 婵娟：此指花木。

喜迁莺　题《玉壶仙子妆余盥漱图》，并序

邵玘[1]

　　玉壶女史，姓张名益春，鹤江人。年十四即过予家，丰度娟好，性格温和，往来五六载，交淡情长，绝无此中人恶习。今春遇一武林少年，两相投契，遂委身焉。闻近日钗荆裙布，脂粉不施，颇安本分。[2]予嘉其绮岁即具定识，以视浮萍泛梗，垂老犹逐风尘者，其志趣过人远矣。[3]偶展旧图，漫填一阕，倚此调聊以寓意云。

　　搴帷寒峭。[4]却才罢晓妆，镜奁收了。[5]水贮金盆，茶留雪椀，喜值纱窗晴皎。[6]薄薄吴绵垂额，短短轻裘添袄。[7]敛容处，正兰汤乍进，香凝纤爪。[8]　　调笑。思往日，曲奏广筵，曾听余音袅。酒泛瑶觞，果藏翠袖，深夜挑灯欢嬲。[9]方幸章台柳嫩，谁道巫峰云绕。[10]羡从此，扁舟同载，白头偕老。

（张宏生主编《全清词·雍乾卷》第六册）

【注释】

[1] 邵玘（1710—1793）：字珏庭，号西樵，又号梧巢居士，江苏青浦（今上海青浦区）人。著有《花韵馆词》。

[2] 钗荆裙布：意为以荆代钗，以布作裙，喻贫困。

[3] 绮岁：青春，少年。浮萍泛梗：喻飘泊无定的身世。

[4] 搴帷：撩起帷幕。寒峭：寒气逼人。

［5］镜奁：盛放梳妆用具的匣子。

［6］椀（wǎn）：同"碗"。

［7］吴绵：吴地所产之丝绵。袄：有衬里的上衣。

［8］兰汤：熏香的浴水。

［9］瑶觞：玉杯，多借指美酒。欢嬲（niǎo）：欢笑、纠缠。

［10］章台柳：用唐代韩翃与"章台柳"的典故。以章台柳形容窈窕美丽的女子。巫峰：用楚先王梦幸巫山神女典故。

沁园春　题《翩鸿新浴晚妆图》

邵玘

彼美人兮，浴罢兰汤，翛然出尘。[1]正微倾蔷露，初融粉汗，乍开菱镜，重整香云。[2]笑靥花鲜，酥胸菽发，写出巫山一片春。[3]凝眸觑，似温泉洗后，越显精神。[4]

画图照眼清新，却谁料空留鸿爪痕。念一时佳话，真从邂逅，百年信誓，祇益酸辛。忽怅分飞，偏愁远道，何日樽前话宿因。[5]吾老矣，对轻衫窄袖，尽觳消魂。[6]

（张宏生主编《全清词·雍乾卷》第六册）

【注释】

［1］兰汤：熏香的浴水。翛（xiāo）然：超脱的样子。

［2］菱镜：即菱花镜。香云：喻女子的头发。

［3］笑靥（yè）：微笑时颊部露出来的酒窝。写：泻。巫山一片春：春情一片。

［4］觑：看、偷看。

[5] 宿因：前世姻缘。

[6] 彀：同"够"。

临江仙　和董曲江《题周季和画册》四调[1]

田中仪[2]

滴粉搓酥闲点染，图成瑑玉明姿。[3]春兰秋菊不同时。洛川贻翠羽，姑射见冰肌。[4]　　醿美椒芳聊托意，回风流雪依依。[5]赋才宋玉与陈思。[6]高唐巫峡里，云雪画堪疑。

（张宏生主编《全清词·雍乾卷》第六册）

【注释】

[1] 董曲江：董元度（1712—1787），字曲江，别号寄庐，山东平原人。清乾隆年间著名诗人。著有《旧雨草堂集》八卷。

[2] 田中仪（？—1758）：字无咎，号白岩，德州（今山东德州）人。是纪昀青年时代之好友，著有《红雨斋词》。

[3] 滴粉搓酥：形容艳丽。点染：打扮。瑑（zhuàn）玉：有花纹的玉器。明姿：明艳的姿态。

[4] 姑射见冰肌：语出《庄子·逍遥游》："藐姑射之山，有神人居焉；肌肤若冰雪，绰约若处子；不食五谷，吸风饮露。"后以"姑射"为神仙或美人的代称，用"冰肌"形容女子纯净洁白的肌肤。

[5] 椒芳：指香味浓郁的酒。

[6] 宋玉：战国时期楚国著名辞赋家。陈思：即曹植（192—232），字子建，沛国谯（今安徽亳州）人，曹操嫡三子，封陈王，谥思，后世

称陈思王。极富才学，曾作《洛神赋》。

疏影　题《美人春憩图》

俞大鼎[1]

春花撩乱，春草萋蘼，美人坐湖山石上，凭几作蒙眬[2]意。几上设纸笔，情脉脉，若有所思。是盖元人写生之笔也。友人出此索句，灯前展卷，望若神仙，往尔情深，调成此阕。

芳心透矣。偏莺花开遍，春光如此。玉软香酥，只有湖山石畔，差堪闲倚。柔丝寸寸娇无力，趁不住、落红满地。怎蒙眬、梦到阳台，坐对一溪流水。[3]　款褪半肩罗袖，如何香阁外，无人唤起。撩乱东风，不怕春寒，嚲在绿梅阴里。[4]云笺应有销魂句，还只恐、青鸾难寄。[5]待拈花、打向眉梢，蘸破一腔幽意。[6]

（张宏生主编《全清词·雍乾卷》第八册）

【注释】

[1] 俞大鼎（？—1767后）：字玉铉，江都（今江苏扬州）人。著有《选梦词》。

[2] 蒙眬：将睡时眼睛欲闭又张貌。

[3] 阳台：阳台梦，言男女欢爱。

[4] 嚲：垂。

[5] 云笺：有云纹的信纸，借指书信。青鸾：即青鸟，神话传说中

专为西王母取食传信的神鸟。

[6]蘸破：惊醒。

与严立堂诸公湖小集，题《折花图》赠高校书（其二）

袁枚[1]

定情早服黄昏散，张饮重陈窈窕汤。[2]
底事儿家姓高氏？想因行雨过高唐。[3]

（袁枚《小仓山房诗集》卷二十六）

【注释】

[1]袁枚（1716—1798）：字子才，号简斋，晚年自号仓山居士、随园主人、随园老人。钱塘（今浙江杭州）人。著有《小仓山房诗集》《随园诗话》等。

[2]窈窕：幽静美好的样子。代指美女。

[3]高唐：地名，是巫山中一座顶上建有"观"的高山。因为楚王梦幸巫山神女于此，故诗词曲中常借指男女欢会。

双美读书图（其三）

袁枚

朝云暮雨半荒唐，拟把余生托此乡。
同是一场春梦里，谁人得似楚襄王？

（袁枚《小仓山房诗集·补遗》卷一）

咏落花十五章（其一）

袁枚

升沉何必感云泥？到眼风光剪不齐。[1]
爱惜每防莺翅动，飘零只恨粉墙低。
高唐神女朝霞散，故国河山杜宇啼。[2]
最是半生惆怅处，曲栏东畔画堂西。

（袁枚《小仓山房诗集》卷三）

【注释】

[1] 云泥：云在天，泥在地。比喻地位悬殊、差别大。

[2] 高唐神女：巫山神女，比喻画中花。杜宇：杜鹃鸟。传说它的前身是蜀国国王，名杜宇，号望帝，后来失国身死，魂魄化为杜鹃，悲啼不已。

蒋梅厂出示尊甫容斋先生偕友申耜先天台采药图遗照为题一律[1]

袁枚

楼阁渺烟云，瑶姬笑拍肩。[2]
是谁两年少，采药到溪边。
隔水疑无路，逢花便是缘。
遥知刘与阮，今日早成仙。[3]

（袁枚《小仓山房诗集》卷三十六）

【注释】

[1] 蒋梅厂：袁枚亲家。容斋先生：桂同德，号容斋，浙江慈溪人。明弘治间尝教授本邑，世称容斋先生，有《容斋集》。

[2] 瑶姬：巫山神女的名字。

[3] 刘与阮：刘晨与阮肇。相传汉明帝永平年间，二人入天台山采药，误入桃源洞，遇二仙女，结为夫妇。

美人弹琴图

袁枚

今夕何夕银河明，单凫寡鹤升天行。
幽兰花开碧云断，美人独坐难为情。
一张青琴当郎抱，不肯无人轻有声。
疑是卓文君，仿佛赵飞燕。[1]
义髻浓梳洛水妆，烟华摇荡香云鬟。[2]
织罢流黄手爪伤，久疏云雨朱弦变。[3]
荡子去关山，乌啼蕙草残。
孤鸾欲作语，对镜发长叹。[4]
不愁明月空床冷，只恨阳春识曲难。
·············

（袁枚《小仓山房诗集》卷十三）

【注释】

[1] 卓文君：人名。汉代临邛人，生卒年不详。为富商卓王孙之女，

有文才。司马相如饮于卓府，时文君新寡，相如以琴心挑之，文君夜奔相如。赵飞燕：汉成帝之皇后。

[2] 义髻：假发。云鬟：形容女子鬟发盛美如云。

[3] 云雨：巫山云雨，言男女情事。

[4] 孤鸾：孤单的鸾鸟。喻失去配偶或没有配偶的人。

庆树斋尚书别三十年，今春奉命赴浙，余迎谒扬州，出听其所止图命题[1]

袁枚

姑苏记否驻雕轮，昆季抠衣见小君。[2]
今日风帆依旧过，不知何处问朝云。[3]

（袁枚《小仓山房诗集》卷三十四）

【注释】

[1] 庆树斋：袁枚之师尹继善之子尹庆桂。

[2] 雕轮：指华美的车。昆季：兄弟。抠衣：把衣服提起来，是古代表示恭敬的举动。小君：对无亲族关系的长辈或所尊敬者之妻妾的尊称。

[3] 朝云：巫山神女。语出宋玉《高唐赋》"旦为朝云，暮为行雨"句，指妓女。

浪淘沙　题扇头小景，洪无功笔

徐廷柱[1]

同向月黄昏，不共温存。一天秋思两平分。恰好似湘灵下楚，弄玉归秦。[2]　　何事落红尘，偃蹇芳魂。[3]却教流俗认真真。凭仗香风生袖底，吹出巫云。[4]

（张宏生主编《全清词·雍乾卷》第七册）

【注释】

[1] 徐廷柱（约1717—1784后）：字竹庄，号清叟，衢州（今浙江省衢州市）人。著有《友竹居状龙吟草》等。

[2] 湘灵：传说中的湘夫人，即舜帝二妃娥皇、女英。

[3] 偃蹇：犹困顿。芳魂：美人的魂魄。

[4] 巫云：即巫山云，用巫山神女言画中人。

忆秦娥　题吹箫美人

徐廷柱

风流歇，秦娥吹落秦楼月。[1]秦楼月，朝沉洛浦，暮迷巫峡。[2]　　虎丘山下曾伤别，垂虹亭畔重愁绝。[3]重愁绝，一齐付与，玉箫声咽。

（张宏生主编《全清词·雍乾卷》第七册）

[1] 秦娥吹落秦楼月：用弄玉秦楼吹箫典故。秦穆公小女名弄玉。好吹笙，其声如凤鸣。秦穆公建造凤楼，亦名秦楼，供女儿居住。后来弄玉找到善于吹箫的萧史，与之结为夫妻。夫妻情投意合，美满无比。

[2] 洛浦：洛水之滨，借指洛神，传说中的洛水女神。巫峡：指巫山神女。

[3] 虎丘山：为苏州游览胜地，在苏州市闾门外，有"吴中第一名胜"之称。

汉皋解佩图

程晋芳[1]

杨枝不动春风弱，水面玲珑现楼阁。

汉滨游女古来多，联袂仙姝何绰约。[2]

兰皋解佩如相许，交甫何人烦尔汝。[3]

义理终持不可干，拥雾霏烟迷处所。

君不见，高唐远在巫山岑，大夫作赋规君心。[4]

朝云暮雨太惝恍，岂有神女为荒淫。[5]

事当眇漠传者真，此图绝妙疑通神。[6]

绡衣翠带悉有韵，轻花艳草都无尘。

楚天凝碧江波冷，往事空蒙谁记省。

深宵展画对幽窗，萝薜疏疏灯耿耿。[7]

（《勉行堂诗集》卷四《刻楮集》，
魏世民校点《勉行堂诗文集》）

【注释】

[1] 程晋芳（1718—1784）：清代经学家、诗人。初名廷璜，字鱼门，号蕺园，歙县（今安徽省黄山市）岑山渡人，曾参与纂修《四库全书》。

[2] 仙姝：仙女。绰约：柔媚婉约。

[3] 兰皋解佩：长兰草的涯岸。此句用郑交甫于江汉之湄遇洛水女神故事。

[4] 巫山岑：巫山，岑，谓小而高的山。大夫：指宋玉。此句言宋玉作《高唐赋》讽楚王事。

[5] 惝恍：模糊貌。

[6] 眇漠：犹渺茫。

[7] 萝薜：指女萝和薜荔。

清平乐　题《潇湘暮雨图》

王开沃[1]

依然极浦，一片清秋雨。[2]漠漠水云朝复暮，中有楚魂来去。[3]　　阳台隔断巫山，丹枫暗落江干。[4]又是征鸿度也，玉箫锦瑟生寒。[5]

（张宏生主编《全清词·雍乾卷》第十六册）

【注释】

[1] 王开沃（生卒年不详）：字文山，一字子良，号半庵。江苏镇洋人。曾主讲整屋书院。与王昶、洪亮吉友善。著有《文山诗集》《文山词稿》等。

[2] 极浦：遥远的水滨。

[3] 楚魂：意思比较多，此处指楚王梦遇巫山神女。

[4] 阳台隔断巫山：用巫山神女典故，此言爱情受阻。丹枫：经霜泛红的枫叶。江干：江岸。

[5] 锦瑟：装饰华美的瑟。

解语花　题花蕊夫人小像[1]

金兆燕[2]

巫云梦杳，蜀国弦悲，肠断江南路。[3]故宫禾黍，堪惆怅、一片锦城春暮。[4]降旗乍竖，早零落、粉香脂嫮。[5]应最怜、池冷摩诃，那日消魂处。[6]　　犹记宫词夜谱。正玉阶横水，花气深贮。玉容描取，依稀认、道服澹妆宣与。[7]徐娘老去，又阅遍、沧桑几度。[8]须更添、一抹青城，留旧时眉妩。[9]

（张宏生主编《全清词·雍乾卷》第二册）

【注释】

[1] 花蕊夫人：后蜀皇帝孟昶的贵妃，五代十国时期女诗人，青城（今都江堰）人。长于宫词，得幸蜀主孟昶，赐号花蕊夫人。孟昶降宋后，花蕊夫人被掳入宋宫，为宋太祖所宠。后死于非命。

[2] 金兆燕（1719—1791）：字钟越，号棪（zōng）亭，全椒（今安徽滁州）人。工诗词古文，著有《国子先生全集》。

[3] 巫云梦：意为"阳台梦"，用楚先王梦幸巫山神女典故，言男女欢爱。蜀国弦：乐府相和歌辞名，又名《四弦曲》《蜀国四弦》。

[4] 禾黍：《诗经·王风·黍离序》："《黍离》，闵宗周也。周大夫行

役至于宗周，过故宗庙宫室，尽为禾黍。闵宗周之颠覆，彷徨不忍去而作是诗也。"后以"禾黍"悲悯故国破败。

　　[5] 嫭（hù）：同嫭（hù），美好。

　　[6] 摩诃：池名。后蜀皇帝孟昶怕热，于是在摩诃池上建筑水晶宫殿，作为避暑的地方，与花蕊夫人在此逍遥。

　　[7] 澹妆：淡妆。

　　[8] 徐娘：南朝梁元帝的后妃徐昭佩。《南史》载："徐娘虽老，犹尚多情。"后用以称尚有风韵的中老年妇女。

　　[9] 眉妩：同"眉忨"，谓眉样妩媚可爱。

题吟芗所藏扇头美人[1]

赵翼[2]

便面风流在，留藏三十春。[3]
为云巫峡女，临水洛川神。[4]
知是谁遗照，多应自写真。
伴君孤馆夜，仿佛翠眉颦。

（赵翼《瓯北集》卷七）

【注释】

　　[1] 芗：同"香"。

　　[2] 赵翼（1727—1814）：字云崧，号瓯北，常州府阳湖县（今江苏武进）人。历任军机处内阁中书、翰林编修、广州知府等职。后辞官，主讲于安定书院。著有《廿二史札记》《瓯北集》等。今人整理有《赵翼全集》。

　　[3] 便面：扇面。巫峡女：巫山神女，此指扇面美人。洛川神：洛

水的女神洛嫔。

题《美人春睡图》

赵翼

海棠春暖正微曛，午睡聊收绣线纹。[1]
香篆碧萦魂一缕，枕痕红透肉三分。[2]
画师何处窥曾见，侍女私相语弗闻。
且莫真真唤名字，梦中或已去行云。[3]

（赵翼《瓯北集》卷五）

【注释】

[1] 海棠春暖正微曛：用释惠洪《冷斋夜话》卷一载杨贵妃"海棠春睡"典故，喻指美人倦惰。

[2] 香篆：香名，形似篆文。

[3] 真真：美人的代称。行云：用巫山神女典故，此指梦中与情人相会。

刘松年《苏蕙织锦图》[1]

汪仲鈖[2]

绍熙画手仕女最神妙，宫蚕出塞流传多。[3]
娉婷更貌苏蕙子，画谱纵轶应非讹。[4]
中闺帟窣启凉月，有人无语纤裳拖。[5]

襄阳不入五更梦，鸳机轧轧无停梭。

桐飘露井蛩绕砌，夜明帘外低秋河。[6]

张萱之三周昉一，御玩要不夸宣和。[7]

江南佳本题句满，记曾摘录烦东坡。

暗门此卷偶尔得，剧于十五之女三摩娑。[8]

当时伊人抱孤影，阳台暮雨愁如何？

流黄宛转织恨字，八百四十历历明星罗。[9]

文成自谓世莫解，巧压四角盘中歌。

岂知桃村有美性痴绝，回环络绎工清哦。

鱼笺亦似写新怨，墨痕黯淡如曹娥。[10]

我题此画重叹薄命妾，几人悔过逢连波。

（徐世昌编《晚晴簃诗汇》卷八十）

【注释】

［1］刘松年（约1131—1218）：号清波，浙江省金华人，南宋著名画家。苏蕙：前秦窦滔妻，曾织锦为回文旋图诗以赠滔。

［2］汪仲鈖（fēn）：字丰玉，号桐石，秀水（今浙江省嘉兴市）人。著有《桐石草堂集》。

［3］绍熙（1190—1194）：宋光宗赵惇年号。

［4］轶：散失。

［5］窅窱（jiǎotiǎo）：深远、幽深貌。

［6］蛩：蟋蟀。

［7］张萱：唐代画家，长安人，开元年间可能任过宫廷画职。以善绘贵族仕女、宫苑鞍马著称。周昉：字仲朗（一作景玄），唐代京兆（今陕西西安）人，长于仕女画、肖像画和佛像画。宣和：宋徽宗年号。

[8] 摩娑：又作"摩挲"，抚摩。

[9] 流黄：褐黄色的物品。特指绢。

[10] 鱼笺：鱼书，亦谓书信。曹娥：东汉时会稽郡上虞县人，相传其父五月五日迎神，溺死江中，尸骸流失。娥年十四，沿江哭号十七昼夜，投江而死。世传为孝女。

浣溪沙

张埙[1]

《蕉簟美人图》，唐六如旧本，谢征君林村仿之。[2]征君殁已六年，乃得其卷，题此属诸公和焉。

兵火堆中拾翠翘，可知此卷故人描。[3]巫山宫殿劫难消。[4]　睡不睡时红豆蔻，意无意处绿芭蕉。三星在户惜良宵。[5]

（张宏生主编《全清词·雍乾卷》第九册）

【注释】

[1] 张埙（1731—1789）：字商言，或作商贤，号瘦铜等，吴县（今江苏苏州）人。博学，精金石书画鉴赏。著有《竹叶庵文集》。

[2] 唐六如：即唐寅（1470—1523），字伯虎，一字子畏，号六如。征君：征士的尊称，即指不接受朝廷征聘的隐士。谢林村：即谢淞洲，字沧湄，号林村。长洲（今苏州）人。工诗，擅画。

[3] 翠翘：原指古代妇人的一种首饰，此处借指谢淞洲仿作的《蕉簟美人图》。

[4] 巫山：乃以巫山神女言画中美人。巫山宫殿劫难消：喻唐伯虎

所画《蕉簟美人图》毁于兵火。

[5] 此句原注："一瓢题帧末绝云：'星眸潋滟鬟云偏，半带余酲枕臂眠。白发含毫输谢客，未治结习亦生天。'山樵末绝云：'六如缣素归残劫，画意诗神得谢君。周昉故人呼不起，卷中犹得见朝云。'见者多腹痛云。"

海棠春　题仇十洲春意册子
十二首·春醒（其三）[1]

黄立世[2]

尊前爱把风流赌。绕斗帐、香烟几炷。[3]醉后可怜生，十二巫山楚。[4]　　虾须静悄垂幽户。[5]宝钗坠、芳情缕缕。花落小窗红，宛转莺啼雨。

（张宏生主编《全清词·雍乾卷》第四册）

【注释】

[1] 仇十洲：即仇英（1498？—1552），字实父，号十洲，太仓（今江苏太仓）人，擅人物画，尤工仕女。

[2] 黄立世（约1733—？）：字卓峰，号柱山，即墨（今山东青岛）人。著有《随初文集》《四中阁诗稿》等。

[3] 斗帐：小帐，因其形如覆斗，故有此称。

[4] 十二巫山：即巫山十二峰。用楚王梦幸巫山神女典故，喻指男女欢会事。

[5] 虾须：帘子的别称。

出峡图

翁方纲[1]

东海朱君指头作，西川李子出峡图。
不仿伯驹与忠恕，莽莽远势来夔巫。[2]
两崖离合斗风雨，想日天地开辟初。
千盘一落捩复挽，万派始放楚与吴。[3]
飞流激箭不容瞬，岂复知是来往途。
人生何可无行彼，奇气消得百卷书。
两君挑灯邗上夕，痛饮尚欲吞江湖。[4]
鄙人论诗亦如此，雷硠巨手久已无。[5]
朱君老眼今模糊，无复画时胆力粗。
闻我此诗当泪落，悲歌意气徒区区。
淋漓为君翻墨壶，漏痕坼壁不可摹。[6]

（翁方纲《复初斋诗集》卷九）

【注释】

[1] 翁方纲（1733—1818）：字正三，一字忠叙，号覃溪，晚号苏斋，顺天大兴（今北京大兴区）人。著有《粤东金石略》《苏米斋兰亭考》《复初斋诗文集》等。

[2] 忠恕：郭忠恕（？—977），字恕先，又字国宝，宋初洛阳（今河南洛阳）人。擅画山水，擅写篆、隶篆，兼通文字学，是宋初著名的画家、文学家。著有《汗简》等书。夔巫：夔州府（治今重庆奉节）和巫山县。

[3] 捩（liè）：扭转。

[4] 邗（hán）：水名，即邗沟，又名邗江、邗溪沟。

［5］硠（láng）：雷鸣声。

［6］垩壁：用白土涂饰的墙壁。

题桂山《扁舟出峡图》（其一）[1]

李调元[2]

巫山若画屏，十二晚峰青。[3]

一夜辞巴峡，明朝入洞庭。[4]

崖高藏魍魉，滩恶走雷庭。[5]

之子胡为者，长歌出杳冥。[6]

（罗焕章主编《李调元诗注》）

【注释】

［1］桂山：即孙三锡，字桂山，又字桂珊、子宠，号怀叔，浙江省平湖人，清代篆刻家。

［2］李调元（1734—1803）：字羹堂，又字赞庵、鹤洲，号雨村，又号墨庄、醒园，别署童山蠢翁，绵州罗江（今属四川德阳）人，清代戏曲理论家、诗人。著有《童山文集》《童山诗集》等。

［3］十二峰：即巫山十二峰，分别是登龙峰、圣泉峰、集仙峰、松峦峰、神女峰（又称望霞峰）、朝云峰、翠屏峰、聚鹤峰、飞凤峰、净坛峰、起云峰、上升峰。

［4］巴峡：指巴县以东江面的石洞峡、铜锣峡、明月峡，即《华阳国志·巴志》所称的巴郡三峡。

［5］魍魉：传说中的山川精怪。

［6］之子：这个人。杳冥：阴暗的样子。

《明妃出塞图》为编修祝芷塘作[1]

李调元

汉选明妃入掖门，宁知三载未承恩。[2]

临行尚得君王顾，空望瑶阶拭泪痕。[3]

蒙尘远适呼韩国，云垂四野阴山黑。[4]

貂裘匹马真可怜，执鞚胡儿掀帽立。[5]

和亲此去委胡尘，绝域难逢内地人。

相随只有宫中月，犹向天涯照妾身。

从来艳色偏招妒，当时悔不千金赂。

自倚蛾眉绝代无，此生竟被丹青误。[6]

晓来边塞叫离群，声断琵琶不忍闻。

青冢有魂归不得，泪洒巫山十二云。[7]

（罗焕章主编《李调元诗注》）

【注释】

[1] 明妃：即王嫱，字昭君。西晋时避司马昭讳改称明君，后人称之为明妃。祝芷塘：祝德麟（1742—1798），字趾堂，号芷塘，浙江海宁袁花人。著有《悦亲楼诗集》等。

[2] 掖门：宫殿正门两旁的边门。三载未承恩：王昭君进宫后，因自恃貌美，不肯贿赂画师毛延寿，毛便在她的画像上点些瑕疵，昭君便被贬入冷宫三年，无缘面君。

[3] 瑶阶：玉砌的台阶，亦用为石阶的美称。

[4] 呼韩：汉时匈奴单于呼韩邪的省称。公元前33年，匈奴呼韩邪单于入朝提出和亲，王昭君自愿远嫁匈奴，元帝遂命她出塞和亲。阴山：

山脉名，即今横亘于内蒙古自治区南境、东北连接内兴安岭的阴山山脉。

[5] 执鞚（kòng）：谓牵马。鞚：马勒。

[6] 蛾眉：女子细长而弯曲的眉。亦借指美女。丹青：红色和蓝色，古代绘画最常用的两种颜色，后借指绘画和画像。

[7] 青冢：在今呼和浩特市南大黑河畔的冢墓，相传为王昭君墓。因冢上的草色常青，故称为"青冢"。巫山十二云：即巫山十二峰。巫山乃王昭君故乡。

题家桂山《秋江载书图》

李调元

余本今之诗狂者，非李太白不取也。
桂山独欲掣鲸鱼，倒卷黄河九天泻。[1]
天有古月青铜磨，地有五岳森嵯峨。[2]
尽入先生锦绣口，喷作云霞供啸哦。
前年作吏黔江涘，人当诗人不当吏。[3]
飘然五柳归去来，侯门一笑羞投刺。[4]
白盐赤甲思故乡，巫山欲问楚襄王。[5]
自言世无识我矣，两岸啼猿知我肠。
朝来示仆秋江轴，翠柏丹枫声肃肃。
醉中一览为辗然，书岂在船在君腹。[6]
桂山桂山今其行，鼓枻恐处蛟龙惊。[7]
洞庭木落倘再过，慎勿投诗吊屈平。

（罗焕章主编《李调元诗注》）

【注释】

　　［1］掣：控制。

　　［2］嵯峨：屹立。

　　［3］黔江：水名。涘：水边。

　　［4］五柳：即五柳先生，东晋陶渊明的别号。

　　［5］白盐、赤甲：俱为山名。长江北岸赤甲山与南岸白盐山对峙，形成一道巍然门户，春秋时为夔子国，故称"夔门"。楚襄王：战国时楚国君主，楚怀王之子。传说楚襄王听宋玉讲述巫山神女的故事后，心神向往，亦于梦中见到神女，可神女却因忠于先王而拒绝了他，见宋玉《高唐赋》《神女赋》。

　　［6］辴（chǎn）然：笑的样子。

　　［7］鼓枻（yì）：划桨。谓泛舟。

题金堂尉姚古愚《松下独坐图》^[1]

李调元

科头松下者为谁？钱塘老友官晋熙。^[2]

十年骥足苦不展，坐令霜雪盈须眉。^[3]

我昔紫岩访贤吏，尽道士元日日醉。^[4]

岂知积案咄嗟清，百斗犹能书细字。^[5]

归来作诗寄岑溪，蜀中仙尉无与齐。^[6]

平生爱客囊如洗，晨炊往往闻饥啼。

揭来金水重相见，握手挑灯促开燕。^[7]

洒醋捧出秋兴图，要我挥毫书素练。^[8]

自言仕宦似鲇竿，秋风夜夜惊张翰。^[9]

昨宵一觉回乡国，犹梦江头饱食鳗。^[10]

此意请君且休矣，巫峡吴山隔云水。
但教筋力老益强，何妨相思日千里。

（罗焕章主编《李调元诗注》）

【注释】

［1］姚古愚：号古愚，常熟人，著有《狎鸥轩集》。

［2］科头：谓不戴冠帽，裸露头髻。

［3］骥足：比喻高才。霜雪：比喻白发。

［4］紫岩：紫色山崖，多指隐者所居处。士元：即庞统（179—214），字士元，号凤雏，荆州襄阳（治今湖北襄阳）人。三国时刘备手下的重要谋士。

［5］咄嗟：犹呼吸之间。谓时间迅速。

［6］岑溪：县名，今属广西梧州。仙尉：汉代梅福，字子真，为郡文学，补南昌尉。后归里，一旦弃妻子去，传以为仙。后便以"仙尉"为县尉的誉称。

［7］金水：水名。

［8］素练：白色的绢帛。

［9］张翰：字季鹰，生卒年不详，吴郡吴县（今苏州）人。

［10］鳗（mán）：即鳗鲡。

虞美人　题马湘兰画《竹》[1]

陈澧[2]

风梢露叶亭亭立，翠墨看犹湿。小名题处是花名，一段潇湘残梦不曾醒。[3]　　秦淮依旧波如镜，不见巫云影。[4]画屏指点认春痕，只有江南倦客最销魂。[5]

（黄国声注编《陈澧集》第一册《忆江南官外集词》）

【注释】

[1] 马湘兰（1548—1604）：金陵人，名守贞，又名守真，善画兰，故号湘兰。自幼不幸沦落风尘，但为人旷达，性望轻侠，是秦淮八艳之一。著有《湘兰诗集》。

[2] 陈澧（1810—1882）：字兰甫、兰浦，号东塾，广州番禺人，世称东塾先生。清代著名学者。著有《东塾读书记》《汉儒通义》等，今人整理有《陈澧集》。

[3] 潇湘：即湘江，其水清澈见底，五色鲜明，故称"潇湘"。

[4] 巫云：用巫山神女"旦为朝云，暮为行雨"典故，此指马湘兰。

[5] 江南倦客：陈澧曾六应会试不第，故自谓江南倦客。

太白楼观萧尺木画壁[1]

张镛[2]

尺木老人年八十，太白楼头留绝笔。
挥霍十指生烟岚，董巨荆关咸气夺。[3]
落帆直上牛渚矶，惊看壁上排嵌巇。[4]

四山拔地出天阙，乾窦坤位无乖离。[5]

天门日观陡而壮，峨岷积素殊其状。[6]

回雁峰高巫峡长，香炉瀑布遥相望。[7]

镇高岳耸西与东，齐州九点青蒙蒙。

峰峦向背觉明晦，江湖澒洞疑奔潈。[8]

············

（徐世昌编《晚晴簃诗汇》卷一一五）

【注释】

[1] 萧尺木：萧云从（1596—1673），字尺木，号于湖老人。安徽芜湖人，明末清初芜湖著名画家，姑孰画派创始人。绘有《离骚图》《天问图》《九歌图》等。

[2] 张镛：字金声，一字经笙，号已山，又作巳山，吴县（今江苏苏州）人。著有《思诚堂集》。

[3] 烟峦：云雾笼罩的山峦。董巨荆关：五代十国时期四大画家。荆浩、关仝两人属北方画派，作品沉郁雄浑，气势宏大，尽显北方山河的雄奇；董源、巨然属南方画派，笔法细腻，写尽江南风景的秀美。

[4] 牛渚矶：在今安徽马鞍山市采石镇。民间传说采石矶三元洞曾出金牛，故名。嶔巇（qīnxī）：险峻貌。

[5] 天阙：天上的宫阙。乾窦：乾位。

[6] 峨岷：岷山和峨眉山，皆蜀中名山，古诗文常以并称。

[7] 回雁峰：坐落于衡阳市雁峰区，为八百里南岳衡山七十二峰之首，又称南岳第一峰。

[8] 澒（hòng）洞：水势汹涌。潈（cóng）：古同"潃"。亦作"漎"。急流也。

百字令　湘中题王郎《赤壁图》，十一借东坡韵[1]

周暟[2]

山川无语，羡文章、定得千秋长物。[3]瘦石元丰碑碣烂，犹嵌苔纹垩壁。[4]赤濞山高，黄泥坂狭，依旧堂名雪。[5]军戎翰墨，如公等是豪杰。[6]　几度摩诘经营，似风帆掠处，蒙茸芬发。[7]仿佛箫声，轻一缕、吹入冷云明灭。二客何人，当时应少个，挽巫山发。[8]但须沽酒，中流频问湘月。[9]

（张宏生主编《全清词·雍乾卷》第十册）

【注释】

[1] 东坡：即苏轼，字子瞻，又字和仲，号"东坡居士"，四川眉山人。

[2] 周暟（kǎi）（1738—1793后）：字用昭，号梅花词客，歙县（今属安徽省黄山）人。工诗，善书画，尤长于画兰，亦勤于音韵律吕之学。有《潇湘听雨词》《芳草词》等。

[3] 千秋长物：指留名千古之物。此处指苏轼《念奴娇·赤壁怀古》留名青史。

[4] 垩（è）：用白土涂饰。

[5] 赤濞山：即赤壁山。黄泥坂：地名，在湖北省黄冈市境内，苏轼曾居于此。堂名雪：苏轼在黄州筑室东坡，自号东坡，有堂名雪堂，又自署雪堂。

[6] 军戎：军队；军事。翰墨：此处借指文章书画等作品。

[7] 摩诘：王维（701—761），字摩诘，盛唐著名诗人、画家。蒙茸：葱茏。

[8] 巫山发：即发如巫山。

[9] 湘月：词牌名。即《念奴娇》。

钗头凤　题《秘戏图》[1]

吴廷燮[2]

　　浓如漆，甘如蜜，鸳鸯自古惟成匹。眼波溜，眉痕皱，巫云巫雨，几时才勾。[3]凑，凑，凑。　　慈航得，阿弥佛，葫芦头是销魂物。[4]春心骤，春酥透，妙明香味，更难消受。口，口，口。

（张宏生主编《全清词·雍乾卷》第十五册）

【注释】

　　[1] 秘戏：原指后宫内秘密之戏剧。后泛指男女淫秽嬉戏。

　　[2] 吴廷燮（约 1738—?）：字调玉，号梅原，如皋（今江苏南通）人。工诗，著有《枫香阁诗古文集》。

　　[3] 巫云巫雨：即巫山云雨，言男女情事。

　　[4] 慈航：佛教语。谓佛、菩萨以慈悲之心度人，如航船之济众，使脱离生死苦海。

点绛唇　大理石屏风

何承燕[1]

　　六曲屏开，金鹅梦断岚光聚。花开细雨，烛影郎归暮。　　屏是巫山，妾是巫山女。[2]郎记取：乘云来去，只在深深处。

（张宏生主编《全清词·雍乾卷》第十册）

【注释】

[1] 何承燕（1740—1799后）：字以嘉，号春巢，又号巢仙，别署六桥词客、宝花道人，仁和（今浙江杭州）人。工词曲，著有《春巢诗余》《春巢乐府》。

[2] 巫山女：即巫山神女。

【南仙吕】二犯傍妆台
题兰庭《红袖添香夜著书图》[1]

何承燕

〔傍妆台〕相偎深柳读书堂，春风鬓影，愿永夕伴才郎。既烹茶旋捧砚，才剪烛又添香。〔八声甘州〕多应为《玉台新咏》道你抽思丽，因此上到小院黄昏把我拜月忘。[2]〔皂罗袍〕一个爱钟荀令，一个魂消谢娘。[3]〔傍妆台〕笑把春衫袖卷，娇倚在博山旁。[4]

· · · · · · · · · · · ·

【短拍】非是你性喜偷香，非是你性喜偷香，风帘月幌，助吟怀烟篆悠扬。[5]五夜漏声长，尽消受温柔情况。切莫指鸾衾凤帐，便草草同携手赴高唐。[6]

【尾声】佳人才子应相赏，金炉彩笔总无双，管教你珠玉吟成字字香。

（谢伯阳、凌景埏编《全清散曲》）

【注释】

[1] 兰庭：指何兰庭，乾隆时期的画家。

[2]《玉台新咏》：南朝梁徐陵所编的一部诗歌总集。

[3] 荀令：荀令香。指东汉末年曹操的谋士荀彧，曾任"尚书令"，故称"荀令君"。据东晋习凿齿《襄阳记》载：东汉荀彧性喜香，常将衣服熏香，若去他人家坐一下，坐处三日有香气。

[4] 博山：博山炉的简称。

[5] 偷香：用韩寿偷香的典故。西晋韩寿美姿容，贾充辟为司空掾。贾充的小女贾午见而悦之，与之私通，并盗西域异香赠韩寿。后为贾充知晓，遂以女妻寿。事见刘义庆《世说新语·惑溺》。后以"偷香"谓女子爱悦男子，或谓与妇女私通。烟篆：指香烟等的烟缕。因形似细长的篆字，故有此称。

[6] 鸾衾凤帐：绣有鸾凤花饰的衾被蚊帐。高唐：地名，是巫山中一座顶上建有"观"的高山。因为楚先王梦幸巫山神女于此，故后世诗词曲中常借指男女幽会之所。

凤凰台上忆吹箫　题玉娘小影，
丹青人未见其面，凭芋山口传，而画逼肖其神

仇梦岩[1]

远隔桃花，悬思人面，依稀描取春痕。怎画图才展，便识双文。[2]岂入丹青梦里，巫山如幻现行云。[3]须知是、檀郎绣口，传出全神。[4]　　温存。画中人在，比天然秀韵，未减毫分。只双蛾淡扫，尚欠愁颦。[5]不省凌波何似，难教见、见更消魂。[6]无他爱，一枝湘草，吹气幽芬。

（张宏生主编《全清词·雍乾卷》第十册）

【注释】

[1] 仇梦岩（1742—约1810）：字秋人，号贻轩，歙县（今属安徽黄山）人。工诗词，著有《贻轩词集》。

[2] 双文：指唐传奇小说人物崔莺莺。后多借指美女。

[3] 行云：语本宋玉《高唐赋》序，用楚先王梦幸巫山神女之典，此指玉娘。

[4] 檀郎：潘岳小字檀奴。后因以"檀郎"为妇女对夫婿或所爱慕的男子的美称。

[5] 双蛾：双眉。颦：皱眉。

[6] 凌波：语出曹植《洛神赋》"陵波微步，罗袜生尘"句，形容女子脚步轻盈，飘移如履水波。此以凌波洛神喻玉娘。

满江红　题吴兼山《巴江送别图》[1]

瞿頡[2]

巫峡萧森，是杜老、浣花遗迹。[3]却羡尔、终童年少，也来作客。杀贼不妨兼露布，从军何必先投笔。向兵戈丛里着书生，情豪逸。　　秋风起，归心急。蜀江上，归帆疾。载一囊诗卷，一船山色。应是才锋仍欲试，竭来又踏长安陌。[4]待与君、剪烛话巴山，从头说。

（张宏生主编《全清词·雍乾卷》第十一册）

【注释】

[1] 吴兼山：名清远，清代著名画家石涛老友，有三世之谊。

[2] 瞿頡（1742—?）：字孚若，号菊亭，别署琴川居士等，常熟

（今江苏常熟）人。曾为丰都（今重庆丰都）知县。工诗词戏曲，著有《仓山诗余》《秋水阁诗余》等。

[3] 杜老：即杜甫。浣花遗迹：杜甫漂泊到成都，在严武等人的帮助下，在城西浣花溪畔建成了一座草堂，世称"杜甫草堂"，也称"浣花草堂"。

[4] 朅（qiè）来：犹言来，来到。

月华清　题《月季花神》卷子

杨抡[1]

腻雨酥云，霏烟轻雾，酝酿连番风信。[2]十万丛铃，琐碎碧阑金井。[3]都猜是、洛浦巫山，早认得、梦痕愁影。[4]因甚。向芙蓉仙阙，从头静证。　　却忆酴醾春尽。[5]叹镜里年光，易安神韵。旧稿新翻，一笑拈来私忖。缔密约、月月同圆，消薄福、花花相并。应赠。奉新衔供养，群芳司命。[6]

（张宏生主编《全清词·雍乾卷》第十册）

【注释】

[1] 杨抡（1742—1806）：字方叔，号莲跌侍者，曾为太平（今浙江温岭）知县。著有《春草轩集》。

[2] 风信：随着季节变化应时吹来的风。

[3] 碧阑金井：绿色栏杆、井栏上有雕饰的井。

[4] 洛浦：洛水之滨，借指洛神。洛浦巫山，此指画中花神。

[5] 原注："蕴山以李易安《酴醾春去图》作粉本，故云。"酴醾：

观赏花，落叶或半常绿蔓色小灌木。

[6] 司命：神名。掌管生命的神。

湘春夜月　题周竹桥炎《听泉图》

吴锡麒[1]

响泠泠，宛然琴韵飞来。[2]那料人抱枯桐，犹未古囊开。[3]劈破一条巫峡，只虚空流水，喷雪成堆。[4]怕出山易浊，寒云拥住，涧口先回。　鸾飞凤啸，天风浩荡，明月徘徊。声在无弦，甚听到、绿阴眠处，弦语偏哀。知音去后，料海涛、已息喧豗。[5]但石上，借清凉一霎，松花如雨，闲理茶杯。

（张宏生主编《全清词·雍乾卷》第十二册）

【注释】

[1] 吴锡麒（1746—1818）：字圣征，号谷人，钱塘（今浙江省杭州市）人。善诗词，工书法，著有《有正味斋集》。

[2] 泠泠（línglíng）：形容声音清越、悠扬。

[3] 枯桐：范晔《后汉书·蔡邕传》："吴人有烧桐以爨者，邕闻火烈之声，知其良木，因请而裁为琴，果有美音，而其尾犹焦，故时人名曰'焦尾琴'焉。"后遂以"枯桐"为琴的别称。

[4] 巫峡：此言画中泉水。

[5] 喧豗（xuānhuī）：形容轰响。

题秦补堂《采芝图》三首（其二）

冯敏昌[1]

平生侠气似长虹，中岁偏教感树风。
已见乡闾称孝子，更看长揖向三公。[2]
岷峨雪岭青天上，巫峡荆门望眼中。[3]
曾是澄怀观道妙，转师耆域建奇功。[4]

（陆善采等点校《冯敏昌集》）

【注释】

[1] 冯敏昌（1747—1807）：字们求，号鱼山，钦州（今广西钦州）人。著有《小罗浮草堂诗集》。

[2] 乡闾：故里。三公：古代中央三种最高官衔的合称。明清沿周制，以太师、太傅、太保为三公。

[3] 岷峨：岷山和峨眉山的并称。

[4] 澄怀观道：清心以见道，语出宗炳《画山水序》。耆域：天竺人，晋惠帝末来洛阳传法。

题亢村驿壁上荷花，次子卿韵

黄钺[1]

相迟四十二天来，一向滇池一楚台。[2]
赢得荷花含笑口，为君开后为侬开。

（黄钺《壹斋集》诗集卷二十）

【注释】

[1] 黄钺（1750—1841）：字左田，又名左君，号壹斋、左庶子。晚自号盲左，当涂（今属安徽省马鞍山）人。工书画，善诗，著有《壹斋集》《二十四画品》等。

[2] 滇池：又称昆明湖、昆明池、滇南泽。在云南省昆明市西南。楚台：指阳台，巫山神女居处。

玉楼春　题画册十二首·苏蕙（其六）[1]

倪象占[2]

阳台专宠，情倍妒深，锦丽回文，连波悔过。[3]巫山小女隔云别，泪眼看灯乍明灭。[4]团回六曲抱膏兰，天遣裁诗花作骨。[5]　　与君相对作真质，彩线结茸背复叠。[6]晓钗催鬓语南风，早晚菖蒲胜绾结。[7]

（张宏生主编《全清词·雍乾卷》第十二册）

【注释】

[1] 此词乃作者集李贺诗句而成。苏蕙：字若兰，生卒年不详。十六国前秦始平（今陕西兴平）人。因其夫更娶，而作有回文诗《璇玑图》。

[2] 倪象占（1750—1795后）：名承天，字象占，以字行，更字九三，象山（今属浙江省宁波市）人。善画，尤工兰竹。著有《青棜馆集》《韭山诗文集》《象山杂咏》等。

[3] 连波：苏蕙之夫窦滔，字连波。

[4] 巫山小女：即巫山神女。此指画中苏蕙。

[5] 团回：周围环合。六曲：六折，反复回环。膏兰：指灯。花作骨：以花为骨，言其锦心绣肠。

[6] 真质：纯真本然之质素。

[7] 晓钗催鬓：晨起发钗催促梳理鬓发。语南风：寄语南风。菖蒲：多年生水生草本植物，有香气；古人以菖蒲为易衰之物，常以之喻人之早衰。

沁园春　题画

袁钧[1]

梦杳巫山，知他慵甚，盈盈昼眠。[2] 正恼人春色，芳菲如许，熏人花气，消息无边。玉藕斜弯，金莲半褪，老去秋娘剧可怜。[3] 难消遣，昵多情女伴，心事低传。

个侬生小便娟。[4] 浑不惜、轻轻钩弋拳。[5] 把柔荑试弄，飞花雪溅，春葱浅握，碎雨珠圆。[6] 欲断还连，将休未歇，着体温存着体绵。朦胧也，看蘧蘧蝴蝶，飞过秋千。[7]

（张宏生主编《全清词·雍乾卷》第十三册）

【注释】

[1] 袁钧（1751—1805）：字秉国，又字陶轩，号西庐，鄞县（今浙江宁波鄞州区）人。工诗、古文辞，著有《瞻衮堂文集》《西庐词话》。

[2] 盈盈：形容体态美好。

[3] 玉藕：喻美女的手臂。金莲：形容美人的小脚。

[4] 个侬：犹渠侬。那个人或这个人。便娟：轻盈美好的样子。

[5] 钩弋拳：钩弋夫人，汉武帝宠妃赵氏的称号。

[6] 柔荑：出自《诗经·硕人》中的"手如柔荑"，言美人的素手像初生的茅茎一样柔嫩纤小。

[7] 蹇蹇：悠然自得的样子。

临江仙　题《梅月图》

王洲[1]

　　风弄银蟾星让彩，亭亭罗袂联翩。[2]蓬莱小谪到人间。[3]淡香梅作骨，瘦影月为缘。　　高格不夸眉样巧，素心自与周旋。[4]一生赢得几回怜。梦回巫峡雨，盼断陇头烟。[5]

（张宏生主编《全清词·雍乾卷》第十三册）

【注释】

[1] 王洲（约1753—1817）：字步瀛，号蓬壶，太仓直隶（今江苏太仓）人。著有《退省居诗》《退省居诗余》。

[2] 银蟾：月亮的别称。罗袂：指华丽的衣着，此指画中梅。

[3] 蓬莱：古代传说中海上的仙山之一，也泛指仙境。谪：贬谪。

[4] 素心：素愿，本心。

[5] 巫峡雨：即"巫峡云雨"之省，用楚先王梦幸巫山神女典故。陇头：边塞。

【南商调】梧桐树　蒋春瑶为杜宛兰作《簪花图卷》题此[1]

石韫玉[2]

春风绣谷香，百种花争放。一缕芳魂，现出芙蓉相。问年华锦瑟旁，结梦想巫峰上。[3]则看玉立亭亭，好一种天人样。想起当初访翠鸣珂巷。[4]

············

【余音】虽不曾万花锦绣相偎傍，画图里省识旧兰香，留一段风流在翰墨场。

（谢伯阳、凌景埏编《全清散曲》）

【注释】

[1] 蒋春瑶：蒋深（1668—1737），字树存，号绣谷。工诗文，善书画。蒋春瑶为其曾孙，嘉庆时人，效法其祖，请当时苏州画家周云岩仿《张忆娘簪花图》而作《畹兰簪花图》。杜宛兰：嘉庆时苏州名妓，以色艺驰名吴中，号称"吴中第一琵琶手"。

[2] 石韫玉（1756—1837）：字执如，号琢堂，又号花韵庵主人，亦称独学老人，江苏吴县（今苏州）人。著有《独学庐诗文集》《晚香楼集》《花韵庵诗余》《花间九奏乐府》。

[3] 锦瑟：绘饰有锦缎花纹的瑟。巫峰：巫山群峰，用楚王梦幸巫山神女事，言男女欢会。鸣珂巷：即鸣珂曲，唐代京都长安胡同名。为当时妓女聚居之所。后因以为冶游场所的代称。

【北中吕】粉蝶儿　题醉白图[1]

石韫玉

春到中原，满长安柳丝花片，迤逗俺谪蓬莱醉里神仙。[2]没揣的典了春衣，游着街市，索要把名酤尝遍。休笑俺太疏狂斗酒百篇，却比那做王侯有些儿风流堪羡。[3]

    …………

【朝天子】听声移佩环，香凝了麝烟，猛可的月中人向瑶台现。[4]掩抹了沉香亭北一枝娇倩，休猜做汉帝昭阳殿。[5]绝胜他倾国倾城，赵家飞燕，依稀似十二巫峰在眼。[6]觑龙颜甚欢，命将来捧砚，只待要举笔儿把骊珠贯。[7]

    …………

【尾】谢君王把内侍宣，送臣出金宫玩月还。[8]这一度醉倒清平宴，好教那万载千秋留传的佳话远。

（谢伯阳、凌景埏编《全清散曲》）

【注释】

　　[1] 白：李白。

　　[2] 迤逗：挑逗、引诱。谪蓬莱醉里神仙：指李白。贺知章以李白为"谪仙人"。

　　[3] 名酤：著名酒家、名酒。

　　[4] 瑶台：美玉砌成的华丽楼台，传说乃为神仙所居之处。

　　[5] 沉香亭：位于唐长安城兴庆宫内龙池东北方。昭阳殿：汉宫殿名，汉成帝时赵飞燕住于此，后泛指后妃所住的宫殿。

[6] 倾国倾城：指妇女容貌极美。赵家飞燕：即赵飞燕，汉成帝的皇后。

[7] 觑：看。龙颜：帝王，此指唐玄宗。骊珠：传说中的宝珠，出自骊龙颔下，故称"骊珠"。

[8] 金宫：华丽的宫殿。

金缕曲　题秦良玉小像[1]

钱枚[2]

明季西川祸。自秦中、飞来天狗，毒流兵火。[3]石砫天生奇女子，贼胆闻风先堕。[4]早料理、夔巫平妥。[5]奈军门无将略，念家山、只怕荆襄破。[6]妄男耳，姜之可。

蛮中遗像谁传播？想沙场、弓刀列队，指麾高坐。一领锦袍殷战血，衬得云鬟婀娜。[7]更飞马、桃华一朵。展卷英风生飒爽，问题名、愧煞宁南左。军国恨，尚眉锁。

（钱枚《微波词》）

【注释】

[1] 秦良玉（1574—1648）：字贞素，四川忠州（今属重庆忠县）人，明末战功卓著的女将军、抗清名将。

[2] 钱枚（1761—1803）：字枚叔，又字实庭，号谢盦，仁和（今浙江省杭州市余杭区）人。嘉庆四年（1799）进士，官吏部文选司主事。

[3] 天狗：星名。古代认为主凶的星，它坠落下来会有千里破军杀将的灾害。

[4] 石砫：今重庆石柱县。

[5] 夔巫：夔州府（治今重庆奉节县）和巫山县。夔、巫之地毗邻，历史文化积淀相似，古诗文中常常并称。

[6] 军门：明代有称总督、巡抚为军门者，清代则为提督或总兵加提督衔者的尊称。

[7] 云鬟：高耸的环形发髻。

高阳台　题陈云伯《碧城仙梦图》[1]

尤维熊[2]

宝马云驱，彩鸾雾拥，烟霄有路能通。[3]䫓荡门开，望中春又蓬蓬。[4]红墙一带堂坳水，嵌疏星、几个玲珑。[5]梦惺忪。倚遍雕阑，数遍巫峰。[6]　　十洲名字丛残记，笑金门玩世，著述匆匆。[7]百尺楼头，让他湖海元龙。[8]生花卅首江淹体，蘸隃糜、写上屏风。[9]路冥蒙。[10]扶醉归来，尚把芙蓉。

（张宏生主编《全清词·雍乾卷》第十四册）

【注释】

[1] 陈云伯：陈文述（1771—1843），初名文杰，字谱香，又字隽甫等，后改名文述，别号元龙、退庵等，钱塘（今浙江杭州）人。著有《碧城诗馆诗钞》《颐道堂集》等。

[2] 尤维熊（1762—1809）：字祖望，书室名二娱小庐，因号二娱，长洲（今江苏省苏州）人。工诗词，著有《二娱小庐诗钞》《二娱小庐诗钞补编》等。

[3] 彩鸾：相传为西王母的传书使者。

[4] 詄（dié）荡：即詄荡荡，空旷无际的样子。中春：指农历二月十五日。因这天被认为是春季的正中，故称"中春"。

[5] 堂坳：堂的低处，泛指低洼之处。

[6] 雕阑：雕饰的栏杆或栏杆的美称。巫峰：巫山群峰，此言情思。

[7] 十洲：古代传说中仙人居住的十个岛，见《海内十洲记》。丛残：细碎之说，指杂录、笔记、小说等。金门：代指富贵人家。

[8] 湖海元龙：用三国时陈登典故，言豪放不羁。

[9] 江淹（444—505）：字文通，济阳考城（今河南兰考县）人，南朝梁著名文学家。隃糜（yúmí）：今陕西千阳，是汉时著名的制墨地。后世因借指墨或墨迹。

[10] 冥蒙：幽暗、不明。

【南黄钟】画眉序　为芥原先生题《桂影图》

范驹[1]

香满一轮秋，天地应该共长久。甚金蟆能镯，玉斧能修？[2]怎仙葩吹堕人间，倏风絮飞扬春后。[3]就中情绪难分剖，几度花边回首。

· · · · · · · · · · ·

【神仗儿】云偄雨偄，云偄雨偄，天荒地老，山遥水悠，便做而今厮守。[4]怕也颊潮红褪，眉峰青斗。是十载已过头。

（下略）

（谢伯阳、凌景埏编《全清散曲》）

[1] 范驹（约1764—1798）：字昂千，号霍田，如皋（今江苏南通）人。著有《染月山房全集》。

[2] 金蟆：月亮的别称。玉斧：人名。传说为仙人许翙（huì）的小字。

[3] 仙葩：仙界的异草奇花。

[4] 云偁（chán）雨偮（zhòu）：指欢会结束。从"巫山云雨"一词变化而来。

题《梦游图》，为胡梦湘题（稷）[1]

张问陶[2]

道心平远色心奇，熟透黄粱梦未疲。[3]
右虎左龙何处守，朝云暮雨至今疑。[4]
积来非想都成幻，悟到真空定有期。
我欲拍肩轻唤醒，露蕖烟柳正迷离。[5]

（张问陶《船山诗草》卷十三《京朝集》）

【注释】

[1] 胡梦湘：名光樂，沈本陸之甥，庐江（属今安徽合肥）人。

[2] 张问陶（1764—1814）：字仲冶，又字柳门，遂宁（今四川省蓬溪县）人，清中叶著名诗人、书画家。其故乡城郊有一座风景秀美的小山，形如船，遂号船山，自称"老船"。善画猿，又号"蜀山老猿"。著有《船山诗草》。

[3] 色心：贪欲之心，诗人以此为致幻之因。黄粱梦：比喻虚幻的

事和不能实现的欲望。

[4] 朝云暮雨：语本宋玉《高唐赋》"旦为朝云，暮为行雨"，此言其虚幻可疑。

[5] 蕖（qú）：芙蕖，荷花的别称。

题秋林《策蹇图》送言皋云（朝标）出守夔州[1]

张问陶

夔府遥遥控百蛮，马头先指剑门关。[2]

看收蛇鸟天边阵，坐拥巴巫雨后山。[3]

恼我乡愁犹磊落，望君诗味渐高闲。

东屯他日留宾客，应许骑驴日往还。

（张问陶《船山诗草补遗》卷五）

【注释】

[1] 言皋云：名朝标，字皋云，江苏常熟人。进士，刑部主事，出为郡守，仕至右江道。夔州：今重庆奉节。

[2] 百蛮：古代南方少数民族的总称，也泛称少数民族。剑门关：位于四川省广元市剑阁县城北约 30 千米处。

[3] 巴巫：巴山、巫山地区。

朗斋《河阳春色图》[1]

张问陶

绕县名花媚使君，游仙小梦昼行云。[2]
苏台春柳秦淮水，何止扬州月二分。[3]

（张问陶《船山诗草》卷二十《药庵退守集下》）

【注释】

[1] 朗斋：潘镕，字朗斋，曾任知府，善画。

[2] 绕县名花媚使君：用潘岳典故。潘岳任河阳县令，命全县遍种桃李，有"河县一县花"之誉。行云：语本宋玉《高唐赋》"妾在巫山之阳，高丘之阻，旦为朝云，暮为行雨，朝朝暮暮，阳台之下"句。

[3] 苏台：姑苏一台，在苏州西南姑苏山上。

题钱裴山同年《使车纪胜图》[1]

阮元[2]

西南山川天下奇，山灵望客来图之。[3]
儒臣足底无远道，不行万里空吟诗。
吾友钱君富经术，吴山越水开须眉。
文章一出冠天下，奉诏偏走西南陲。
西陲何所有？蜀道一千里。
人盘空外行，栈从天上起。
剑阁天彭横白云，巫峡瞿塘泻秋水。[4]

此时使者珥笔来，短衣匹马秦关开。[5]
题诗一夜过井络，蚕丛祠外银河回。[6]
蜀才乐得献其秀，巴猿不敢鸣其哀。
（下略）

（阮元《揅经室四集》卷六，
邓经元点校《揅经室集》）

【注释】

[1] 钱裴山：钱楷（1760—1812），字宗范，号裴山，一作荣山，浙江嘉兴人。工书，善山水，颇有王鉴、王原祁笔意。著有《绿天书屋存草》等。同年：古代科举考试同科中式者之互称。

[2] 阮元（1764—1849）：字伯元，号云台，又号雷塘庵主，晚号怡性老人，仪征县（今江苏省仪征市）人。著有《揅经室集》。

[3] 山灵：山神。

[4] 天彭：彭州的古称。

[5] 珥笔：古代史官、谏官上朝时常插笔冠侧，以便记录，谓"珥笔"。

[6] 井络：井宿区域。西晋左思《蜀都赋》："岷山之精，上为井络。"李善注："《河图括地象》曰：'岷山之地，上为井络，帝以会昌，神以建福，上为天井。'言岷山之地，上为东井维络；岷山之精，上为天之井星也。"蚕丛：相传为蜀王的先祖，教人蚕桑。

月林草堂图（四首之三、四）

钱杜[1]

　　舟下巫峡，泊野岸间。新秋苦热，乘月步入村落。有祝翁者，具酒榼，留客终夜，谭近事颇详，为之怃然。[2]归舟，写此为赠。时戊辰七月二十四也。

龙钟白发鸡皮翁，前年避贼来巴东。
墙摧篱折仙鹤死，巫山野火烧天红。
可怜林际荒寒月，照遍秋堂黯无色。
五更屋角狐狸号，城中骸骼三尺高。

人生能着几两屐，便扶筇杖寻名山。[3]
峨眉仙人冰雪颜，赠之灵药辞人间。
峨眉遥遥不可接，远向秋林看明月。
明朝飞橹下巴陵，三峡猿声夜萧瑟。

（徐世昌编《晚晴簃诗汇》卷一一〇）

【注释】

　　[1] 钱杜（1764—1845）：初名榆，字叔枚，更名杜，字叔美，号松壶小隐等，钱塘（今浙江杭州）人。

　　[2] 酒榼：古代的贮酒器，可提挈。

　　[3] 筇杖：用筇竹做的手杖。

莱友观祭索写锦城悯月长卷，

蜀中余旧游地猿声树色犹在枕簟间，

不必更求之古人粉本也秋意清爽，

坐云溪水亭上翦灯点染诗则晚饭后所题

钱杜

直上青天蜀道难，瞿塘舟险栈云寒。

猿声夜冷啼三峡，树色秋高挂七盘。

为爱名山长纵酒，自怜多病早休官。

赠君十丈青藤纸，烟月都从枕上看。[1]

（钱杜《松壶书赘》卷下）

【注释】

[1] 青藤纸：古时用藤皮造的纸，产于浙江剡溪、余杭等地。

题洪霞海《晓妆美人图》（其二）

张怀湛[1]

盈盈阿堵善传神，是否高唐梦里身？[2]

一捻纤□两痕黛，故应留伴画眉人。[3]

（孙桐生编《国朝全蜀诗钞》卷三十一）

【注释】

[1] 张怀溎（guì）：字玉溪，汉州（今四川省德阳市广汉）人。乾隆五十九年（1794）举人，与其父张邦伸（1737—1803）、兄张怀泗、弟张怀溥并有诗名。曾任宁晋县（今属河北省邢台市）知县。著有《磨兜坚馆诗钞》6卷。

[2] 盈盈：形容举止、仪态优美。阿堵：六朝人口语，犹这、这个。高唐梦里身：此以巫山神女言画中美人。

[3] 一捻：一点儿。画眉人：指丈夫。用西汉张敞为妻画眉典故。

百字令　陈斗泉《采珠图》[1]

舒位[2]

　　调铅杀粉，写河神一个，嫣然欲语。十色五光离合处，消受明珠翠羽。才子黄初，小娘青廓，流水年华去。[3]画叉才展，春风省识如许。　　当日西馆题诗，东阿纪梦，愁坐芝田女。[4]暂肯招魂金带枕，不是高唐行雨。[5]骨像应图，寂寥难慰，我有伤心句。[6]十三行字，却教大令书与。

（张宏生主编《全清词·雍乾卷》第十五册）

【注释】

[1] 陈斗泉：陈武，字泾南，号斗泉，吴县枫桥（今苏州）人，生卒年不详。喜吟诗，善书画。《采珠图》之名称当用《洛神赋》言群神之"或采明珠"语。

[2] 舒位（1765—1815）：字立人，号铁云，大兴（今北京市大兴区）

人，博学多识，善书画，尤工诗，著有《瓶水斋诗集》《乾嘉诗坛点将录》。

［3］黄初：魏文帝曹丕的年号（220—226），其时多文人才士，如建安七子等。青廓：青天。李贺《洛姝真珠》："真珠小娘下青廓，洛苑香风飞绰绰。"

［4］西馆：曹植的邸弟称"西馆"，后以之为亲王邸第的代称。东阿：曹植被封为东阿王。芝田：传说中仙人种灵芝的地方。东阿红梦：言曹植赋洛神事。

［5］高唐行雨：用楚先王梦幸巫山神女典故。

［6］骨像：骨骼相貌。

题《长相思图》（其三）

舒位

冥冥来上珊瑚床，先为蝴蝶后鸳鸯。[1]
入梦记梦出梦忘，梦短不抵相思长。
古之伤心人，乃以巫峰一十有二处，
朝朝暮暮为雨云。
朝闻而东东，暮呼为真真。[2]
还君明珠双泪落，天上人间好楼阁。
弹箜篌而声凄，写凤纸而情薄。[3]
独不见灵娲补天天乃漏，精卫塞海海更溜。[4]
死不必买青山，生不必种红豆。[5]
为君三迭《长相思》，一池春水多吹皱。[6]

（舒位《瓶水斋诗集》卷十）

　　[1] 蝴蜨：蝴蝶。

　　[2] 东东：唐代元和年间妓女。真真："唐赵颜得软幛，画一美人。工人曰：余神画也。亦有名曰真真，呼名百日，即应而下，与合。久之，生一子。友人使剑与，欲斩之，真真即捎子上画也。"

　　[3] 凤纸：绘有金凤的名纸。唐时文武官诰及道家青词用纸。

　　[4] 灵娲补天：即女娲补天，传说她炼五色石补天。精卫填海：用精卫填海典故。

　　[5] 买青山：归隐山林。红豆：相思豆。

　　[6]《长相思》：乐府《杂曲歌辞》名。北宋郭茂倩《乐府诗集》："'客从远方来，遗我一端绮。文彩双鸳鸯，裁为合欢被。着以长相思，缘以结不解。'谓被中着绵以致相思绵绵之意，故曰长相思也。"

张伯冶自写姬人杜者为《怜影图》索题，乃取玉溪、金荃诗句以为缘起，凡四首（其一）[1]

舒位

对影闻声已可怜，花飞钗动本天然。[2]
分明彩笔朝云梦，难得郎君手自传。[3]

（舒位《瓶水斋诗集》卷十四）

【注释】

　　[1] 玉溪：李商隐（约 813—858），字义山，号玉溪生，又号樊南生，原籍怀州河内，祖辈迁荥阳（今河南荥阳市），晚唐著名文人。金荃：温庭筠有文集名《金荃集》。

[2] 对影闻声已可怜：语出李商隐《碧城》其一："对影闻声已可怜，玉池荷叶正田田。"

[3] 彩笔：五色笔，乃诗艺才华之象征，此言张伯冶画艺高妙。朝云梦：用楚怀王梦遇巫山神女故事，此以神女言画中人。

蘼芜香影图（其二）

舒位

陈云伯摄令常熟，访得河东君墓，既修而刻石记之，复绘斯图征诗，为题四首。[1]

绠得巫山一段云，晓然春梦太纷纭。[2]

残山剩水黄天荡，豪竹哀丝《白练裙》。[3]

岂意文章成浪子，有人夫婿擅将军。

祇陀锦树横波诔，不及《吴舠》纪我闻。[4]

（舒位《瓶水斋诗集》卷十四）

【注释】

[1] 陈云伯：陈文述，字退庵，号云伯，浙江钱塘人。著有《碧城仙馆诗钞》《颐道堂集》等。河东君：本姓杨，名爱，改姓柳，名隐。后改名是，字如是，号河东君，又号蘼芜君，浙江嘉兴人，流落青楼，以绝世才貌与复社、几社、东林党人相交往。后嫁与东林领袖、常熟人钱谦益。

[2] 绠（gěng）：绳索。巫山一段云：用巫山神女"旦为朝云，暮为行雨"典故，言男女幽会。

[3] 黄天荡：在今江苏省南京市东北。宋高宗建炎四年（1130），韩

世忠败金兀术于此。此乃以韩世忠夫人梁红玉喻柳如是。《白练裙》：戏曲名，明郑之文为名妓马湘兰所作。

[4]《吴觚》：笔记小说，清人纽琇所作，共三卷。

《鱼山神女图》诗，为吴更生州佐作（其四）

舒位

更生昔祈梦于于忠肃祠，仿佛见所谓鱼山神女者。[1] 已而将为济上之行，复梦至神女庙，遂有衣酒之赐，又遥掷玉跳脱一枚于怀而寤。[2] 钱唐顾洛为写《鱼山神女图》纪之，以证他日。

绿衣三百色如何？况有黄裳著述多。[3]
宣室汉釐犹见召，阳台楚语岂全讹。[4]
帷中太一神君法，袖里烟波钓叟歌。[5]
留得左宫青玉枕，万方仪态未蹉跎。

（舒位《瓶水斋诗集》卷十四）

【注释】

[1] 于忠肃：于谦（1398—1457），字廷益，号节庵，浙江钱塘（今杭州）人。著有《于忠肃集》。鱼山神女：鱼山，《太平寰宇记》十七："东阿县有鱼山，一名吾山。"神女，即成公智琼。魏嘉平年间，济北郡从事掾弦超与神女成公智琼来往，后来事情泄漏，中断往来；五年后，弦超赴洛阳经过鱼山下，见到智琼，两人遂同往洛阳。见《搜神记》。

[2] 跳脱：手镯。

［3］绿衣、黄裳：语出《诗经·邶风·绿衣》："绿兮衣兮，绿衣黄裳。"《毛传》："上曰衣，下曰裳。"

［4］"宣室"句：用贾谊故事。宣室，指汉代未央宫中之宣室殿。《史记·屈原贾生列传》："孝文帝方受厘，坐宣室。上因感鬼神事，而问鬼神之本。贾生因具道所以然之状。"釐：赐予。

［5］太一神君：又称太乙、泰一，即屈原所说的东皇太一，是天神中最尊贵者，也即天上的北极星。

碧城三首，自题《碧城仙梦图》，
效李玉溪（其一）[1]

陈文述[2]

碧城深处隐红霞，十二阑干屈曲遮。
神女峰前云是梦，嫦娥天上月为家。[3]
春呼白凤栽灵药，晓乞青鸾扫落花。[4]
小录名笺知第一，诗成亲自写瑶华。[5]

（陈文述《碧城仙馆诗钞》卷一）

【注释】

［1］碧城：传说中仙人所居住的地方。李玉溪：李商隐（约813—858），字义山，号玉溪生，又号樊南生，原籍怀州河内，祖辈迁荥阳（今河南郑州荥阳市），晚唐著名文人。

［2］陈文述（1771—1843）：原名文杰，字谱香，后改名文述，别号元龙、退庵、云伯，又号碧城外史等，钱塘（今浙江杭州）人。

［3］神女峰：山峰名。又名望霞峰，巫山十二峰之最，相传巫山神

女居于此。嫦娥：传说中的月宫女神。

[4] 白凤：传说中的神鸟。青鸾：即青鸟。神话传说中为西王母取食传信的神鸟。

[5] 瑶华：比喻诗文的珍美。

题杜兰香画像[1]

陈文述

湘草湘花托姓名，五铢衣薄御风行。[2]
大罗天上春如梦，小谪人间月有情。[3]
金母前头闲弄瑟，瑶姬队里学吹笙。[4]
何当乞取长生药，鸾鹤相随上碧城。

（陈文述《碧城仙馆诗钞》卷五）

【注释】

[1] 杜兰香：仙女名。《墉城仙录》："杜兰香者，有渔父于湘江之岸见啼声，四顾无人，唯一二岁女子，渔父怜而举之。十余岁，天姿奇伟，灵颜姝莹，天人也。忽有青童自空下，集其家，携女去，归升天。谓渔父曰：'我仙女也，有过，谪人间，今去矣。'其后降于洞庭包山张硕家。"

[2] 五铢衣：亦称"五铢服"。传说中神仙穿的一种衣服，轻而薄。

[3] 大罗天：道教所称三十六天中最高的一重天。

[4] 金母：神话传说中的女神，俗称西王母。瑶姬：巫山神女的名字。

疏影　题兰香小影，同仲兰修作[1]

顾元熙[2]

　　曲阑小立，问焰摩天上，何事轻别？一桁垂杨，欲绾春痕，无情流水空碧。[3]香魂已逐歌纨去，倩杜宇、声声啼出。可惜是、同赋高唐，孤负却兰台笔。[4]　　还似明妃远嫁，四条弦子里，鸿嗷霜碛。[5]淡淡烟螺，旧日罗裳，应叠泪痕盈箧。[6]桃花贪结风前子，任吹老、天台山色。剩画梁、双燕呢喃，重诉与桃根说。[7]

（叶恭绰编《全清词钞》卷十七）

【注释】

　　[1] 兰香：杜兰香，仙女名。仲兰修（1802—约1853）：仲湘，字壬甫，一字子湘，号兰修，江苏吴江人。无意科名，专好诗词，著有《宜雅堂集》等。

　　[2] 顾元熙：字丽丙，号耕石，长洲（今江苏省苏州市）人。嘉庆十四年（1809）进士，选翰林院庶吉士，散馆授编修。

　　[3] 焰摩：阎罗。一桁：一行。

　　[4] 兰台：汉代宫中藏书的地方。西汉以御史中丞掌管，东汉置兰台令史，典校图籍，治理文书。

　　[5] 明妃：王昭君。四条弦子：一种弦乐器。霜碛（qì）：北方碛卤之地。借指北方。

　　[6] 烟螺：即螺子黛。旧时妇女画眉用的青黑色颜料。此指眉毛。

　　[7] 桃根：东晋王献之爱妾之名。

女校书陆绮琴工诗善画兰花，适出素帧索书，为赋六绝句报之（其二）[1]

车持谦[2]

漫为东风托雉媒，巫云深锁楚王台。[3]
谁知林下夫人外，又见云间二陆才。[4]

（捧花生《秦淮画舫录》卷下，
虫天子辑《香艳丛书》第十四集卷四）

【注释】

[1] 女校书：唐代名妓薛涛有文才，时人呼为女校书。后因以称妓女而能文者，也喻女才子。陆绮琴：名桐，以字行，泰州人。清代扬州名妓，精于宫商与绘画。

[2] 车持谦（1778—1842）：字子尊，号秋舫，别署捧花生，上元（今江苏省南京市）人。著有《秦淮画舫录》《三十六春小品》等狎邪之作。

[3] 雉媒：指为猎人所驯养用以诱捕同类的野雉。《文选·射雉赋》徐爰注：“媒者，少养雉子，至长狎人，能招引野雉，因名曰媒。”楚王台：指巫山阳台，楚王梦会巫山神女处。此以巫山神女言陆校书。

[4] 原注：“余向赠金玉云有‘十里秦淮花月路，相逢林下有夫人’之句。玉云与绮琴同时，淡雅绝俗。绮琴妹朝霞弦索极工。”林下夫人：曹夫人。《宣和画谱》言及曹氏善丹青，尤长于山水；两宋之交陈克《曹夫人牧羊图》曰：“林下夫人更超绝，新图不作五花文。”云间二陆：指西晋陆机和陆云两兄弟，二人出生于云间（上海松江），故称。

秦淮水榭题欢道人《珠江十二鬟图》 有序[1]

车持谦

　　道人欢秦淮赵婉云校书。婉云化去后，道人之珠江。三年复来，集婉云妹桐花阁，出《珠江十二鬟图》示客。客有题咏，道人意弗尽，命桐花酹我而歌之。

东风吹得云无影，弱雨弹窗作秋冷。

忽然开卷烛摇红，十二名花春睡醒。[2]

花容个个桃根妾，却与吴娘妆束别。[3]

荔支钗挂女珊瑚，柳叶裙藏仙蛱蝶。

蛱蝶冈头蛱蝶家，蛱蝶双双苏幕遮。

江水色如螺子黛，女儿身是素馨花。[4]

花田昔有宫人葬，转世还生南海上。

识宝人看作美珠，吹兰气可消香瘴。[5]

瘴海南来客绪单，黄金抛尽买新欢。

四时天气春常暖，万里家乡梦不寒。

道人愿老珠江矣，道人可记秦淮水？

赵家姊妹各倾城，赤凤歌来飞燕喜。[6]

晓日晴窗淡粉楼，晚风香桨木兰舟。

拚将红豆酬青眼，博得元霜染白头。[7]

白头约定恩难报，感动云娘意倾倒。

作意愁将折柳吟，多情病尚拈花笑。[8]

病任缠绵不自伤，再生惟愿嫁王昌。[9]

魂归仙处生瑶草，泪到秋来化海棠。[10]

道人日对秋风恸，自此心如山不动。

无端荔子赚成游，又被梅花邀入梦。
梦里巫山十二峰，一峰一朵玉芙蓉。[11]
云来先现楼台影，雨去空留月露踪。
云来雨去无牵挂，争奈珠娘多愿嫁。[12]
恐教紫玉又成烟，且请崔徽齐入画。[13]
画成好好复真真，金粉描衣绛点唇。[14]
（下略）

（捧花生《秦淮画舫录》卷下，
虫天子辑《香艳丛书》第十四集卷四）

【注释】

［1］水榭：临水的楼台或建于水上的楼台，可供人游憩。

［2］十二名花：即《珠江十二鬟图》中的“十二鬟”。

［3］桃根：东晋王献爱妾之名。后泛指美女。吴娘：吴地美女。

［4］螺子黛：古代妇女用来画眉的一种青黑色矿物颜料。素馨：植物名，秋初开白花，香气颇烈，可制香水。

［5］瘴：热带山林中致人疾病的气。简称“瘴”。

［6］赵家姊妹：赵飞燕、赵合德姐妹，皆为汉成帝所宠爱。倾城：指汉武帝宠姬李夫人，有倾城倾国之美，见《汉书·外戚传》。赤凤：汉成帝皇后赵飞燕所通宫奴名，后常以喻指情夫。

［7］红豆：古代文学作品中常用来象征相思，也叫“相思子”。青眼：典出阮籍，传说他能做“青白眼”，看他尊敬的人为“青眼”，看他不喜欢的人则为“白眼”。于是“青眼”就指对人喜爱或器重。

［8］折柳吟：乐曲名。南朝梁、陈以后多用为伤春怀别，思念远人之辞。曲调忧伤悲凉，也称为“折杨柳”。拈花：比喻勾搭异性，到处留情。

[9] 王昌：相传魏晋时期的美男子之一。据说有潘安之美貌，引得无数娟女为之倾倒。

[10] 瑶草：江淹《别赋》："惜瑶草之徒芳。"李善注引宋玉《高唐赋》："我帝之季女，名曰瑶姬。未行而亡，封于巫山之台。精魂为草，实为灵芝。"

[11] 巫山十二峰：用楚先王梦幸巫山神女典故，喻指男女欢会之地。

[12] 云来雨去：用巫山神女"旦为朝云，暮为行雨"典，喻指男女欢合。

[13] 紫玉：吴王夫差的女儿，与韩重相爱。其事见东晋干宝《搜神记》卷十六《紫玉》："吴王夫差小女紫玉，年十八，悦童子韩重，欲嫁而为父所阻，气结而死。重游学归，吊紫玉墓。玉形现，并赠重明珠。玉托梦于王，夫人闻之，出而抱之，玉如烟而没。"崔徽：唐代妓女，因思念情人裴敬中而死，其事见元稹《崔徽歌》。

[14] 好好：唐代乐妓名。真真：相传唐代进士赵颜于画工处得一软幛，上绘美女，名真真，呼其名百日而活。见杜荀鹤《松窗杂记》，后因以"真真"泛指美人。

自题入蜀、出蜀二图（骑马入栈，三峡归舟） 其三

陶澍[1]

明月瞿塘旧有名，黄牛白狗锁峥嵘。[2]
扁舟回首猿啼处，十二巫峰秋欲生。

（陈蒲清主编《陶澍全集》第七册）

【注释】

[1] 陶澍（1779—1839）：字子霖，又字子云，号云汀、髯樵，安化县（今湖南益阳）人。工诗文，著有《陶文毅公全集》等，今人整理为《陶澍全集》。

[2] 明月：明月峡，旧说三峡之一。黄牛白狗：即黄牛峡、白狗峡。

有友以《湘波秋影图》属题，即以奉规，朋友有劝善之义，不妨曲终奏雅也（其一）

陶澍

渺渺芳辞托宋邻，行云行雨梦非真。[1]
芙蓉秋水多哀怨，莫认湘累作美人。[2]

（陈蒲清主编《陶澍全集》第七册）

【注释】

[1] 宋邻：用东邻窥宋故事。事见宋玉《登徒子好色赋》。行云行雨：指楚怀王幸巫山神女事。

[2] 芙蓉：木芙蓉花，又叫拒霜。湘累：指屈原。

明良殿谒汉昭烈帝像[1]

陶澍

汉帝下彝陵，气已无东吴。[2]

天意不祚汉，一败奔夔巫。[3]

英雄志不挠，未肯隳良图。[4]

归来筑白帝，坐镇雄关隅。[5]

进取宜可战，退守斯无虞。[6]

吴儿闻之惧，请和如降奴。

惜哉业垂成，永安倏云殂。[7]

君臣付托际，所语同典谟。[8]

功名虽未竟，慷慨起孱夫。[9]

庙食千载下，感喟无贤愚。

笑彼孙与曹，狐鼠徒区区。

（陈蒲清主编《陶澍全集》第七册）

【注释】

[1] 明良殿：位于今重庆奉节白帝城内。殿内有刘备、关羽、张心、诸葛亮的塑像。谒：拜见。汉昭烈帝：刘备（161—223），于221年在成都称帝，国号汉，年号章武，史称蜀或蜀汉；223年病逝于白帝城，终年63岁，谥号昭烈皇帝，庙号烈祖，葬惠陵。

[2] 汉帝：指刘备。彝陵：位于今湖北宜昌。222年，蜀与吴曾于此有彝陵之战，以刘备蜀汉战败结束。

[3] 祚：福佑。夔巫：夔州府（治今重庆奉节县）和巫山县。此役刘备败北，只身逃至白帝城中，得赵云援军赶至，才幸免于难。

［4］隳：毁坏。良图：远大的谋略。

［5］白帝：白帝城。

［6］无虞：无忧，太平无事。

［7］永安倏云殂：223年刘备病逝于奉节永安宫。

［8］典谟：《尚书》之《尧典》《舜典》和《大禹谟》《皋陶谟》等篇的并称。

［9］孱夫：病弱的人。

琵琶仙　邵兰风文学属题秦良玉小像[1]

顾翰[2]

翠帕朱靴，图中认，英气眉边犹在。[3]为想珠帐牙旂，秋风动笳吹。[4]麾白杆，精兵数万，更围拥红妆几队。巫峡云深，夔门路险，高筑营寨。[5]　　直教那黄虎魂惊，只携帚，人看将台拜。骢马桃花香浣，走长虹如带。[6]谁失势？竹坪篁岭，使贼奴，敢觊峒砦。[7]一片为国丹心，湿衣铅水。

（《拜石山房词钞》卷三）

【注释】

［1］邵兰风：邵广铨（1774—1821），字甄士，一字兰风。江苏常熟人。诸生。工词曲。秦良玉（1574—1648）：字贞素，忠州（今重庆忠县）人，明末战功卓著的女将军、抗清名将，中国历史上被正式册封为将军的唯一一位女性。

［2］顾翰（1783—1860）：字木天，号兼塘，又号简塘，无锡（今江

苏省无锡市）人。著有《拜石山房诗》《拜石山房词》等。

［3］帊：古同"帕"。

［4］旍（jīng）：古同"旌"。

［5］高筑营寨：秦良玉于崇祯七年（1634）率白杆兵阻击张献忠于夔州、扼罗汝才于巫山。

［6］浼（wǎn）：（水流）曲折蜿蜒。

［7］峒砦：山寨。砦（zhài），同"寨"；峒，山洞，石洞。

读陶云汀侍御《皇华集》，
即题《入蜀》《出蜀》二图后[1]

陈沆[2]

自从杜甫入蜀后，无人敢赋入蜀诗。
近代渔洋亦作者，《蚕尾》一集其庶几。[3]
江山文字因缘好，天假诗人更搜讨。
手持绛节日边来，收拾烟云归草藁。[4]
别有千秋感喟生，英雄割据事难平。
蛙声恨满公孙井，鸟阵秋盘葛亮营。[5]
使者才高巫峡水，登临到处悲风起。
独将量才一片心，量取江山一万里。[6]
门下况有两王郎，十九二十能文章。[7]
只今归向图中卧，欲往从之巫峡长。

（《简学斋诗删》卷三，
宋耐苦、何国民编校《陈沆集》）

【注释】

[1] 陶云汀：即陶澍（1779—1839），字子霖，号云汀。《皇华集》：指《蜀輶日记皇华草合编》，陶澍著。

[2] 陈沆（1785—1826）：字太初，号秋舫，蕲水（今湖北省黄冈市浠水县）人，清中叶著名诗人。著有《简学斋诗存》《简学斋诗删》《诗比兴笺》等。

[3] 渔洋：指王士禛（1634—1711），字子真，一字贻上，号阮亭，又号渔洋山人，新城（今山东省淄博市桓台县）人，开清诗神韵派，为一代宗匠。《蚕尾》：指王士禛的《蚕尾集》《蚕尾续集》《蚕尾后集》。庶几：近似、差可比拟。

[4] 绛节：古代使者持作凭证的红色符节。王士禛于康熙十一年（1672）典试四川，陶澍于嘉庆十五年（1810）任四川乡试副考官，故以"绛节"称之。

[5] 蛙声恨满公孙井：意谓公孙述割据蜀中，不过是识见短浅的井底之蛙而已。葛亮营：指诸葛亮推演的八阵图，在四川省新都区弥牟镇、重庆市奉节县白帝城边均有遗迹。鸟阵是八阵图之一。

[6] 量才：考虑才能。

[7] 两王郎：指王怀曾、王怀孟兄弟，大竹（今四川省大竹县）人，嘉庆十五年（1810）同举乡试。

浪淘沙　为宣山同年题《睡美图》（其三）

王怀孟[1]

小睡不成欢，花底人单。手扶花影背花眠。一半春愁担不起，搭在阑干。　　一缕彩云宽，莫到巫山。[2]要知醒后别离难。知否封侯人万里，夜夜邯郸。[3]

（李谊辑校《历代蜀词全辑》）

【注释】

[1] 王怀孟（1787—1840）：字小云，大竹人。著有《零砾诗存》《小云词剩》。

[2] 巫山：用巫山神女典故，言男女情事。

[3] 邯郸：即邯郸梦。唐人沈既济《枕中记》载卢生在邯郸客店中遇道士吕翁，用其所授瓷枕，梦中历数十年富贵荣华。及醒，店主炊黄粱未熟。后因以"邯郸梦"喻虚幻之事。

江城子　自题《羽陵春晚》画册，
改《隔溪梅令》之作

龚自珍[1]

假山修竹隐蒙茸。忒玲珑，似巫峰。[2] 竹外楼台薄暝一重重。[3] 为数春星贪久立，苍藓上，印鞋弓。　　留仙裙褶晚来松。落花风，去匆匆。先把胭脂染得玉笙红。[4] 此夜酒边词笔健，银烛焰，吐如虹。

（《龚自珍全集》第十一辑《庚子雅词》）

【注释】

[1] 龚自珍（1792—1841）：字瑟（sè）人，号定盦（ān），仁和（今浙江杭州）人，晚年居昆山（今江苏省昆山市）羽琌（líng）山馆，又号羽琌山民。著有《定庵文集》，今人辑为《龚自珍全集》。

[2] 蒙：杂乱貌。

[3] 薄暝：犹薄暮，傍晚。

[4] 玉笙：镶有玉饰的笙，或用为笙之美称。

醉落魄　题《杨妃醉酒图》

高浣花[1]

君王宠遇，当时费尽词人句。枉断肠、马嵬黄土。[2]锦袜空留，知魂锁何处？　　丹青描出酡颜趣。[3]依稀尚记，华清乳。霓裳卸罢扶难住。[4]湘簟初凉，一枕巫云暮。[5]

（李谊辑校《历代蜀词全辑》）

【注释】

[1] 高浣花（约1793—?）：女，字浣雪，晚号茶蘪老人，成都华阳（今四川省成都市成华区）人。著有《倦绣吟》《鹃血余草》《周易述解》《诗史评札》《杜韩诗选注》等。

[2] 马嵬：马嵬坡，在陕西省兴平市。唐玄宗奔蜀，被迫赐杨贵妃死，葬于马嵬坡。

[3] 酡颜：饮酒脸红貌。亦泛指脸红。

[4] 霓裳：相传神仙以云霓为衣裳，故称"霓裳"。此处借指轻柔飘拂的舞衣。

[5] 湘簟：用湘竹所制的席子。巫云：用巫山神女"旦为朝云，暮为行雨"典故。

木兰花慢　铁园雨夜，题《巴山话雨图》

孙义钧[1]

少年听雨夜，甚旧约，是新愁。记巫峡连樯，巴邱点笔，两载勾留。[2]联床几多真乐，尽萧萧同话一灯秋。好讯西窗窽烛，何如坡颍风流。　　栈云吴树已前游，聚散总浮沤。[3]又雁影沈天，猿啼隐树，并入离忧。梦中催诗知否？问池塘、有句劝归休。[4]料得看云白日，一般独寐闲讴。

（林葆恒编《词综补遗》卷二十三）

【注释】

　　[1] 孙义钧（？—约1851）：或作义銎，字子和，一字和伯，别称月底修箫馆主人，吴县（今江苏苏州）人。工诗词，擅书画。著有《好深湛思室诗存》。

　　[2] 连樯：樯杆相连，形容船多。巴邱：即岳州，其南为洞庭。勾留：逗留。

　　[3] 浮沤（ōu）：水面上的泡沫。因其易生易灭，常比喻变化无常的世事和短暂的生命。

　　[4] 池塘：用谢灵运长久卧病，至次年初春始愈，于是登楼观景有感而作《登池上楼》事。

菊农《参军旦泊图》（其二）

张际亮[1]

巫峡峰高接楚云，莫嫌蛮语作参军。
停舟父老应相问，此水清曾照使君。[2]

（张际亮《思伯子堂诗集》卷十九）

【注释】

[1] 张际亮（1799—1843）：字亨甫，号华胥大夫、松寥山人，建宁县（今属福建省三明市）人。

[2] 自注："君父由四川通守起家，至宝庆太守。君今亦分发四川。"

罗广文索题《三十六桥艳谱》（选一）

张际亮

酒座怕逢张好好，毡庐犹记李师师。[1]
含情可奈将行候，下笔翻难是忆时。
仙泪飘零堕铅水，我山惆怅失燕支。[2]
分明怨雨愁云思，说与襄王恐未知。[3]

（张际亮《思伯子堂诗集》卷十一）

【注释】

[1] 张好好：唐文宗时宜城名妓。李师师：北宋末汴京名妓。其事多见野史、笔记小说。

[2] 铅水：比喻晶莹凝聚的眼泪。燕支：山名。《元和郡县志》："燕支山，一名删丹山，在丹州删丹县南五十里。东西百余里，南北二十里，水草茂美，与祁连同。"

[3] 怨雨愁云：化用巫山神女之"旦为朝云，暮为行雨"，言其情感受阻而幽怨。襄王：楚襄王。

莱山学士《湘月泛槎图》

张际亮

峰七十二重烟浮，湾三十六回波流。

夜凉新月出照水，鲛奴奉镜灵妃游。[1]

空明河汉宛在地，落雪数点飞风鸥。

洞庭巫峡气莽苍，千里并作清湘秋。

岂无华烛拥使节，俯仰发兴惟孤舟。[2]

玉堂归来忆昨梦，鱼龙百变一纸收。

人生过眼境总幻，幽意且喜江山留。

槎头顽石载可已，陋矣博望徒封侯。[3]

（张际亮《思伯子堂诗集》卷七）

【注释】

[1] 鲛奴：鲛人居于海中，因以"鲛奴"蔑称来自海上的外国侵略者。灵妃：娥皇、女英。

[2] 发兴：感发情感。

[3] 博望徒封侯：博望侯。西汉著名外交家张骞的封爵。侯国国都在今河南省方城县博望镇。

太白楼萧尺木画壁歌[1]

张际亮

前见太华月，后见蛾眉雪。[2]

香炉瀑布下奔腾，日观朝霞上明灭。[3]

伟哉四壁一照眼，乃有千岩万壑争奇绝。

谪仙仙去不复返，诗魂应在江上之青山，

不然游戏烟云缥缈间。[4]

朝登落雁巅，夕眺彭蠡水。

手持玉井妙莲花，散发天门笑东海。

或骑鲸鱼跨白龙，下视巫峡娟娟十二峰。

三峰相映何巃嵸，太古积素无人踪。[5]

化为飞流百千仞，万里来助长江雄。

（下略）

（张际亮《思伯子堂诗集》卷二十一）

【注释】

［1］萧尺木：萧云从（1596—1673），字尺木，号于湖老人、无闷道人、默思。安徽芜湖人，明末清初芜湖著名画家，姑苏画派创始人。

［2］太华：即西岳华山，在陕西省华阴市南，因其西有少华山，故称太华。

［3］香炉：指庐山香炉峰。

［4］谪仙：李白的雅号，为贺知章所赠。

［5］巃嵸：山势高峻貌。

续读石画诗十八首，同夫子作（其十三）[1]

顾太清[2]

彩云锦浪

千年流水韵淙淙，万朵芙蓉簇锦江。[3]
一自高唐人去后，至今犹见彩云降。[4]

（金启孮、金适《顾太清集校笺》卷三）

【注释】

[1] 诗题笺注："题云同夫子作，而《明善堂集》中无。或系太清代奕绘所作。盖仍题阮元家藏石画。"

[2] 顾太清（1799—1876）：名春，字子春，又字梅仙，号云槎外史。原为努尔哈赤开国元勋西林觉罗氏后裔，满洲镶蓝旗人。嫁贝勒奕绘为侧福晋。因奕绘字子章，号太素，乃字子春，号太清，自署太清春、太清西林春，遂以顾太清名世。是文学史上公认的"清代第一女词人"，著有《子春集》《天游阁集》《东海渔歌》。

[3] 淙淙（cóng）：流水的声音。锦江：岷江支流之一，在今四川省成都市。相传蜀人织锦濯于河中则颜色鲜艳，濯于他水则锦色暗淡，故称"濯锦江"，简称"锦江"。

[4] 高唐：战国时楚国台观名，在云梦泽中。传说楚襄王游高唐，梦幸巫山神女而去。

金缕曲　题姚珊珊小像[1]

顾太清

何处春风面？画图中、云鬟倭鬌，羽衣轻软。[2]似有游魂招不得，难写寸心幽怨。丝不尽、春蚕在茧。[3]离合神光空有梦，梦高唐路杳情无限。[4]阳台女，更谁见？[5]

珊珊月下来何晚。是耶非、恍惚曾闻，筊箫象管。公子凭虚卿薄命，对影徒增浩叹。好事者、新词题满。倩倩真真呼不应，惹相思海上三山远。[6]人间事，本如幻。

（金启孮、金适《顾太清集校笺》

卷八《东海渔歌一》）

【注释】

[1] 姚珊珊：生平不详。原注："或谓凭虚公子姬人。"

[2] 云鬟：泛指乌黑秀美的头发。倭鬌（duǒ）：即倭堕髻，古代女性的一种发型，其发髻向额前俯偃。

[3] 丝：双关语，"思"的谐音。

[4] 高唐路杳：言情爱受阻。

[5] 阳台女：巫山神女。

[6] 海上三山：传说中的海上三仙山：一方丈，二蓬莱，三瀛洲。

南乡子　云林嘱题《熏笼美人图》

顾太清

窗外雪昏昏，人倚熏笼昼掩门。[1]寒恋重衾眠不起，氤氲。一瓣心香谁与焚？[2]　　写出画中身，浅黛愁含隔宿痕。仿佛思量多少事，消魂。何处行云梦不真。[3]

（金启孮、金适《顾太清集校笺》
卷十一《东海渔歌四》）

【注释】

[1] 熏笼：一种覆盖于火炉上供熏香、烘物和取暖用的器物。
[2] 一瓣心香：谓心中虔诚敬礼，如燃香供佛。
[3] 行云梦不真：言巫山神女梦出于虚构。

阳台路　为汪渔坨题《宋玉赋神女图》，汪罕青同作[1]

姚燮[2]

梦潜寤。感倪装婿服，荒唐云雨。[3]问含波、媚盼春莹，可解佩兰贻汝。依约烟心，翡翠正翔、玉荷羞语。剩一眉、山痕遥黛横浦。　　但婳秋虹天际，枉凤辇、寻香晚驻。[4]大夫才谪，要赚得、宠恩私与。[5]曾姑射、娟魂雪抱，也惯碧猜红妒。[6]何如不惑阳城，蓬挛南楚。[7]

（沈锡麟标点《疏影楼词》）

【注释】

[1] 汪渔圬：汪坤厚，字渔圬，大兴人，祖籍浙江萧山。同治六年（867）丁卯任江阴知县。

[2] 姚燮（1805—1864）：字梅伯，号复庄，镇海县（今浙江宁波）人。工诗画，尤善人物、梅花。著有《大梅山馆集》等。

[3] 侻：同"脱"。婑（duò）服：华丽的服装。

[4] 嫟：形容女子娴雅，美好。凤辇：仙人的车乘。

[5] 大夫：指宋玉，曾为楚襄王大夫。

[6] 姑射：神仙或美人的代称。

[7] 惑阳城：迷惑阳城人，言其美。语出宋玉《登徒子好色赋》。南楚：战国时期楚国在中原南面，后世称南楚，为三楚之一。

【北正宫】端正好　为王某题秦淮女史吴瑞云兰花卷子

杨小坡[1]

莽天涯人何处，望江南荆棘荒芜。花心更比人心苦，是一编着色的《离骚》赋。

【滚绣球】想当初十二阑干帘影疏，三五中秋月影孤。看楼外垂杨一树，把长桥遮得模糊。甚文章大小苏，甚神人大小姑，乔珠娘烟花寨主，俊玉郎旷代才无。[2]那管他桃花竟日随流水，端的是寒雨连江夜入湖，对画兰媚影亲摹。

【脱布衫】你是个阮籍穷途，他是个卓氏当炉。[3]钟情的梦儿中阳台遇雨，传情的画儿中空山泣露。[4]

· · · · · · · · · · ·

【尾声】知君牵梦魂，代君诉肺腑，可怜曲误无人顾！我待要请正兰花花不语。

（谢伯阳、凌景埏编《全清散曲》）

【注释】

[1] 杨小坡：名组荣，"小坡"或为号，怀远（今安徽蚌埠）人，约咸丰末前后在世。

[2] 大小苏：北宋文学家苏轼及其弟苏辙俱有文名，世称"大苏"与"小苏"，合称"大小苏"。大小姑：即大、小姑山。小孤山在江西彭泽县北，大孤山在鄱阳湖中。乔：假装。此处指虚情假意。珠：闽粤一带对妓女的称呼。

[3] 阮籍穷途：阮籍不拘礼俗，行不由径，其有"穷途之哭"，也形容因身处困境而悲哀。卓氏当炉：卓文君与司马相如私奔后，曾当炉卖酒。炉通"垆"，古时酒店放置酒坛的炉形土墩。

[4] 阳台：即阳云台。用巫山云雨典，言男女欢会。

题潘顺之《落花图》（其二）[1]

汪锡珪[2]

欲翦巫山一段云，幻空玉女散纷纷。[3]
随风吹到波心去，红晕鱼鳞绿绉纹。

（徐世昌编《晚晴簃诗汇》卷一五一）

【注释】

[1] 潘顺之：潘遵祁（1808—1892），字觉夫，一字顺之，号西圃，吴县（今苏州）人。清道光二十五年（1845）进士，官翰林院侍讲。著有《西圃集》等。

[2] 汪锡珪：字秉斋，长洲（今苏州）人。著有《翡翠巢诗钞》。

[3] 巫山一段云：此以巫山云言画中落花。

【南仙吕入双调】步步娇　七夕生美人春倦图

潘曾莹[1]

悄红楼蓦地春寒重，帘外春禽弄，连宵雨又风。隔个窗儿，尽把春愁送。镇日睡朦胧，弹金钗溜却桐花凤。[2]

....

【尚如缕煞】珊珊倩影春烟重，更添写巫山恨转浓，怎能勾罗帏圆却三生梦！[3]

（谢伯阳、凌景埏编《全清散曲》）

【注释】

[1] 潘曾莹（1808—1878）：字申甫，又字星斋，号红雪词人，吴县（今苏州）人。长于史学，工诗书画，著有《赐锦堂经进文钞》《红蕉馆诗钞》《小鸥波馆诗钞》等。

[2] 镇日：整天。弹：下垂。桐花凤：一种鸟的名字，以暮春时栖集于桐花而得名。

[3] 巫山：指巫山云雨，言男女欢会事。三生梦：前生、今生、来世的梦幻情缘。

虞美人　题马湘兰画竹[1]

陈澧[2]

风梢露叶亭亭立，翠墨看犹湿。小名题处是花名，一段潇湘残梦不曾醒。[3]　　秦淮依旧波如镜，不见巫云影。[4]画屏指点认春痕，只有江南倦客最销魂。

（严迪昌编《近代词钞》第二册）

【注释】

[1] 马湘兰（1548—1604）：本名马守贞，字玄儿。生于金陵，自幼沦落风尘，但其为人旷达，性望轻侠。她能诗善画，尤擅画兰竹，故有"湘兰"之称。

[2] 陈澧（1810—1882）：字兰甫、兰浦，号东塾，世称东塾先生，广东府番禺人。著有《东塾读书记》《汉儒通义》《声律通考》等。

[3] 潇湘：湘江。

[4] 巫云：巫山云影，此指马湘兰。

题黄竹臣入峡图卷子

杨翰[1]

豪兴翩然迥不收，瞿塘东下混茫流。[2]
云来绝壁千重合，天入层峦一线浮。

怪石尽含风雨气，苍岩长束古今秋。

休夸十二奇峰峻，八百盘山在上头。[3]

（李浚之编《清画家诗史》辛上）

【注释】

[1] 杨翰（1812—1879）：字伯飞，号息柯居士，河北新城人。善书画金石。有《抱遗堂诗文集》《粤西访碑录》等。

[2] 混茫：浑然苍茫貌。

[3] 十二奇峰：巫山十二峰。

长相思（其二）

黄承湛[1]

镜中人，洞天春，影隔湘帘玉烛新。[2]巫山一片云。[3]
月当窗，惜双双，藕色衫薰四和香。[4]栏凭八宝装。

（悔盦居士《清溪惆怅集·银河吹笙图题词》，
虫天子辑《香艳丛书》第十五集卷四）

【注释】

[1] 黄承湛：字剑虹，泉唐（今浙江省杭州市）人，著有《琴影盦撅月词》。

[2] 洞天：道教指神仙居住的地方。湘帘：用湘妃竹做的帘子。

[3] 巫山一片云：指巫山云雨，言男女情事。

[4] 四和：香炉名。

南北双调合套

陈烺[1]

何仙舫出所绘《吴彩鸾跨虎图》嘱题，并有自制图说，玩其意若取义于胭脂虎者，虽与图未合，而言足警世，爰广其意，戏填此阙。

【新水令北】神仙游戏跨云霄，老洪崖拍肩微笑。[2]人已去，手频招。夫婿文箫，真不愧凤鸾交。[3]

············

【尾声南】劝少年莫被风魔扰，便洛女巫云片刻消，只有这不恋色的神仙少烦恼。[4]

（谢伯阳、凌景埏编《全清散曲》）

【注释】

[1] 陈烺（1822—1903）：字叔明，号潜翁，别号云石山人、玉狮老人，阳湖（今江苏省常州市）人，清末戏剧家。著有《玉狮堂十种曲》。

[2] 洪崖：又作"洪厓""洪涯"，黄帝大臣伶伦的仙号。

[3] 文箫：唐传奇人名，见唐代裴铏《传奇·文箫》。文箫中秋出游，遇一美丽少女，心中爱慕，口吟一诗："若能相伴陟仙坛，应得文箫驾彩鸾。自有绣襦兼甲帐，琼台不怕雪霜寒。"正在此时，忽有一仙童到来，宣布天判："吴彩鸾以私欲而泄天机，谪为民妻一纪。"两人遂成夫妇，后双双骑虎仙去。

[4] 风魔：形容言行轻狂、放浪不羁。洛女：指洛水女神。巫云：巫山神女。

金缕曲　题《梨云梦影图》

陶　然[1]

此境真耶梦？冷溶溶、隔溪晴雪，夜和云冻。流水小桥风隐约，一缕蝶魂吹送。[2]已寻到、迷香仙洞。[3]要托微波通宛转，猛回头玉笛惊三弄。[4]灯半灭，枕孤拥。

分钗我亦缘悭凤。[5]惯低徊、参横月落，醉轻愁重。[6]太息画中人去也，辽鹤与谁双控？[7]毕竟是、天生情种。几笔冶春留影住，赋高唐犹惹魂销宋。[8]花不语，撩人动。

（严迪昌编《近代词钞》第三册）

【注释】

[1] 陶然（1830—1880）：字蓘青，号苣孙，长洲（今江苏苏州）人。家世业贾，但以名儒词人终。

[2] 蝶魂：犹蝶魄。用庄周梦蝶故事。指超然物外之心境。

[3] 仙洞：仙人洞府。

[4] 微波：女子的眼神。三弄：又称《梅花三弄》，古琴名曲。

[5] 分钗：言夫妻离异。

[6] 参横：参星横斜，指夜深。

[7] 太息：叹息。辽鹤：辽东丁令威得仙化鹤归里事。东晋陶潜《搜神后记》卷一："丁令威本辽东人，学道于灵虚山，后化鹤归辽。"

[8] 冶春：游春。赋高唐：宋玉作《高唐赋》事。

题《高唐神女图》

叶衍兰[1]

楚天环佩清秋回，悄姗姗、谁见行雪微步？[2]兰泽散芳馨，压六宫眉妩。[3]巫峡生涯原是梦，浑不怕、细腰人妒。凝伫，望缥缈仙軿，发鬘烟雾。[4]　　休说幻想荒唐。叹微词艳绝，一篇遗赋。幽咽到惊鸿，写洛川辰浦。翠盖霓旌无定所，总肠断、峰头朝暮。愁绪，认倩影阳台，春风留住。

（叶恭绰编《全清词钞》卷二十四）

【注释】

[1] 叶衍兰（1823—1897）：字南雪，号兰台，番禺（今广东省广州市番禺区）人。

[2] 环佩：古人所系的佩玉。后多指女子所佩的玉饰。此处借指巫山神女。

[3] 六宫：古代皇后的寝宫，一为正寝，五为燕寝，合称"六宫"。

[4] 凝伫：凝望伫立；停滞不动。仙軿：仙车。

氐州第一　自题小影[1]

庄棫[2]

盘石修篁，溪畔稳坐，荒村休说栖隐。[3]过眼韶华，依人岁月，容我萧闲自省。添得髭须，好认取、旧时心影。[4]词赋关情，江湖放浪，十年俄顷。[5]　　难得良朋踪迹并。有周缦云、袁子文题辞。又何用、简编徐忖。[6]旅况更番，归期未卜，正野塘春近。且休将、如意贴，萧楼寂、云沈意迥。待梦高唐，欲成眠、谁能睡稳？

【注释】

[1] 氐州第一：词牌名。又称《熙州摘遍》。小影：小像。

[2] 庄棫（1830—1878）：字中白，又字希祖，号东庄，又号蒿庵，丹徒（今江苏镇江）人。

[3] 盘石：大石。修篁（huáng）：修竹。

[4] 髭须：胡须。

[5] 俄顷：一会儿、顷刻。

[6] 简编：泛指书籍。

贺新郎　题云门《茗花春雨楼填词图》

李慈铭[1]

家在巫云曲。[2]更那堪、蕙情兰抱，楚天人独。[3]屈子骚恨三千载，悱恻灵芽能续。[4]且莫怨、衫痕凋绿。湘水芳魂招未得，又黄陵、泣断瑶妃竹。[5]歌迸急，素弦促。[6]

知君心似弹棋局。忆三生、香阶划袜，定情银烛。[7]绿绮徽寒么凤寡，泪洗明珠盈斛。[8]便锦里、回文谁读？[9]一角红楼春如梦，只东风，岁岁花吹玉。多少恨，认横幅。

【注释】

[1] 李慈铭（1830—1894）：原名模，字式侯，改名慈铭，字炁（qì）伯，号莼客，室名越缦堂，晚年自署越缦老人，会稽（今浙江省绍兴市）人。著有《越缦堂日记》《越缦堂词录》《越缦堂经说》等。

[2] 巫云曲：巫山拐弯处。

[3] 蕙、兰：皆香草。象征美好的品德。

[4] 屈子：屈原。灵芽：神明本性。

[5] 黄陵：黄陵庙。传说为舜二妃娥皇、女英之庙，亦称二妃庙。在湖南省湘阴县之北。

[6] 素弦：无装饰之琴。

[7] 三生：前生、今生、来世。刬（chǎn）袜：只穿袜子，不穿鞋子走路。

[8] 绿绮：司马相如所弹奏的一张琴。后以"绿绮"为古琴之别称。么凤：鹦鹉的一种。体形较燕子小，羽毛五色，每至暮春来集桐花，故又称桐花凤。

[9] 回文：前秦窦滔妻苏蕙《璇玑图》，纵横反复，皆成章句。

题《焚香忏绮图》小影

池虬[1]

美人香草托幽思，神女高唐妙讽词。[2]
千古骚人多寄托，风骚屈宋是吾师。[3]

（沈不沉编《洪炳文集》附录）

【注释】

　　[1] 池虬：字仲麟，瑞安（今浙江省瑞安市）人。维新思想家陈虬（1851—1904）门下高足。著有《中国历代文派沿革录》《治安刍议》等。

　　[2] 美人香草：《离骚》所使用的象征手法。其中"美人"常喻国君或屈原自己，"香草"喻高洁的德行。

　　[3] 神女高唐：屈原弟子宋玉所作《神女赋》《高唐赋》。

　　[4] 骚人：文人。风骚：风指《国风》及其代表的《诗经》，骚指《离骚》及其代表的《楚辞》。屈宋：屈原与宋玉。

画石杂咏

席夔[1]

怪石嵯峨似虎蹲，巫山十二锁夔门。[2]
几回载棹江中过，仰视青天一线痕。
细草铺茵软翠连，石如颓叟卧花前。
山中甲子无人记，一梦长酣几百年。[3]

（本书编委会编《近代巴蜀诗钞》上册）

【注释】

　　[1] 席夔（约 1849—1903 后）：字子研，号仙云馆主人，彭县（今成都市彭州）人。

　　[2] 嵯峨：山势高峻貌。巫山十二：巫山十二峰。

　　[3] 甲子：干支纪年。此代指时间。酣：酣睡。

蒿庵中丞《峡江雪泛图》[1]

沈曾植[2]

《蜀道难》传古谣谚，我昔旅行南北栈。[3]
时平谷熟畲田秋，谷饮岩居鸡豕贱。[4]
⋯⋯⋯⋯⋯
披图老眼重摩挲，同治年间行色见。[5]
君游乃在光绪年，巫山巫峡瞿塘滩。[6]
峡中少年多在水，绝壁但有惊猿攀。
巫峰纤丽十二相，碧玉簪插飞云鬟。[7]
兵书或为元女守，净坛有待云华还。[8]
雪碛不劳百丈引，冰栈岂有盘车艰。[9]
白盐赤甲指历历，渔人燕子偕闲闲。[10]
他年持节到锦官，记《入蜀》仍录《吴船》。[11]
我亦题桥旧游客，万里重到嗟无缘。
风尘莽莽战云黑，蜀道昔易今诚难。
因风与问李常在，漏天灾雨晴何年？

（钱仲联《沈曾植集校注》下册）

【注释】

[1] 蒿庵中丞：指冯煦（1842—1927），字梦华，号蒿庵，晚号蒿叟、蒿隐，金坛（今江苏省常州市金坛区）人，清末著名词人。

[2] 沈曾植（1850—1922），字子培，号巽斋，别号乙盦，晚号寐叟、巽斋老人，嘉兴府（今浙江省嘉兴市）人。

[3] 我昔旅行南北栈：钱仲联注："公于同治十一年（1873）壬申由沪溯江西上，入蜀旧姻，自蜀还京，取道栈阁。"

[4] 畲（shē）田：采用刀耕火种的方法耕种的田地。

[5] 同治：清穆宗爱新觉罗·载淳的年号，从 1861 年至 1875 年。

[6] 君游乃在光绪年：钱仲联注引魏家骅（1862—1933）《副都御史安徽巡抚兼理提督冯公行状》："同治己巳（1869）游江宁，光绪丁丑（1877）、戊寅（1878）校书冶山之巅，中间于役夔州，邅返数千里，尽揽江山奇秀之气，益昌其所为诗文。"又引陈蘷龙《题蒿庵中丞〈峡中泛雪图卷子〉》自注："君昔入夔州觞子范太守幕。"

[7] 巫峰十二相：即巫山十二峰。

[8] 净坛："净"是洒净，"坛"是醮坛。在净坛科仪中，道士通过洒法水，涤尘埃，三上香，奉请诸神降赴坛庭，达到信众消灾降福、度化升仙的目的。元女：即"玄女"，又称九天玄女，道教奉为女战神。云华：指云华夫人，即巫山神女。《太平广记》："云华夫人，王母第二十三女，太真王夫人之妹也，名瑶姬，受回风混合万景炼神飞仙之道。尝东海游，还过江上，有巫山焉，峰岩挺拔，林壑幽丽，巨石如坛，留连久之。其后楚襄王筑台于高唐之馆，作阳台之宫以祀之。"

[9] 碕（qí）：同"埼"，弯曲的岸。百丈：拉纤牵船的篾缆。

[10] 白盐赤甲：分别是长江瞿塘峡南岸、北岸的大山，夹峙如门，称为"夔门"。

[11] 持节：节，以竹为竿，上缀以旄牛尾，是使者所持的信物。锦官：锦官城，成都的别称。《入蜀》：指陆游的《入蜀记》。《吴船》：范成大的《吴船录》。

题万苍山人花卉册　牡丹

沈曾植

露重迎朝旭，春迟闷国香。[1]

移根留故性，簇叶护深房。
绣被温麡晓，云衣窈窕妆。[2]
定知愁暮雨，不忍赋巫唐。[3]

（钱仲联《沈曾植集校注》上册）

【注释】

[1] 国香：极言其香。谓其香甲于一国。

[2] 麡（nún）：香气。云衣：云气。

[3] 巫唐：巫山高唐。"赋巫唐"即《高唐赋》。

题易实甫观察（顺鼎）《巫峡窥天图》[1]

铁龄[2]

长卿词赋销沉后，又见眉州父子间。[3]
中有诸侯老宾客，浣花溪水剑南山。[4]
山水方滋一事无，蚕丛才过问鱼凫。[5]
登高不作闲游览，万里筹边打箭炉。[6]

（陈衍辑《近代诗钞》上册）

【注释】

[1] 易顺鼎（1858—1920）：字实甫、实父、中硕，号忏绮斋等，龙阳（今湖南汉寿）人。著有《琴志楼编年诗集》等。

[2] 铁龄（1851—1891）：字希梅，亦作西湄，号铁庵，瓜尔佳氏，满洲正黄旗人。著有《棠园诗存》。

［3］长卿：即司马相如（约公元前179—前118），字长卿，蜀郡（今四川成都）人。眉州父子：即苏洵、苏轼、苏辙父子。

［4］诸侯老宾客：杜甫在三十五岁时入长安求仕，至四十四岁仍无所得，困守长安整整十年，故自称为"诸侯老宾客"。

［5］蚕丛、鱼凫：俱为传说中的古蜀国帝王名。

［6］打箭炉：古地名，即今四川省甘孜藏族自治州康定市。

昀谷太守之蜀，作《江行觅句图》送别赋此

林纾[1]

生平不识嘉陵道，却写夔巫上峡舟。[2]
为爱诗人能作郡，聊将画卷纪清游。[3]
从今编集多新语，沿路闻猿及早秋。
日日推篷山色在，知无余地着离忧。

（陈衍辑《近代诗钞》中册）

【注释】

［1］林纾（1852—1924）：字琴南，号畏庐，别署冷红生，晚号蠡叟、践卓翁、六桥补柳翁、春觉斋主人，闽县（今福建省福州市）人，晚清文学家、翻译家。

［2］夔巫：夔门巫峡，泛指三峡地区。

［3］清游：清雅游赏。

题侯疑始填词图册[1]

严复[2]

天生人能群，语言资缱绻。[3]
心声精者传，韵语亦天演。[4]
君看五大洲，何国无歌谚？
周诗三百篇，无邪圣所荐。
楚辞逮唐音，中间凡几变。
由来声利涂，不中风人践。[5]
宋元乃词曲，以使民不倦。
甲乙起旗亭，宫徵起衔院。[6]
浏亮苏辛能，婉娈周姜擅。[7]
降斯五百年，往往获冷善。
梁溪倚声国，软浪摇歌扇。[8]
侯子生其中，蔚作群工殿。
思贤哀窈窕，刻意写盼倩。[9]
了知天机深，每恨抽思浅。[10]
缥缈阳台云，迷蒙神女巘。[11]
但乞一字安，岂惜千须拈。
梦醒起视国，四野方龙战。[12]
火急写为图，庶令知者见。
博弈岂能贤，权利吾知免。

（王栻主编《严复集》第二册《诗文卷下》）

【注释】

[1] 侯疑始（1885—1951）：名毅，字雪农，无锡县（今江苏省无锡市）人。其师严复喜法国哲学家笛卡尔的名言"哲学自疑始"，赠号曰"疑始"，遂以号行。著有《疑始诗词》。

[2] 严复（1854—1921）：原名宗光，字又陵，侯官县（今福建省福州市仓山区）人，近代著名翻译家、教育家。

[3] 缱绻：结交。

[4] 天演：自然进化。

[5] 风人：诗人。

[6] 旗亭：酒楼。悬旗为酒招，故称。宫徵：古代五音中宫音与徵音的并称，泛指乐曲与声调。金元时期对妓院的称呼。

[7] 苏辛：苏轼与辛弃疾。婉娈：委婉含蓄。周姜：周邦彦与姜夔。

[8] 倚声：指按谱填词。

[9] 窈窕：指淑女。

[10] 天机：上天的机密，天意。抽思：抒发情思。

[11] 巘（yǎn）：大山上的小山。

[12] 龙战：喻群雄争夺天下。

题易实甫郎中《巫峡窥天图》[1]

文廷式[2]

巫峡千寻势莽苍，怒涛惊波不可上。[3]
导岷初信神禹功，擘华安得巨灵掌？[4]
昔读剑南《入蜀记》，上接少陵有真赏。[5]
清猿啼泪凄余哀，神女入梦开精爽。
山灵寂寞近千载，才士放旷成一往。[6]
扁舟直下骧注坡，微命可赌虎撼额。

青枫冥冥路欲绝，寒风萧萧境方敞。

时清不复忧枳棘，禅定何须慑龙象。[7]

感时吊古有奇作，揽诗读画寄遐想。

坐觉崖气侵衣裳，更闻滩声惊几杖。

路难迹阻心自遥，试与元珠求象罔。[8]

（汪叔子编《文廷式集》卷十一《诗录》）

【注释】

[1] 易实甫：易顺鼎（1858—1920），字实甫、实父、中硕，号眉伽，晚号哭庵。湖南龙阳（今汉寿县龙阳镇）人。清末官吏、近代著名诗人。

[2] 文廷式（1856—1904）：字道希，号云阁等，萍乡（今江西省萍乡市）人。著有《云起轩诗钞》《云起轩词钞》《纯常子枝语》等，今人整理为《文廷式集》。

[3] 千寻：古以八尺为一寻。形容极高或极长。

[4] 导岷初信神禹功：岷，岷山；神禹，大禹。此句用大禹"岷山导江"之说，见《尚书·禹贡》。擘（bāi）华：擘同"掰"，即劈开华山。巨灵：神话传说中劈开华山的河神。

[5]《入蜀记》：南宋陆游入蜀途中的日记。少陵：杜甫自号"少陵野老"，世称"杜少陵"。真赏：会心地欣赏。

[6] 山灵：山神。

[7] 时清：时局清宁。禅定：佛教禅宗修行方法之一。一心审考为禅，息虑凝心为定。龙象：龙与象。水行中龙力大，陆行中象力大，故佛用以喻诸阿罗汉中修行勇猛有最大能力者。

[8] 试与元珠求象罔："元珠"即"玄珠"，真谛也；象罔乃寓言人物，有"似有象而实无，盖无心之谓"之义。此句出于《庄子·天地》。

踏莎行　为人题照

文廷式

　　舞蝶娇春，啼莺促曙，玉溪曾赋销魂句。嫦娥衣薄不禁寒，宓妃腰细才胜露。[1]　　香印成灰，云绹剩缕，红笺好共盈盈语。[2]落花难伴绮罗春，劝君休向阳台住。[3]

（汪叔子编《文廷式集》卷十二《词录》）

【注释】

　　[1] 宓妃：相传是伏羲氏之女，溺死于洛水，遂为洛水之神。

　　[2] 绹（guā）：紫青色的绶带。红笺：红色笺纸，多用作题写诗词。

　　[3] 原注："末二句用玉山诗，见《夷坚志》己集上。"

乙酉春三月，独游巫峰，后舟有扶枢侍祖言归者，缆次来谒，出所写《巫峡归舟图》，求言为佩，赋此寄感

吴之英[1]

　　游人尽道巫峡崄，年年岁岁有来舟。
　　但见来游不见归，啼猿空为游人悲。
　　蜀国于今已瘠土，官商犹自说天府。
　　舻舳千里于夔门，赵王公子楚王孙。[2]
　　穿矿采珠梦跟趾，山灵不渌江神死。[3]

窃得卓财又窃女，婵媛久滞豪华旅。[4]

近肉远丝酣舞筵，襄王一梦三千年。

明月乡心归何处，莺花屡新裘马故。[5]

纵余资斧足缠腰，膏火相煎利倚刀。[6]

何况宦情茧纸隔，市死半是千金客。[7]

漆榆宛保奸侠民，更兼椎埋有荐绅。[8]

可怜琴鹤枉相待，升屋遥复若闻悔。[9]

君今扶榇返苫庐，祖孙为命甘粗蔬。[10]

高唐云雨应排候，布帆安稳渡重岫。[11]

我愧家传朝歌笔，择言赠远诒女后。[12]

白发从此老园亭，莫向西风说锦城。

诚问旅魂归骨处，蜀山何似故山青。

（《近代巴蜀诗钞》上册）

【注释】

[1] 吴之英（1857—1918）：字伯朅，号蒙阳渔者，名山（今四川雅安）人，著有《寿栎庐丛书》。

[2] 舻舳（lúzhú）：多泛指前后首尾相接的船。

[3] 棼（fén）：纷乱，紊乱。渌：清澈。

[4] 窃得卓财又窃女：用司马相如琴挑卓文君，与之私奔故事。婵媛：姿态美好。

[5] 裘马：轻裘肥马。形容生活豪华。

[6] 资斧：指旅费。倚刀：意指追求私利犹如倚在刀口上。比喻贪利常得祸。

[7] 宦情：做官的志趣、意愿。茧纸：用蚕茧制作的纸。

[8] 荐绅：缙绅。有官职或做过官的人。

[9] 琴鹤：琴与鹤。古人常以琴鹤相随，表示清高、廉洁。

[10] 榇（chèn）：棺材。

[11] 重岫：连绵的群山。

[12] 诒：赠送。

为黄仲弢题姚梅伯所画《龙女图》

易顺鼎[1]

··········

余本洞庭客，但知洞庭君。

十年痛哭潇湘春，所思不见潇湘神。[2]

······眼中忽见云髻一尺高峨峨，[3]

乃是灵虚殿中龙女行雨过，扶桑之霞倒映朱颜酡。[4]

八瀛为睇目曾波，俯视下界鞶秋蛾，天衣十幅生绡拖。[5]

散花诸天有维摩，洗兵万国无修罗。[6]

九天云下垂，四海水皆立，中有一人美无匹。

灵风猎猎兮满旗斜，笑电纷纷兮如箭急。

纤手挽天河，不闻花喘息，雾鬟风发几曾湿。

骑龙作蝶海天归，万里无人春寂寂。

羞同瑶姬媚楚襄，思偕玄妃教轩皇。[7]

（下略）

（陈松青校点《易顺鼎诗文集》

第一编《诗集》卷六）

【注释】

[1] 易顺鼎（1858—1920）：字实甫、实父、中硕，号眉伽，晚号哭庵。湖南龙阳（今汉寿）人，著有《琴志楼编年诗集》等。

[2] 潇湘神：指舜帝二妃娥皇、女英，没于湘水，为湘水神。

[3] 云髻：高耸的发髻。

[4] 灵虚殿：神话中的水宫名。龙女：传说中龙王的女儿。扶桑：神话中的树木名，代指太阳升起之处。

[5] 八瀛：八海。天衣：神仙所着之衣。生绡：末漂煮过的丝织品。

[6] 散花诸天：指散花天女，佛经故事里的人物。维摩：维摩诘的省称，常用以指修大乘佛法的居士。修罗：梵语 Asura 的译音，"阿修罗"的省称。意译为"不端正"或"非天"，是古印度神话中的一种恶神。

[7] 瑶姬：巫山神女。楚襄王：即楚襄王。玄妃：天女。轩皇：黄帝轩辕氏。

樊山先生宠赋四律题余五十三岁所画《珠帘争看图》，依韵自题，兼以答谢（其四）

易顺鼎

销魂小杜赋春风，转眼刘郎隔万重。[1]
昨日兰台悲走马，当时药店感飞龙。[2]
眼波弱水三千里，眉黛巫山十二峰。[3]
还把玉溪诗句写，三生同听一楼钟。[4]

（陈松青校点《易顺鼎诗文集》
第一编《诗集》卷十七）

　　[1] 小杜：晚唐诗人杜牧。刘郎：指刘晨，东汉剡县（今浙江嵊州市）人。相传汉明帝永平年间（58—75）与阮肇入天台山采药，迷不得返，饥甚，见路边一桃树，食桃充腹，缘溪而行，遇二仙女，邀至府中，食胡麻饭，行夫妇礼。半载还家，子孙已过七代。后重返天台山寻访仙女，行迹渺然。

　　[2] 兰台：汉代兰台为御史中丞掌管，故兰台常指御史台。飞龙：指骏马。

　　[3] 弱水：喻爱河。眉黛巫山十二峰：以巫山峰言其眉。

　　[4] 玉溪：李商隐（约813—858），字义山，号玉溪生，晚唐著名诗人。

抱存公子属题王晋卿《蜀道寒云图》，
因用坡公《题烟江叠嶂图》韵[1]

易顺鼎

四万余岁之蜀山，始与秦塞通人烟。
鳖灵杜宇亦邈矣，蚕丛鱼凫何茫然。[2]
我昔曾窥十二峰，我昔曾饮第三泉。[3]
船唇饱看上下峡，屐齿遍印东西川。[4]
峨眉青城登绝顶，雪山瓦屋横眼前。[5]
俱从夔门过白帝，未向剑阁上青天。[6]
垂老忽观蜀道画，宋贤落笔何雄妍。
（下略）

（陈松青校点《易顺鼎诗文集》

第一编《诗集》卷二十）

【注释】

［1］王晋卿（1036—1093后）：即王诜，字晋卿，太原（今属山西）人，徙居开封。北宋词人。坡公：指苏东坡。

［2］鳖灵杜宇：传说杜宇为古蜀国王，称望帝。晚年让位于鳖灵，称丛帝。死后化为鹃鸟，每年春耕季节彻夜哀鸣，直至滴血。蜀人闻之，曰："我望帝魂也。"因呼鹃鸟为杜鹃。见常璩《华阳国志》。蚕丛鱼凫：相传皆为古蜀帝王。

［3］十二峰：指巫山十二峰。第三泉：原注为"峡中虾蟆碚"。

［4］船唇：船上。也指旅途。

［5］瓦屋：瓦屋山，位于四川盆地西沿的眉山市洪雅县境内。

［6］白帝：指白帝城。剑阁：即大剑山。

题《秋幢证佛图》，十六韵禁重字

易顺鼎

赞佛长斋绣佛前，美人心事亦逃禅。[1]
陀罗尼诵经幢字，优钵昙开色界天。[2]
昔日三眠三起柳，今朝一叶一花莲。
等闲秋月春风梦，不作朝云暮雨仙。[3]
⋯⋯⋯⋯⋯
色本即空空即色，田将成海海成田。
画图合受沉檀供，试拂熏炉袅篆烟。[4]

（陈松青校点《易顺鼎诗文集》
第一编《诗集》卷十九）

沈砚农悼亡，用李后主词意作《春去图》，题长句

易顺鼎

凤城梦觉罗衾冷，鸡塞天遥玉筝回。[1]
怕闻帘外雨潺潺，身是前朝李钟隐。[2]
…………
从来世上神仙眷，死别生离泪如霰。
为云为雨楚襄王，七月七日长生殿。[3]
寻常儿女尚钟情，何况同心我与卿。
无分朝朝还暮暮，有心世世复生生。
同心早已盟同穴，觅得佳城在东粤。
黄土鸳鸯白到头，青山杜宇红成血。
水自东流花自残，素娥青女总婵娟。[4]
月中霜里应相斗，天上人间竟不还。

（下略）

（陈松青校点《易顺鼎诗文集》

第一编《诗集》卷十九）

365

【注释】

[1] 凤城：京都的美称。鸡塞：鸡鹿塞。在今内蒙古磴口西北哈隆格乃峡谷口，是古代贯通阴山南北的交通要冲。玉笙：饰玉的笙，此指笙所奏之乐。

[2] 李钟隐：李煜（937—978），本名从嘉，字重光，号钟隐，又号莲峰居士。五代时南唐国君，世称南唐后主、李后主。

[3] 为云为雨楚襄王：原注为"刘希夷句"。原诗见唐刘希夷《公子行》："倾国倾城汉武帝，为云为雨楚襄王。"长生殿：华清宫殿名，即集灵台。

[4] 素娥：嫦娥的别称。亦用作月的代称。青女：神话中的霜雪之神。

题若霞扇[1]

张绍弢[2]

雏鬟也未解含羞，百种柔情强客留。
我亦过来狂杜牧，十年清梦醒扬州。
今宵萍水喜相逢，归兴匆匆为尔浓。
不解作云兼作雨，问年正好在巫峰。[3]

（谢作拳、伍显军编《杨青集》卷五《笔记上》）

【注释】

[1] 若霞：兰溪（今浙江省兰溪市）雏妓名，扬州人。张绍弢过兰溪，买船名"月槎"，与若云（19岁）、若霞（12岁）姊妹同游，酒席间各出扇索诗。

[2] 张绍弢：字梦羲，永嘉（今浙江省温州市鹿城区）人，曾客居

上海。少聪颖，富诗才，善属对。与杨青（1865—1935）为文友。

[3] 巫峰：指巫山十二峰。问年正好在巫峰，指年纪恰好 12 岁。

题李簠青太守《巫峡归舟图》[1]

路承鋆[2]

蜀山着奇险，蜀水多风波。
芳洲有蘅芷，委弃同薜萝。[3]
昔日秀空谷，胡杂苔与莎。
凄凄迅商薄，零落悲枝柯。[4]
岂不惮艰险，凤辖逢网罗。[5]
落日蔽轻云，蒿莱障山河。
今君且归去，华表看峨峨。[6]
芝兰纵枯槁，馨香终不磨。[7]

（徐世昌编《晚晴簃诗汇》卷一七九）

【注释】

[1] 李簠青：李祖章，生卒年不详，湖南新化人，字簠青，亦作祜青，号莆园、莲溪居士。光绪三十年（1904）任贵州知府。工书法，尤精篆刻，晚年曾客居上海，与吴隐等交往。

[2] 路承鋆：字仲量，毕节人，光绪帝师路朝霖（1843—1926?）之子，著有《啸亭诗钞》。

[3] 芳洲：芳草丛生的小洲。蘅、芷：皆香草名。薜萝：薜荔和女萝。两者皆野生植物，常攀缘于山野林木或屋壁之上。

[4] 迅商：谓迅疾的西风。商，商风，即西风。

[5] 凤辖：指车辖上所饰的凤凰。

[6] 华表：古代设在桥梁、宫殿、城垣或陵墓等前兼作装饰用的巨大柱子。

[7] 芝兰：香草。此喻李簃青。

高阳台　秋屏

程颂万[1]

睡鸭宵偎，粉蛾晨贴，曲房遮断难寻。[2]敌住霜威，不教移入帘阴。沉沉十二连环影，认眉山，瘦却秋深。[3]蓦题诗，六扇琉璃，墨黵香侵。[4]　个侬悄记巫峰路，黯藏娇贮恨，坠响斜簪。[5]里外分明，夜来微逗琴心。那回潜听鸳鸯浴，却迷藏，悄地惜惜。[6]画潇湘，十幅无多，水墨云林。

（徐哲兮校点《程颂万诗词集》）

【注释】

[1] 程颂万（1865—1932）：字子大，又字鹿川，号鹿川田父，晚号十发居士、十发老人，宁乡（今属湖南省长沙市）人。著有《鹿川诗集》《楚望阁诗集》等，今人整理为《程颂万诗词集》。

[2] 睡鸭：古代的一种香炉，状如卧着的鸭，故名"睡鸭"。曲房：内室。

[3] 眉山：形容女子秀丽的双眉。

[4] 黵（yuè）：黄黑色。

[5] 个侬（nóng）：这人；那人。巫峰：巫山群峰，喻男女情事。

[6] 愔愔（yīnyīn）：悄寂的样子。

巫山一段云　仁先示海藏所书
《函髻记》，为作《行云图》[1]

程颂万

楚岫颓为枕，秦天妙写妆。[2]断肠还有几生香，除髻拜空王。[3]　　天上痕非雨，人间迹似霜。贞元朝士了荒唐，无计奈娲皇。[4]

（徐哲兮校点《程颂万诗词集》）

【注释】

　　[1] 仁先：陈曾寿（1878—1949），字仁先，号耐寂、复志、焦庵，湖北蕲水县（今浠水县）人。海藏：即郑孝胥（1860—1938），书法家。福建省闽侯人。著有《海藏楼诗集》。《函髻记》：郑孝胥作，仿唐传奇小说，取义于唐欧阳詹与官妓行云的故事。

　　[2] 楚岫：巫山，泛指男女欢会处。

　　[3] 空王：佛的尊称。佛说世界一切皆空，故称"空王"。

　　[4] 娲皇：即女娲氏，神话传说中人类的始祖。

清平乐　代题《秋雨出峡图》，送人之楚

冯江[1]

峡云丞雨，四面桡歌起。十二晚峰低映水，头白夜猿

声里。[2] 　　画图省识行舟，烟波一片离愁。记取明年此日，迟予黄鹤楼头。

（李谊辑校《历代蜀词全辑》）

【注释】

[1] 冯江（1867—1907）：字星吉，成都华阳（今四川省成都市成华区）人。

[2] 十二晚峰：巫山十二峰。

凤凰台上忆吹箫　题《桃花人面图》

俞庆曾[1]

仙梦迷离，春光依旧，刘郎前度重来。[2]剩小桃无语，嫩蕊偷开。一抹燕支照水，算当时、镜里红腮。临风态，教人回首，枉自疑猜。　　徘徊。成阴绿叶，怜往日匆匆，车走轻雷。望巫山云杳，何处天台。[3]一幅生绡留影，花醉露、人立苍苔。[4]凝眸看，错疑弄波，罗袜新裁。

（胡晓明、彭国忠主编《江南女性别集三编》下册）

【注释】

[1] 刘郎：指刘晨，东汉剡县（今浙江嵊州市）人。相传汉明帝永平年间（58—75）与阮肇入天台山采药，遇二仙女，半载还家，子孙已过七代。后重返天台山寻访仙女，行迹渺然。

［2］俞庆曾（1865—1897）：女，字吉初，号琴憪，德清（今属浙江省湖州市）人。俞樾孙女。著有《绣墨轩诗词》。

［3］巫山：用巫山神女"旦为朝云，暮为行雨"典故。

［4］生绡：未漂煮过的丝织品。古时多用之作画，因此亦用以指画卷。

展善子《巫峡归帆图》感彦不已[1]

林思进[2]

大峡宛如昔，归欤人不归。

三声听猿处，一叶认帆微。

箧笥那堪置，雨云还怅非。[3]

绿湍兼素瀑，题作望孙矶。

（刘君惠、王文才等编《清寂堂集》）

【注释】

［1］善子：指张善孖（1882—1940），名泽，字善，又字善子，内江（今四川省内江市）人，著名画家张大千（1899—1983）仲兄。曾为作者画《巫峡归帆图》，张大千为画《巫峡清秋图》。彦：指作者之孙林彦，殁于重庆，作《彦孙殇于渝州，哭挈其枢以归》诗。

［2］林思进（1873—1953）：字山腴，晚号清寂翁，成都华阳（今四川省成都市成华区）人，祖籍长汀（今属福建省龙岩市）。主编《华阳县志》，著有《清寂堂诗录》《清寂堂诗续录》等，今人整理为《清寂堂集》。

［3］箧笥：藏物的竹器。

黄宾虹蜀游画卷歌，为陆丹林题^[1]

林思进

宾虹生长黄山麓，七十看山苦不足。

南逾五岭东雁宕，一棹西来更入蜀。^[2]

我不识君曾见画，北苑风流此传派。

远将纨扇付邮筒，陆子丹林兴清快。

平沙碧树江南春，呼之欲出如有人。

安得与君对面语，明窗侧笔论渲皴。^[3]

读万卷书行万里，此老胸怀浩无涘。

香光正法本自拈，漫把南宗望庸史。^[4]

上峡画稿束笋多，巫峰十二连三峨。^[5]

诗中画画画中句，肯让巴船出峡歌。^[6]

（下略）

（刘君惠、王文才等编《清寂堂集》）

【注释】

[1] 黄宾虹（1865—1955）：名质，字朴存，又字朴人，别号予向等，中年更号宾虹，以此号行，歙县（今属安徽黄山）人，近代著名山水画家。陆丹林（1897—1972）：字自在，号非素等，广东三水（今广东省佛山市三水区）人，现代书法家。

[2] 五岭：大庾岭、越城岭、骑田岭、萌渚岭、都庞岭的总称。雁宕：雁荡山，浙江省东南部名山，号称"东南第一山"。

[3] 原注："去年丹林曾以宾虹画扇见寄，为两人缟纻之始。"

[4] 南宗：我国山水画自唐以后的两种流派。南宗源于王维，重渲

染而少勾勒；北宗源于李思训父子，重写实而多用重彩。南北分宗之说始于明董其昌。

[5] 三峨：四川峨眉山有大峨、中峨、小峨三峰，故称三峨。

[6] 原注："夏禹玉有《巴船出峡图》，吴渊颖曾为作歌。"

张善子画《巫峡归帆图》见寄，作歌奉答[1]

林思进

出峡复入峡，南行万里何所为？

云是避乱走，乱今未定胡自归？

我归亦有托，白发黄金两萧索。

纷纷朝市惊斩新，衰朽无能何处着。

幸逢海上多故人，欢然入林把臂亲。

王粲登楼睢恨远，杜甫高歌尚有神。[2]

半月吴淞半吴会，诗酒淋漓发狂怪。

未觉风尘战伐多，只余飘泊妻孥在。

画钱诗迎盛一时，苍茫秋色动乡思。

诸君留客意甚厚，贱子临歧心独知。[3]

短幅汤休笔势远，两岸猿声峰壑转。[4]

中流回头望故山，隐隐微风动矛攒。

张髯归帆喜为开，巫峡一线缘天回。[5]

（下略）

（刘君惠、王文才等编《清寂堂集》）

373

【注释】

[1] 张善孖：张善孖（1882—1940），号虎痴，张大千的二哥，画虎大师。

[2] 王粲：字仲宣，山阳高平人，建安七子之一。曾作《登楼赋》。

[3] 临歧：亦作"临岐"，本为面临歧路，后亦用为赠别之辞。

[4] 汤休：南朝宋僧惠休俗姓汤，善属文，辞采绮艳，孝武帝命其还俗，官至扬州从事史。后以"汤休"代指才华横溢的作家或文笔优美的诗文。

[5] 张髯：指张善孖。

寄题张大千《巫峡清秋图》[1]

林思进

大千昔画黄山松，万仞突兀撑青空。
西行高秋揽太华，云海一角青蒙蒙。[2]
故山别去十五载，更回穷笔传巫峰。
瑶姬风鬟映千古，云雨未闷阳台踪。[3]
四面圆亏幻灵异，连峰奔峭争玲珑。
碧潭素湍看不尽，亏曦蔽月谁能穷？[4]
忆我初帆大峡东，春波绿漾桃花红。
箜篌庙前卧打鼓，中流笑谢神女风。[5]
扁舟来往默自数，卅年衰鬓枯霜蓬。
下峡猿声上峡泪，只余雪爪留飞鸿。[6]
归来坐叹久寂寞，梦想十二青芙蓉。[7]
忽然展卷对君画，肨𤺋便与灵山通。[8]

五岳倦矣名山封，天涯远客何日逢？

归来好听峨眉钟。

对床请君为我尽，莫道未暇还匆匆。

（刘君惠、王文才等编《清寂堂集》）

【注释】

［1］张大千（1899—1983）：本名张正权，后改名张爰、张猿，小名季，号季爰，别署大千居士、下里巴人、斋名大风堂，画家，四川内江人，祖籍广东省番禺县。因其诗、书、画与齐白石、溥心畬齐名，故并称"南张北齐"和"南张北溥"。

［2］太华：即西岳华山，在陕西省华阴市南，因其西有少华山，故称太华。

［3］风鬟：指女子美丽的头发。

［4］曦：日。

［5］箜篌庙：指大宁河口箜篌山麓的神女庙，隔江与巫山县城相望。

［6］原注："前年还蜀，善子为予作《巫峡归帆图》，适有亡孙之戚。"作者之孙林彦，殁于重庆，作《彦孙殇于渝州，哭挈其枢以归》诗。

［7］十二青芙蓉：指巫山十二峰。

［8］胗蠁（xīxiǎng）：犹缥缈，隐约。喻灵感通微。

浣溪沙　大千《巫峡消愁图》[1]

乔大壮[2]

乡梦萦纡十二峰，镜屏回映细腰宫。[3]冷猨啼处卸征篷。[4]　　滟滪堆边秋水远，黄陵庙口暮云重。[5]酒醒依旧客江东。

（李谊辑校《历代蜀词全辑》）

【注释】

[1] 大千：张大千。

[2] 乔大壮（1892—1948）：名曾劬，字大壮，以字行，号伯戢，又号劳庵、桥痒、乔痀、痒翁，别署波外翁，成都华阳（今四川省成都市成华区）人。

[3] 萦纡：曲折旋绕。十二峰：巫山十二峰。

[4] 征篷：远行的船篷。

[5] 黄陵庙：庙名。传说为舜二妃娥皇、女英之庙，亦称二妃庙。在湖南省湘阴县之北。

浣溪沙　题便面闺意[1]

释超华[2]

燕燕莺莺睡起慵，柳丝摇曳画楼东，描鸳刺凤为谁工？[3]　　十二阑干都倚遍，桃花枝上露初浓，巫山路杳梦难通。[4]

（林葆恒编《词综补遗》卷九十九）

【注释】

[1] 便面：古代用以遮面的扇状物。

[2] 释超华：字果庵，苏州（今江苏省苏州市）人。

[3] 燕燕莺莺：比喻娇妻美妾或年轻女子。

[4] 巫山路杳梦难通：言爱情受阻。

和吴梅村十美图　幸蜀[1]

江峰青[2]

沉香亭畔自萧闲，舞罢霓裳解圣颜。[3]
但愿君王常带笑，肯随云雨驻巫山。[4]

（贝京校点《湖南女士诗钞》）

【注释】

[1] 吴梅村：吴伟业（1609—1672），字骏公，号梅村，别署鹿樵生、灌隐主人、大云道人，太仓（今苏州太仓）人，著有《梅村家藏稿》《梅村诗余》等，今人整理为《吴梅村全集》。

[2] 江峰青：字半岚，号梅谷，汉阳（今湖北省武汉市汉阳区）人。嫁衡阳（今湖南省衡阳市）罗氏为妻，偕隐于市。存诗21首。

[3] 沉香亭：唐代长安兴庆宫内古建筑，以名贵沉香木建成，故名"沉香亭"，供唐玄宗、杨贵妃纳凉避暑，兴之所至，常召李白赋新诗。霓裳：《霓裳羽衣曲》。

[4] 巫山：用巫山神女"旦为朝云，暮为行雨"典故，言男女情事。

题《湘竹图》（其三）

澌尘[1]

何必巫山梦雨云，安排绣被把香熏。
珊珊仙骨婷婷态，莫怪王郎爱此君。[2]

（谢作拳、伍显军编《杨青集》卷五《笔记上》）

【注释】

[1] 澌尘：姓氏、里籍不详，与曾咏沂、罗爌（huǎng）甫等人有文字渊源。

[2] 王郎：魏晋时期的美男子王昌。

【南南吕】懒画眉　题《游春图》小影

项酚[1]

软风迟日养花天，芳草春堤滚翠烟，蜂迷蝶舞燕翩跹。望里韶华艳，更见个骏马雕鞍美少年。

【侥侥令】忆我当初乘欸段，小憩百花间，偏是缘悭与分浅。[2]不如你幻阳台见玉仙，幻阳台见玉仙。[3]

【尾文】君今了却风流愿，笑刘阮天台也枉然！[4]怎似你一幅丹青人自远。

（谢伯阳、凌景埏编《全清散曲》）

【注释】

　　[1] 项盼（fēn）：生卒年、字号、生平均不详，长洲（今江苏省苏州市）人。著有《杏华巢曲剩》。

　　[2] 欸叚：通"款假"。缓慢骑马的意思。

　　[3] 阳台：指男女情事。

　　[4] 天台：山名，用刘晨、阮肇到天台山采药遇仙女事。后因以指男女幽会的仙境。